박용래 시 창작방법 연구

이 도서의 국립중앙도서관 출판시 도서목록(CIP)은 e−CIP 홈페이지(http://www.nl.go.kr/cip.php)에서 이용하실 수 있습니다. (CIP제어번호 : CIP2010002115)

A Study of Yong-rae Park's Ways of Composing Poems

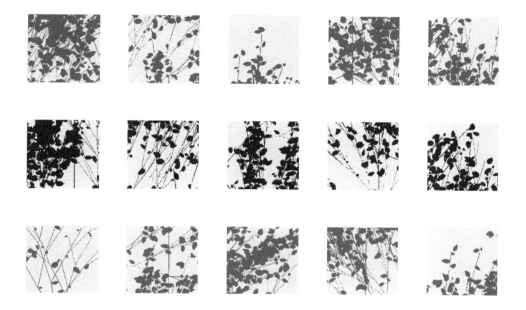

박용래 시 창작방법 연구

김규동

푸른사상
PRUNSASANG

비릿한 갯내음 채 털어내지 못하고 쪽빛 바다를 지름길로 달려온 바람결이 고갯마루에 걸터앉아 거친 숨 고르는 날. 진한 밤꽃향기의 꼬드김에 넘어가 감행한 부끄러운 외도다. 창작의 산실이었던 청시사(靑柿舍)가 두 해 전 헐리고 공영주차장이 되는 어이없는 현실에서도 감히 내지 못했던 치졸한 용기다.

박용래는 하찮은 대상들을 사랑으로 보듬고 여문 시선으로 자신만의 시세계를 독특하게 구축했던 시인이다. 이 책의 목적은 창작방법을 넘나들며 꾸준히 변화와 형태를 모색해온 박용래의 창작과정을 자세하게 들여다보고 스스로 "창작방법에는 공식이 없다"던 그 창작의 공식을 순전히 박용래의 언어로만 밝히고 푸는데 있다.

이 책은 크게 세부분으로 꾸며졌다. 첫째 시 창작의 과정과, 둘째 시 창작의 실행, 셋째 시 창작의 확장이다. 먼저 시 창작의 과정은 창작의 산실과 관심과 대상, 창작의 세계로 되어있다. 시인의 향기가 고스란히 담겨있는 창작의 산실은 바로 청시사이며 이곳에서 『먼 바다』에 수록한 시 160편 중 134편을 발표했다. 시의 씨앗이 되었던 시 창작의 관심은 고향이다. 사랑으로 품었던 모든 사물은 고향을 통해서 즐겨 찾는 소재가 되었다. 시 창작의 대상은 순도(純度), 홍역(紅疫), 차일(遮日)이다. 문명의 때가 아니 묻은 순도와 아무렇게나 버려지고 임자가 없는 홍역과 배추씨처럼 살짝 묻혀있거나 소박하게 덮어두던 갸륵한 차일이다.

산고의 결과로 나타난 시 창작의 세계는 자연과의 만남과 사소한 세계를 금선(琴線)으로 지향한 시 의식이다. 자연과의 만남은 머무름의 자연과 어울림의 자연, 바라봄의 자연이었다. 지향한 시 의식은 시집 발간을 기준으로 했다. 전기 시는 젊음이 주는 괴로움을 담고 있는 고독한 자아의 길 찾기였다. 중기 시는 눈물대신 땀으로 쓴 격정의 소산이며, 후기 시는 삼박자의 꿈을 완성하려는 고호의 지평이다.

둘째는 실제적인 시 창작을 실행한 방법으로써 어떻게 시의 제1행을 쓰는가와 행간 처리방법, 탈고의 방법을 밝혔다. 박용래는 시의 제1행을 수수께끼의 바다라고 했다. 그만큼 시의 제1행은 지우고 지우다 마지막에 남는 단골이미지였으며, 토속적이고 정감어린 정취가 묻어나는 순수 토종들로 제1행을 장식했다. 미완의 완결은 수미상동(首尾相同)을 제1행으로 하여, 처음과 끝을 조심스럽게 꿰었던 구슬로 삼았다.

행간을 쪼개고 채우는 방법으로는 행간에 의미를 심어 장미꽃을 피웠다. 그 방법의 하나로 행간마다 많은 틈을 두어 의미가 저절로 깃들게 하거나, 오히려 여백을 두기보다 단어의 중복과 반복으로 변형된 행간을 선보였다. 다음은 운율의 음영을 통해 백지와의 대화를 이끌어냈으며, 각 행간에 잔물결 여백과 바람결 긴장을 갖는 방법까지 구사했다.

박용래에게 탈고는 창작의 기쁨보다 매번 구름 같은 우울로 마무리했다. 제목을 고치면서도 토로했던 슬픈 습성과 내용을 바꾸거나 지우기를 한 심약한 미련과 시와 진실 사이에서 고민하다 결국은 경계를 전하지 못하고 초고를 그대로 발표했다.

마지막으로 박용래는 시란 짧은 형식에 잔설의 여운 같은 세계를 담고 싶었다. 자신을 복종시켜 끊임없이 달려온 창작방법의 확장은 변형묘사(變形描寫)와 형태시, 익살의 시와 명사형 끝마침이다. 먼저, 조용한 응시에서 건져낸 작고 사소함을 변형묘사 했으며, 형식이 아닌 형식의 시로 시도한 형태미를 들 수 있다. 이 독특한 시행은 의미나 리듬, 이미지의 행으로 행갈이를 하지 않고 시행을 모두 강조의 행으로 했다. 또한 시인의 지치지 않는 호기심은 황홀과 불안을 넘나든 익살의 시가 되었다. 익살의 시는 독자의 자제력을 강화하기보다 감정의 고삐를 풀게 해 역설적인 효과를 갖게 했다. 끝으로 명사형 끝마침은 새로운 시행을 정립한 천재의 함성이다. 무엇보다 명사형 마무리의 장점은 후광효과를 일으켜 의미를 배가시킬 수 있어 의미가 깊다.

세 개의 큰 틀로 창작의 방법을 한정하여 아우르기에는 무리가 따른다. 그러나 각 단원의 제목과 소제목도 박용래의 글로써 표현하고 문체도 딱딱함보다는 친근함을 가장하려고 노력했다. 그 덕에 "무슨 논문의 문체를 가볍게 했느냐"는 가르침도 받았지만 중요한 것은 비전공자도 쉽게 인문의 물가로 끌어드리려는 흑심 때문이다. 다행히 여러 곳 손은 봐야했지만 박용래의 때 묻지 않은 소박한 글과 마음을 곳곳에 포진시켜 어느 정도의 성과를 거둘 수 있었다.

　박용래 시인의 해맑은 영혼과 순수함에 이끌려 지금까지의 시 연구란 제목에서 비켜나 창작방법이란 틀에 맞추어 박용래를 좇아왔다. 외국의 이론을 차용하거나 어려운 내용을 장황한 설명으로 이어가기보다 박용래의 시를 자신의 글과 말로써 창작방법을 찾아내서 이랑과 고랑으로 엮어 냈다는데 소박한 자부심이 있다. 출판의 홍수에 등 돌리는 세상이지만 이 책은 30여 년 직장생활에 충실하면서도 일탈을 넘나드는 욕심으로 빚어 낸 산물이다. 대망의 80년대를 꿈꾸며 산업현장에서 철판과 씨름하며 흘렸던 땀과 고생을 끊지 못하고, 그 고생이 좋아 지천명의 나이까지 연장 해온 결실이라 사실은 눈물겹다. 졸작 「욕심」을 보자.

　　당신을 알고/ 당신과 살면서/ 입고/ 먹고/ 사는/ 모든 끈 놓고/ 풀었는데/
　아직도/ 지독한 미련/ 감고 있는/ 가/ 방/ 끈
　　　　　　　　　　　　　　　　　　　　　　　　　—「욕심」 전문

　혹자는 자신을 키운 것이 '팔 할이 바람'이라고 했지만, 「욕심」에서 보듯 나는 가방끈을 늘리고자 달려왔다. 실습생의 신분으로 시작한 사회생활에서 학벌의 벽을 몸소 체험했기에 그 욕심을 쉬지 않고 채워올 수 있었다. 욕심이란 불순한 동기로 내용까지 짐작한다면 큰 오산이다. 그러나 30년 넘은 공장생활의 익숙함이 거칠게 숨어있을까 뿌듯한 한편 두려움 또한 크다.

하지만 이제는 '배워서 남 주는' 일을 찾아 내려놓음으로 남은 인생을 채워가고 싶다. 아직도 낮에는 굴착기를 개발하는 기술자와, 학문의 문지방을 막 넘은 학자로서의 삶에 변화는 없겠지만, 차츰 경계를 허물어가며 지경을 넓혀갈 것이다. 인생의 후반전은 채워왔던 욕심들을 비우는 훈련으로 치열하게 살고 싶다. 머리로는 알고 있어도 가슴에서 허락지 않는 일은 앞으로도 유지할 작정이다. 쉽지 않겠지만 묻힐 곳보다 죽을 곳을 고민하는 깨끗한 부자로서 '세상의 끈보다는 하나님의 끈을 잡는' 연습도 게을리 하지 말아야겠다.

등 떠밀어 고생길 열어주신 민병기 선생님과 부족한 글 다듬어 주신 이기서, 서종택, 이병헌, 윤애경 선생님께도 감사드린다. 다독이듯 즐거운 키 재기로 불씨 지펴준 사림재 식구들과 든든한 밥벌이를 제공해준 회사도 정말 고맙다. 서투른 글 함량도 따지지 않고 흔쾌히 출판을 하락하신 푸른사상사의 한봉숙 대표와 애써 주신 편집실 식구들께도 신세를 졌다.

일찍 집 떠난 막내를 믿어주고 격려해준 육남매 형제자매들과 예수 덕분에 곱게 봐주는 모든 분께 감사드린다.

　'늘 기쁜 마음 감사한 마음' 이란 울타리 안에서 시원찮은 촌아(村兒)를 세상의 최고로 믿어주고 후원해준 아내 정선화와 믿음의 자리에서 올곧게 성장해준 소현, 성현이 자랑스럽다. 이 책을 열두 살 철부지 때 돌아가신 아버지와 대학 문턱도 못 밟은 막내를 못내 안타까워하시다 하늘로 가신 어머니께 바친다.

2010년 6월
안민동 청솔마을에서
김 규 동

제4장 시 창작의 확장 • 199

제5장 결론 • 227

제1장

시 창작과 한국적 서정

1. 들어가며

　박용래(1925~1980)는 1925년 충남 논산군 강경읍 본정리에서 박원태(朴元泰)와 김정자(金正子)의 3남 1녀 중 막내로 태어났다. 1955년 『현대문학』에 「가을의 노래」를 발표하면서 박두진의 추천을 받았고, 1956년 「황토길」, 「땅」 등으로 연이어 3회 추천을 받아 시인의 길을 걸었다. 그 이후 첫 시집 『싸락눈』(삼애사, 1969), 대전의 시인들과 6인 시집 『청와집(靑蛙集)』(한국시인협회, 1971), 두 번째 시집이자 시선집인 『강아지풀』(민음사, 1975), 문학예술사에서 '현대시인선'으로 세 번째 시집인 『백발(白髮)의 꽃대궁』(문학예술사, 1979)을 발표했다. 그가 타계한 후 시전집 『먼 바다』(창작과비평사, 1984)와 산문집 『우리 물빛 사랑이 풀꽃으로 피어나면』(문학세계사, 1985)을 남겼다.

　박용래 시의 특성을 처음으로 평한 사람은 박두진이다. 『현대문학』

1956년 4월호에 박용래의 추천사에서 "가늘고 섬세(纖細)하고 치밀(緻密)한 감각적(感覺的) 리리시즘은 차라리 천성적"이며 "불면 날아갈 듯한 당신의 시에서 오히려 늘 서릿발같이 싸느랗고 날카로운 상엄미(森嚴味)까지를 느낀다"[1]라고 했다.

한국 현대시사에서 "소묘적이며 회화적인 시적 형식으로 전통적인 리리시즘의 경지를 개척"[2]했다는 평가를 받고 있는 박용래가 세간의 주목을 받게 된 시기는 1969년이다. 『월간문학』에 발표한 「저녁눈」이 현대문학지 제정 제1회 작품상을 받은 것이 그 계기다. 80년대까지 박용래 연구는 체계적이기보다는 대부분 단편적인 수준에서 진행되었으나, 90년대 들어서 비로소 본격화되었다. 이러한 성과를 바탕으로 내용과 형식 등 다양한 측면에서 박용래 시의 미적 특질을 밝혀냈음에도 시의 전체를 말하기에는 한계가 있다.

박용래는 평생에 걸쳐 일정한 직업도 없이 시를 위해 자유분방하게 살다간 시인이다. 이런 측면에서 그의 시인관을 가늠하면 "그의 시인의식은 시인을 평범한 인간이 아닌 상상력을 지닌 탁월한 영감의 소유자요, 우주의 비밀을 푸는 신의 대리인으로 간주하는 관점에 가깝다"[3]고 말할 수 있다.

박용래는 1980년 타계하기까지 160여 편을 발표한 과작(寡作)의 시인이며 동시대 시인에게서 찾아볼 수 없는 절제된 언어구사, 간결한 시형, 감정의 절제, 향토적이고 토속적 서정 등 전통성과 현대성을

---

1) 박두진, 「시천후감」, 『현대문학』, 1956.4, pp.230~231.
2) 최윤정, 「눈물의 서정과 병렬적 구조—박용래론」, 김학동 외 8인, 『한국 전후 문제시인 연구Ⅰ』, 예림기획, 2005, p.191.
3) 손종호, 「근원적 고독에의 저항」, 『저녁눈』, 미래사, 1991, p.142.

결합한 그만의 독특한 시적 발상을 간직하고 있다. 일관된 개성과 뚜렷한 흐름으로 독자적인 시 세계를 구축해온 박용래를, "박용래의 서정시는 김소월, 김영랑, 그리고 박목월로 이어지는 전통 서정시의 계보를 이으면서도 기법상으로는 정지용이나 김광균류의 이미지즘 기법을 독자적인 시작법으로 한걸음 더 수용할만큼 더 현대적인 시적 방법을 추구"[4]한 시인이며, 나아가 "전통에 깊이 뿌리내리고 있으면서도 누구도 감히 흉내 낼 수 없는 자기만의 시적 형식과 내용을 포유하고 있었던 서정시인"[5]으로 평하고 있다. 그런 까닭에 박용래를 두고 수많은 평자들은 순수서정시인, 전통적인 서정시인, 향토시인 등 다양하게 평가하고 있으며, 그런 다양성이 수용자의 관점에 따라 극단적인 편차[6]을 드러내기도 한다. 이처럼 상반된 평가를 받고 있지만 그의 시 세계에 대한 전반적인 이해는 그의 시가 순수서정시를 지향하고 있으며, 내면에 자리하고 있던 고독과 비애를 간결한 형식을 통해 형상화한 결과 "오직 시에 대한 열정으로 시만을 위해 철저하고 치열하게 살았던 낭만주의자로 기억"[7] 하고 있다.

이 책에서는 산문집 『우리 물빛 사랑이 풀꽃으로 피어나면』에 나타난 박용래의 시론과 시 창작에 대한 이론을 바탕으로 창작방법을

---

4) 최동호, 「한국적 서정의 좁힘과 비움」, 『시와 시학』, 1991년 봄호, p.146.
5) 이은봉, 「박용래시의 恨과 社會現實性」, 『시와 시학』, 1991년 봄호, p.157.
6) 송재영은 부정적 관점에서 "감상적인 서정과 현실도피적인 토속적 취향"을 애기했다(「朴龍來論-同化 혹은 自己消滅」, 『現代文學의 擁護』, 문학과지성사, 1979, p.172). 김재홍은 긍정적 관점에서 "과도한 메타포와 상징으로 짜여진 현대시의 난해성에 식상한 독자에게 안온한 해방감과 향수의 애잔함을 통해 감동을 불러 일으켜 줌으로써 폭넓은 공감대의 형성에 성공"했다고 평하였다(「전원상징과 낙하의 상상력, 박용래」, 『詩와 眞實』, 二友出版社, 1984, p.275).
7) 박재삼, 「철저히 시를 한 사람」, 『한문문학』, 1981.1, pp.310~311.

고찰한다. 스스로도 "공식이 있을 수 없다"는 그의 시와 산문을 발표한 이론과 대비해가며 창작방법[8])을 밝혀내는데 목적이 있다. 시 창작의 모태가 된 산실과 시 창작의 과정과 실행, 확장해나간 방법을 박용래 자신의 이론으로 공식을 완성하고 창작방법을 체계화하는 일은 가치가 있다.

창작방법이라는 것이 본래 어떤 특정한 문학 장르의 특정한 표현 기법을 곧바로 뜻하는 것은 아니다. 좀 더 구체적으로 말하면 창작 방법이란 작품의 생산에 임하는 수학적 공식이나 공학적 기술이 아니라 문학적 인식의 특수한 반영 과정을 유도해내는 세계관적 조정 중심 정도라는 것이다.[9] 백낙청이 창작방법을 "방법을 넘어선 지혜" 의 일부라고 이해하는 것도 실은 이 때문이다.[10] 그러므로 그동안 여러 논자들의 시 창작과 방법상의 연구 성과를 분석하고 연구의 기준을 살펴볼 필요가 있다.

시 창작은 "언어와의 싸움이며 사랑"[11]이다. 이렇듯 좋은 시는 거창한 구호나 심오한 사상을 요하지 않는다. 자기가 살아가는 일상적인 삶의 현실을 얼마나 넓은 가슴으로 안고, 따뜻한 눈으로 들여다 보는가에 그 성패가 달렸다. 남들과 다른 눈으로 그것을 볼 때 좋은 시를 쓸 수 있다.[12]

---

8) 시 창작방법에 대하여 제출된 논문은 2008년 1월 현재 20편이며, 논문목록은 참고문헌으로 대신한다.
9) 이은봉, 「리얼리즘 시의 세계관과 창작방법에 대하여」, 이은봉 엮음, 『시와 리얼리즘』, 도서출판 공동체, 1993, pp.241~244.
10) 백낙청, 「민족문학론과 리얼리즘론」, 『한국 근대문학사의 쟁점』, 창작과비평사, 1990, p.332.
11) 조태일, 『알기 쉬운 시 창작 강의』, 나남출판, 1999, pp.23~29.

그동안 단편적 혹은 부분적으로 논의된 박용래 시의 창작방법을 통괄할 필요가 있으며 그동안 논의를 새로운 방향으로 접근하여야 한다. 시를 창작한다는 것은 새로운 언어적 구조를 구축하는 것이며, 이는 시인의 의도적인 창작방법에 의해 이루어진다. 창작의 실제란 시적 사고와 시적 표현의 이해 가능한 구조를 체계화하는 것이다. 즉 시를 구성하는 종합적인 요인에 의해 시가 창조된다.13)

박용래의 시론을 알 수 있는 자료는 1978년부터 『문학사상』에 16회, 연재했던 산문14)과 '물빛 그리움과 사랑, 섬세한 눈물로 그려내는 시인의 남빛 에세이'란 부재로 출판된 산문집15) 『우리 물빛 사랑이 풀꽃으로 피어나면』에 나타난 작품에서 찾을 수 있다. 박용래가 발표한 산문 60편 중 시에 대한 태도를 보여주는 시론적 성격의 글은 많지 않다. 그러나 이를 토대로 종합하면 시 의식과 시 창작방법을 언급한 부분들을 찾을 수 있다. 박용래에게 있어 시는 어머니의 치마꼬리 같은 존재였다.16) 보석 같은 시 한 줄 남기기 위해 처음 행에서조차 지

---

12) 성기각, 「시 창작방법과 현실인식」, 『문예창작의 이론과 실제』, 창원대학교 출판부, 2005, p.65.
13) 양문규, 『백석시의 창작방법연구』, 푸른사상사, 2005, pp.29~31.
14) 이병헌·권호 공저, 『산문의 원류』, 시간의 물레, 2006, pp.119~124. 인터넷 검색창에서 '산문'을 치면 '수필'이란 용어(장르)가 함께 등장하지 않지만, '수필'을 치면 '산문' 장르가 함께 제시되는 경우가 종종 있다는 점을 예로 제시하며, 이것은 아직도 명확한 개념 혹은 장르 구분이 되지 않고 있으며, 중요한 점은 현대의 많은 논의에서 산문과 수필을 명확하게 논의하는 경우가 거의 없다는 점이다.
15) 박용래, 『우리 물빛사랑이 풀꽃으로 피어나면』, 문학세계사, 1985.11. 책에는 1부 '호박잎에 모이는 빗소리'에 16편, 2부 '하늘에는 별, 땅에는 시인'에 12편, 3부 '이삭을 줍듯이'에 11편의 산문과, 4부 '영혼의 엽서, 물빛 사랑이여'에 21편의 편지글과 5부 '박용래 시선집'에 시 55편이 실려 있다.
16) 박용래, 「백지와의 대화」, 위의 책, p.77.

우고 지우다 마지막에 남는, 그래서 까마귀가 내뱉은 떫은 고욤 같아 구슬인 양 소중히 하며, 끝이 시작이 되고 시작이 끝이 되는 그런 시에는 공식이 없다[17]고 한 창작방법의 공식을 만드는 일이다.

정신적 요리는 마음의 부엌에서 시작된다. 거기서 개념들은 절여지고 졸여지고 살짝 튀겨지기도 하며, 때로는 다져지고 구워지고 휘저어져 모양을 갖추게 된다.[18] 모든 학문 분야에서 창조적 사고와 표현은 직관과 감정에서 비롯된다. 본론의 논의는 시적 대상물에 눈높이를 맞추고 보석 같은 서정의 글밭을 일궈나갔던 박용래 시에 천착하여, 창작방법을 고찰하고자 크게 3장으로 구분하였다. 먼저 2장에서는 시 창작과정을 산고 이야기로 규정하고, 첫째는 실제로 창작이 이루어졌던 청시사(靑枾舍)를, 둘째는 시의 씨앗이 되었던 시 창작의 원류와 시적 상관물을, 셋째는 산고의 결과인 시적 공간을 고찰했다. 3장에서는 시 창작의 실행으로써, 첫째 시의 제1행을 쓰는 방법, 둘째 행간 처리방법, 셋째 퇴고의 실제 방법들을 실례로 들어 검토한다. 마지막 4장에서는 현실에 대항하고자 시 창작을 확장해나갔던 방법으로써 첫째, 조용한 응시의 결과인 변형묘사, 둘째는 형식이 아닌 형식의 시인 형태미, 셋째는 황홀과 불안의 익살시, 넷째는 천재의 함성인 명사형 끝마침을 살펴보고 인식의 크고 넓은 열림을 어떻게 지향하고, 폭넓은 시 창작의 확장을 어떻게 시도했는가를 고찰하고자 한다.

---

17) 박용래, 「詩의 제1행은 어떻게 쓰는가」, 위의 책, p.84.
18) 로버트 루트번스타인·미셸 루트번스타인, 박종성 옮김, 『생각의 탄생—다빈치에서 파인먼까지 창조성을 빛낸 사람들의 13가지 생각도구』, 에코의서재, 2007, p.20.

이 책은 여러 작품 사이에 내재한 상호 관련성을 추구하는 과정에서 전기적 사실까지 긴요하게 이용하여 박용래의 시가 어떻게 "투박한 사물들을 꿰어 옥처럼 빛나게 한 탁발한 미적 감각"[19]을 터득했는지, 어떻게 새로운 창작방법을 구현하고 있는지도 구명한다. 본연구의 범위는 박용래의 산문에 나타난 시론과 창작방법의 테두리안에서 특징적으로 구사하고 확장한 시 창작방법으로 한정했다.

책의 차례나 부제는 박용래의 말과 글을 최대한 살려 차용한 까닭에 평이한 전개나 문체에서도 낯설다. 연구 대상은 박용래 시전집인 『먼 바다』의 시를 기준으로 하고, 다른 네 권의 시집인 『싸락눈』, 『강아지풀』, 『백발의 꽃대궁』, 『저녁눈』도 참고로 한다. 산문집 『우리 물빛 사랑이 풀꽃으로 피어나면』에 발표된 생생한 글은 어떤 자료보다도 창작방법의 공식을 밝혀내고 방법적 특징을 논증하는데 중요하다. 이 책에서는 박용래 시의 창작방법 특성을 살펴보기 위해 가능한 많은 작품을 실례로 들어 분석했다. 시 작품은 가능한 전문을 인용하며, 거듭 다룰 필요가 있을 경우에는 중요한 부분만 인용한다.

---

19) 신경림, 「박용래 : 눈물과 결곡의 시인」, 『신경림의 시인을 찾아서』, 우리교육, 1998, p.104.

2. 박용래 따라잡기

　박용래에 대한 연구와 평가는 인상적 단평에서부터 본격적 평론, 연구 논문에 이르기까지 다양한 양상으로 축적되어 왔다.[20] 박용래 시인에 대한 연구는 앞으로도 더 늘어나겠지만 지금까지 발표한 연구 성과를 정리하고 그 장점과 한계를 검토하여 연구사적 맥락을 짚어보는 작업은 본 책의 목적을 위해서 매우 유용한 일이다.

　그동안 단평이나 월평[21] 시집해설 형식[22]으로 진행되었던 초기의

---

20) 2008년 1월 현재 36편의 박용래 관련 학위논문과 44편의 연구 목록, 모두 80편이 확인되고 있다.

21) 김광림, 「흙담가에 피어난 군자란」, 『현대시학』, 현대시학사, 1969.10.
　　김춘수, 「박용래의 신작 오편」, 『현대문학』, 1970.5.
　　정한모, 「향토적 릴리시즘의 승화」, 박용래 외, 『청와집』, 한국시인협회, 1971.
　　오규원, 「타프니스 詩人論－金宗三과 朴龍來를 中心으로」, 『문학과 지성』, 1975.11.
　　오탁번, 「콩깍지와 새의 온기」, 『현대문학 산고』, 고려대출판부, 1976.10.

논의들은 박용래 시를 총체적으로 접근하지 못한 아쉬움은 있으나, 연구의 토대를 마련했다는 점에서 의의를 갖는다. 형식적 특성을 통한 구조 분석은 1991년 『시와 시학』의 「현대시인 집중연구」[23]에서 '박용래 특집'을 다루면서 연구의 폭이 확대되었다. 이후 80년대 중반부터 김종익을 시작으로 본격적인 학위논문[24]들이 발표되기 시작했다. 2008년 초까지 발표된 학위논문들의 논의를 크게 네 가지 측면으로 정리해 보면 다음과 같다.

이태수, 「토속애·우주감정 기타」, 『현대시학』, 현대시학사, 1977.7.

조창환, 「시인의 개성」, 『심상』, 1979.12.

김재홍, 「박용래 또는 전원상징과 낙하의 상상력」, 『심상』, 1980.12.

유자효, 「서정의 유형」, 『현대시학』, 현대시학사, 1981.3.

하현식, 「언어 그 천형의 외로움」, 『현대시학』, 현대시학사, 1981.3.

이은봉, 「박용래 시 연구」, 『한남어문학』 제7집, 1982, pp.73~112.

홍희표, 「향토시인연구(Ⅰ)-박용래」, 『목원대학논문집』 제7집, 1984, pp.79~96.

조남익, 「황금찬 박용래의 시」, 『현대시학』, 현대시학사, 1987.5.

권오만, 「박용래론」, 김용직 외 49인, 『한국현대시인연구』, 민음사, 1989, pp.228~242.

차한수, 「朴龍來 詩의 硏究」, 『동아논총』 제29집, 동아대학교, 1992, p.10.

진순애, 「박용래 시의동일성의 시학」, 『인문과학』 제33집, 성균관대학교, 2003, p.103.

22) 송재영, 「동화 혹은 자기소멸」, 『강아지풀』, 민음사, 1975.6.

이승훈, 「빈잔의 시학」, 『白髮의 꽃대궁』, 문학예술사, 1979.6.

이문구, 「박용래 약전」, 『먼 바다』, 창작과비평사, 1984.11.

손종호, 「근원적 고독에의 저항」, 『저녁눈』, 미래사, 1991.5.

23) 최동호, 「한국적 서정의 좁힘과 비움-박용래의 시세계」, 『시와 시학』, 1991. 봄호, p.138.

이은봉, 「박용래 시의 한과 사회현실성」, 『시와 시학』, 1991. 봄호, pp.147~157.

조창환, 「박용래 시의 운율론적 접근」, 『시와 시학』, 1991. 봄호, p.167.

정효구, 「박용래 시의 기호론적 접근」, 『시와 시학』, 1991. 봄호, p.184.

윤호병, 「박용래 시의 구조분석」, 『시와 시학』, 1991. 봄호, pp.185~209.

24) 2008년 1월 현재 박사학위논문 5편과 석사학위논문 31편, 전체 36편이 확인되고 있으며, 이는 박용래 시인과 다른 시인을 비교한 논문 7편을 포함한 숫자이다.

첫째, 시 세계 또는 시 의식에 관한 연구[25]가 있으며, 김성우는 시인의 내면의식을 여성적 특성인 anima[26]라는 개념 하나에 모든 논의를 집중하고, 한계상황과 연민・향수와 과거 복원・모성 회귀와 퇴행・초월과 자기 현실이란 주제로 살폈다. 박용래 시의 첫 연구 논문으로서의 의미를 갖는 김종익은 향토성의 세계・회상의 세계・현상으로서의 세계로 구분하여 살폈고, 박영우는 시 속에 녹아 있는 형상화된 시어와 이미지, 운율의 특성과 의미 구조를 짚어보고 시 의식은 자연친화적인 불교와 노장사상에 뿌리를 내리고 있으며, 예리한 형태 감각이 빚어내는 서정적 절제미는 중요한 형식적 특성원리라고 했다. 또한 시의 결점과 한계로서 "열림 지향성의 부족"을 지적하고, "자아의 세계와 사회역사의 세계를 포괄하는 시각을 확보"해야 한다고 살폈다. 최근 환경과 생태적 삶에 초점을 맞춘 연구로는 김성화・박치범의 논문이 주목된다.

둘째, 상상력과 이미지, 상징과 기법을 살핀 연구[27]가 있다. 이가

---

25) 이 관점에서 다룬 연구자들은 강경자, 권상기, 권태주, 김성우, 김성화, 김종익, 노미영, 민경희, 박영우, 박옥춘, 박치범, 임선경, 전형철, 한숙향, 허기순이 있다. 논문 목록은 참고문헌으로 대신한다.

26) 이부영, 『분석심리학』, 일조각, 1978, pp.77~83. 융(Carl Gustav Jung)의 분석심리학에서 제시된 용어로써, 남성 속에 있는 모든 여성적인 것들의 근본인 원형이다. anima는 몽상, 꿈의 언어, 이상적 자아, 조용한 지속성, 휴식, 평화, 식물, 다정한 부드러움, 수동적 善, 통합, 개인적, 비합리적 등의 특징을 지닌다. anima는 animus와 함께 인간에게 있어서 가장 영향력이 큰 원형이라 할 수 있으며 인간을 집단 무의식의 차원으로 이끌어주는 다리 또는 문의 역할을 한다. 특히 anima는 무의식의 이미지들로 하여금 의식적인 마음과 대화를 나눌 수 있게 해주며 논리적인 마음에 결여된 감정적인 부분을 보충하므로 시인의 여성적 감수성과 이미지들의 관계를 밝히는데 중요한 근거로 삼을 수 있다. 김성우 논문에서 재인용.

27) 이 관점에서 다룬 연구자들은 강순이, 김혜순, 윤미정, 이가희, 이만철, 이소연, 전경희, 최동일이 있다. 논문 목록은 참고문헌으로 대신한다.

희는 시에서 즐겨 쓴 시어를 자연 소재와 내면 소재로 나누고 그 속에 나타난 상징을 분석하였다. 전경희는 생애를 검토하고 형태적 특질을 살펴본 후 이미지의 전개에 따라 초기에는 물과 고향과 눈의 이미지를, 중기에는 식물과 여성 이미지, 후기에는 바람과 유년 이미지에 초점을 맞추어 달관의 세계로 변모해감을 살폈다.

셋째, 구조와 형태, 형식적 방법에 주목한 연구28)가 있다. 박용래의 시를 형식적인 면에서 살핀 정대진은 먼저, 소외의 관점에서는 시의 구성 단위인 율격 양식·시의 형태 구성의 방법·음성상징을 특징으로 봤다. 율격은 연의 확대와 축소를 통해 나타냈고, 다각적인 통사구조의 사용으로 유사성과 차이점을 밝혔다. 또한, 서경과 서정의 배합으로 미적 의식을 나타냈으며, 박용래의 시는 음성상징어의 사용으로 사물시를 지향하면서도 입체감과 실재감을 묘사하는 독특한 구조라 밝혔다. 최윤정은 병렬법을 통한 의미구조를 대립·반복구조·병치구조·대칭구조·점층구조로 변별하고 각각의 구조가 어떻게, 어떤 의미를 파생시키고 있는지를 살폈다.

마지막으로 다른 시인과 비교한 연구29)가 있다. 김소연은 1950년대 실존의식에 초점을 맞추고 이미지의 확장성, 자아의 지향세계, 인식의 공간구조면에서 살폈으나, 1950년대 시30)에만 제한하여 아쉬움

---

28) 이 관점에서 다룬 연구자들은 문현주, 박선경, 윤미정, 이문례, 정대진, 차수경, 최윤정이 있다. 논문 목록은 참고문헌으로 대신한다.

29) 다른 시인과 비교한 논문의 연구자들은 김소연, 김연제, 김종호, 박유미, 안상원, 이경철, 정한용이 있다. 논문 목록은 참고문헌으로 대신한다.

30) 「눈」, 「겨울밤」, 「설야」, 「종소리」, 「가을의 노래」, 「황토길」, 「땅」, 「엉겅퀴」, 「코스모스」, 「고향소묘」, 「한식」, 「산견」, 「뜨락」, 「울타리 밖」, 「잡목림」의 15편이나 논문에는 14편으로 표기되어 있다.

이 있다. 박유미는 박용래의 시 세계를 '침묵과 절제의 시'라는 부제로 자아의 낮춤과 염결의식 · 유토피아 지향의식과 과거적 상상력 · 여성편향의식과 식물적 상상력 · 침묵을 통한 존재의 현현이라는 항목으로 연구하여 특히 행간의 여백을 전경화 함으로써 적막의 울림을 침묵의 언어로 현현시킨다고 살폈다.

지금까지 논의를 종합해 보면 많은 연구자들이 박용래 시의 특징과 의미들을 다양하고 폭넓게 밝혀 왔음을 알 수 있다. 기존 연구자의 논의는 대체로 내용과 표현, 방법론을 중심으로 고향을 지향하는 향토성 · 토속적 고향미 · 과거지향적 · 여성편향적이고 눈물을 통한 애상적인 슬픔의 정서 측면에 집중되어 왔다. 후기 시 연구에서는 동양적 허무와 달관의식을 추구하는 세계관으로 모아졌지만, 이러한 논의들은 서로 혼재되어 있다. 그런 까닭에 그의 시가 갖고 있는 전면적이고 깊이 있는 창작방법의 특질에 대한 탐색은 이뤄졌다고 보기 어렵다. 이에 박용래 시 전체를 꿰는 창작방법은 기존 방법과는 다른 각도에서의 연구와 깊이를 필요로 한다고 볼 수 있다.

더구나 창작방법에 대해서는 여러 연구자들의 논의가 미흡할 뿐아니라 아직까지 종합적이고 본격적인 연구는 발표되지 않았다. 그러므로 한국 현대시사에서 독특한 "한국적 서정"[31]을 열어놓은 박용래 시에 숨어 있는 창작방법은 무엇인가라는 문제의식에서 이 연구는 출발한다.

---

31) 김종호, 「朴龍來 시에 나타난 原型 心象 고찰」, 『어문연구』 34권2호 통권130호, 2006, p.234.

제2장

시 창작과정

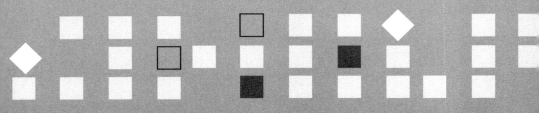

1. 산실—청시사(靑枾舍)

　박용래의 산실은 1965년부터 거주한 대전시 오류동 17번지 15호[1]로 스스로 택호(宅號)를 붙인 '청시사(靑枾舍)'다. 이곳에서 134편[2]의 시를 발표했다. 『먼 바다』에 수록한 시 160편[3]을 기준하여 연도별로 발표편수를 보면 50년대 15편, 60년대 20편, 70년대 이후 126편을 발표했다. 전체의 84%인 134편을 '청시사'에서 발표했으니 산실이라고 해야 마땅하다. 산문에서 표현하고 있는 생생한 산실의 모습이다.

---

[1] 2008년 현재 '靑枾舍'는 대전시 중구 오류동 149-12번지로 새롭게 주소가 바뀌었으며, 6월 철거되었고 10월에는 대전시 중구 소유의 공영주차장으로 개발될 예정이다.

[2] 1965년 이후에 발표한 작품의 총 편수로써, 60년대 20편 중 65년 이후 발표편수는 8편이다.

[3] 「曲 5篇」과 「童謠風」에는 소제목으로 각각 5편을 포함하고 있으나 1편으로 간주한다. 10편을 포함하면 168편이다.

나의 산실(産室)은 좁다. 처음과 끝이 항상 상극을 벌리고 있다. 나의 시는 가짜일까. 이 가짜를 위해 20여 년이나 괴로워했을까. 머리는 희끗희끗, 먼 산이 보인다. 정말 진짜 시를 쓰고 싶다. 언어를 망각하고 싶다. 꽝꽝나무 같은 단단한 의미, 의미가 깃든 그런 시를 한 열 편쯤 쓰고 가출하고 싶다.4)

　　대지 55평의 좁은 공간, 65년 송악중학교를 사임하고 나이 마흔에 퇴직금을 보태서 마련한, 서대전 삼거리 김장밭머리의 "삿갓만한 초가삼간"이 그의 산실이었다. 이곳은 "목교(木橋)에 맑은 물이 흐르고, 물에는 물새가 날고 박꽃 피는 토담이 옹기종기한 전원풍"이 물씬 풍겨 나오는 곳이었다. 그 산실에서 "투박할 수 있는 사물들을 꿰어 옥처럼 빛나게 하는 그 탁발한 미적 감각"으로 "가는 선과 짙은 색깔"5)을 담은 시들을 갈고 다듬어내던 그는 결국 그의 산실에서 타계했다. 그의 산실은 새로운 생명을 잉태한 기쁨을 누리고 출산의 고통으로 자신과 싸우며 창조의 아침을 가슴으로 맞이한 장소이다. 세 권의 시집을 펴낼 때마다 느꼈던 고통을 산고에 비유하며 몸부림했던 소박한 시인의 면모를 모두 담고 있는 곳이다. "아무리 자유롭게 쓴다" 하더라도 겪을 수밖에 없던 산고를 "백치상태의 공허함"6)으로 에둘러 표현하고 있다.
　　'청시사'는 산실의 택호였다. 황금빛 열매들을 탐스럽게 매달고 있

---

4) 박용래, 「나의 詩, 나의 메모-水脈」, 『우리 물빛사랑이 풀꽃으로 피어나면』, p.99.
5) 신경림, 「박용래 : 눈물과 결곡의 시인」, 『신경림의 시인을 찾아서』, 우리교육, 1998, p.104.
6) 박용래, 앞의 글, 앞의 책, p.96.

는 감나무는 그 모양과 맛도 좋지만, 황금빛 옷 속에 신선이 마시는 단물이 들어 있다고 해서 '금의옥액(金衣玉液)'이라 불렀다. 옛사람들은 감나무의 좋은 점으로, 감나무에는 새가 집을 짓지 아니하고, 벌레가 꼬이지 않는다. 시원한 그늘을 만들어 주며, 수령이 길다. 단풍이 아름답고, 낙엽은 좋은 거름이 되며, 열매는 맛이 뛰어나다는 일곱 가지를 꼽았다. 그런 유익함으로 감나무는 사과나 배 등 다른 유실수와 달리 과수원보다는 우리가 사는 집 뜰에 심었던 정원 과수이다.

시인이 생전 특히 좋아했던 '황토색'과 '보랏빛' 중에서 감의 빛깔이 '황토색'이어서 그랬을까? 아무튼 '푸른 감나무 집'으로 택호를 삼았다. 넓은 잎사귀로 지붕을 덮어 그늘을 만들어 주던 두 그루의 오동나무도 함께 있었지만 감나무를 좋아했던 시인은 '청시사'를 택했다. 타계할 때까지 '푸른 감나무 집'에 머물렀던 시인은 20여 년 동안 맑고 푸른 진짜 시를 쓰고 싶어 세상과 타협하지 않았다. 오직 시인이라는데 한없는 긍지를 느끼며 살고 싶었던 시인의 바람이 오롯이 담겨 있다. 1969년 가을 박용래를 처음 만난 후, 오랜 날 함께 지켜보았던 이문구의 글에 나타난 청시사의 다른 모습이다.

옆에는 허름한 제재소와 물엿가게가 있어 마차군, 손수렛군, 지겟군이 온종일 두런두런 해동갑을 하고, 짐꾼들의 요기를 돕는 옴팡간 주막이 하나, 나귀랑 노새랑 화소랑 하품 섞인 투레질이 그치지 않던 곳, 축담 용고새 위로 고추잠자리가 뜨면 쓰르라미 번갈아 울어 해거름을 부르고, 동짓달 시래기두름이 가랑잎 소리를 할 때 처마 끝의 개밥별이 깃들이 참새를 재우던 곳, 시인은 마당에 피고 지는 풀꽃을 사랑하여 자다 깨다 목침 돋우어 시를 짓고, 소꿉장난이 시들해진 아이들은 마루 끝에 엎드려 아빠의 싯귀를

도화지에 옮겼다.[7]

　또한 그의 산문에서도 곳곳에 산실의 풍경은 계속해 나타난다. "밤마다 풀벌레 소리가 베갯머리를 적시고" 마당에 떨어진 감나무와 오동나무에서 철을 따라 "마당에 지는 낙엽을 쓸며" 보낸다. 여러 가지 나무와 꽃들은 사철 만발하여 산문에 나타난다. 봄에는 "우리 집 뜰에는 앵두꽃이 피었단다", 앵두꽃과 함께 핀 "라일락은 지금이 만개"라고 노래했다. "뜰에 영산홍이 호들갑스러"움을 읊기도 했으며, 처서를 맞을 즈음엔 "아직 뜨락에 옥잠화는 피지 않았지만 샐비어의 색조는 완연히 가을이구나"를, 가을에는 "아빤 요새 담장 밑의 무화과"만 바라보며 "전설의 나무"라고 얘기하듯 찬찬히 그려내고 있다. 아기자기한 '청시사'의 자랑은 여기서 그치지 않고 제비둥지 얘기로도 신바람이 난다. "꽃밭을 바라보는 중간 문, 그 문등(門燈)의 둥근 등피(燈皮) 위에 교묘하게도 집을 쌓아 올"린 것까지도 딸 연(燕)에게 편지로 얘기하며 생명에 대한 집착과 제비들의 슬기와 숭고함을 얘기한다. "창밖에 물든 감나무를 보면 가을이 총총히 내려와 주렁주렁 매달린 듯"하다고 하며 '청시사'의 변화무쌍한 사철 풍경을 자세하게 알려 주기도 하고, 찾아오는 지인들에게 자랑할 만큼 가슴 뿌듯한 공간이 바로 '청시사'였다.

　　벗과 더불어
　　슬라브 슬라브 지붕은 쓸쓸하구나

---

7) 이문구, 「朴龍來 略傳」, 『먼 바다』, 창작과비평사, 1984, p.258.

벗과 더불어
제비 없는 술병은 쓸쓸하구나

하루에도 수백 번
들바람, 腐土를 묻혀오던

골목을 누비던
먹기와 빚 깃

제비 없는 처마밑
끄으름이 서누나

옥수수, 단수숫대 이삭은 펴도
벗과 더불어

―「처마밑」 전문

청시사에서는 하루에도 어린 새끼들을 위한 벌레잡이로 "수백 번" 수천 번씩 오가며 부지런히 내달린 덕분에 반질거리는 '처마밑'을 바라보며, 이젠 찾아오지 않는 텅 빈 '제비'집의 쓸쓸함이 묻어난다. 까치둥지 같던 '초가삼간'을 석조 '슬라브'의 현대식 주택8)으로 새로 지은 탓인지 쓸쓸함은 배가되어 전해진다. 부엌에서 나오는 밥 짓는 연기로 채 '끄으름'이 앉을 사이 없이 내달렸을 '제비'집에도 이제는 빛바랜 '끄으름'만이 덕지덕지 앉아 있고, 더 이상 '제비'가 찾지 않

---

8) 머릿돌 기준으로 1973년 7월 15일 새로 지어진 25평의 양옥이다. 신경림, 앞의
책, p.96.

는 '골목'길은 한산하다.

　손수레꾼, 지게꾼들이 온종일 두런두런 해동갑을 하고, 짐꾼들의 요기를 돕는 옴팡간 주막이 있는 '골목'길을 내닫던 '먹기와 빛 깃'을 뽐내던 멋지고 날렵한 '제비'도 더 이상 날아들지 않는 '처마'의 삭막함에서는 생명의 존귀함은 느껴지지 않는다. "그는 그보다 더 술을 사랑하여" 마시던 술이었지만 그 '술병'마저도 '쓸쓸'할 수밖에 없었다. 계절이 바뀌어 한여름 '옥수수'의 흰 수염이 검붉게 물들고 '수숫대'의 이삭은 변함없이 펴지고 오래된 '벗'과의 관계도 어긋남이 없는데, 유독 '처마' 밑의 '제비'집만 덩그렇게 홀로 남아 시꺼먼 '끄으름'이 삼키고 있다는 '처마밑'의 '쓸쓸'함이 여미어 온다. 문 옆에 있던 감나무를 배경으로 쓴 작품을 보며 산실에 다가가 골목풍경을 살펴보자.

바람 부는 새때,
아침 열시서 열한시,
가랑잎 몰리듯 몰리는
골목 안 참새.
갸웃갸웃 쪽문 기웃대다
쫑쫑이 집 쫑쫑이
흘린 밥알 쪼으다
지레 놀래
가지 타고 꼭지 달린
紅柿에 재잘거린다.

추녀에 물든 놀,
용고새 용마름엔

누가 사아나.

토담에 물든 놀,
용고새 용마름엔
누가 사아나.

물방울 튕기듯 재잘거린다.
바람 부는 새때,
낮 세시서 네시.

─「紅柿 있는 골목」 전문

　이 시는 가을, 대문 앞 감나무에 주렁주렁 달린 감들이 홍시가 되었을 즈음 반쯤열린 창틈으로 고즈넉이 바라본 한적한 '새때'의 오전과 오후 골목 풍경을 묘사한 작품이다. 산실을 오가며 아침저녁 바라보았을 그 골목을 지나서 사람들은 생활의 터전으로 모두가 일찍 나갔다. 바람만이 오가는 골목 그것도 '끼니와 끼니 사이의 때'인 시간이라 사람의 발길은 뜸하다. 직장을 가진 사람들은 일터에서 열심히 일손을 재촉할 시간이다. 그런 시간의 골목 안은 바람만이 오갈 뿐이다. 이 '새때'를 틈타 본래 무리를 지어 들판과 하늘을 몰려다니던 참새 떼들이 와락 내려앉았다, 작은 인기척에도 화들짝 놀라 공중으로 치솟는다. 우수수 가랑잎이 떨어지듯 한꺼번에 "가랑잎 몰리듯 몰리는" 골목이다. 그런 골목에 빠알간 홍시가 가지에 한들한들 매달려 있다. 그 틈을 참새들은 떼로 몰려와 이집 저집 '쪽문'들을 '기웃대'기도 하고, 내려앉아 '쫑쫑이'의 밥그릇을 딸랑거리며 허겁지겁 넘보다 '흘린 밥알'을 쪼아 먹기도 한다. 순간 어디서 기척이라도 있으면 '지레 놀래'서 날아 오른 뒤, 매달려 있는 홍시에게 '물 방울 튕기듯' 자유롭고 유쾌하게 '재잘거'리며 묻는다. "추녀에 물든 놀,/ 용고새 용마름엔/ 누가 사아나", "토담에 물든 놀,/ 용고새 용마름엔/ 누가 사아나". 용마름은 당연히 참새들의 보금자리인데도 한가 로운 재잘거림으로 위태로운 그 찰나에 묻고 있는 곳, 여유와 자유로 움이 한껏 묻어 나오는 그 골목길이다. 그 길을 바라보는 산실에는 오늘도 "자유롭게, 아무리 자유롭게 쓴다 하더라도, 창조에는 으레 산고가 따르기 마련"인 산실이 있다. "바로 처음과 끝이 항상 상극" 을 하고 있듯 산실의 안과 밖도 '상극'이라는 틀 안에서 공존한다.

> 초가 지붕 처마에 제비집이란, 이제는 아예 쓰레기통에 버려진 액자 없는 그림 같은 것이랴. 그렇지만 제비는 저 피라밋의 기적 으로 올해도 슬라브벽 燈 갓에 보금자리를 틀어 올렸으니…… 오 늘도 물기 머금은 제비는 장마 선상에서 아스라이 공중 곡예를 하고 있다. 먹이 찾아 다만 먹이만을 위해서랴.[9]

두 번째 시집인 『백발(白髪)의 꽃대궁』의 서문에도 '제비집' 얘기는 빠지지 않는다. 둘째 딸의 이름에도 물찬 '제비' 연(燕)을 썼다. 「Q씨 의 아침 한때」에도 '우리 집 문등(門燈)의 제비집'이 나온다.

> 쓸쓸한 時間은
> 아침 한때
> 처마밑 제비

---

9) 박용래, 「서문 珊瑚簪」, 『白髪의 꽃대궁』, 문학예술사, 1979, p.2.

알을 품고
공연스레 **失職者**
구두끈 맬 때
무슨 일, 바삐
구두끈 맬 때

오동꽃 필 때
아침 한때.

―「Q씨의 아침 한때」 전문

이 시는 집에서 살림을 도맡아하던 시인의 모습을 엿볼 수 있다. 지극한 부정(父情)으로 막내 재성을 업어 주면 '애보개'라고, '실업자'라는 놀림을 받으면서도 행복해했던 'Q씨의 아침 한때'를 들여다보자. 전업시인으로서의 익숙한 삶인데도 '제비'가 "알을 품"으면, 오뉴월 자주색 '오동꽃'이 "필 때"면, 바쁘게 '구두끈'을 서둘러 매야 하는 조바심은 쉽게 사라지지 않는다. 그런 조바심을 눌러가며, 초가와 축담이 헐린 슬라브집에서 시상(詩想)마저 달아날까 투정을 하면서도 끝까지 '청시사'를 지켰다.

세월의 변모에 따라 인심도 변해가듯, '청시사'의 주변도 많이 바뀌었다. 바뀐 풍경을 살펴보자.

현재 살고 있는 여기만 하더라도 애초에 찾아든 동기는 목교(木橋)에 맑은 물이 흐르고, 물에는 물새가 날고 박꽃 피는 토담이 옹기종기한 전원풍에 마음이 쏠린 탓이 아니었던가.
그간 적지 않은 세월이 흘러, 물새 날던 목교 밑은 복개가 되

어 그 위로 벌집 같은 백화점이 들어섰을 뿐더러, 불과 주민 사오
만의 거리가 이제는 인구 오륙십만의 중간도시로서 상전벽해의
감이 없지 않으나, 허나 아직은 금시라도 차를 타고 한 이,삼십
리만 달리면 고즈넉한 전원은 얼마든지 전개된다.10)

　마음 속에 시인이 될 꿈을 간직하고만 살았던, 수십 년 전 "어떤
이가 갈망하는 생활은 무엇이냐고 묻기에" 박용래가 갈망하던 곳을
이렇게 묘사했다. "밤이면 사과궤짝 모서리에 촛불을 켜고 숯불처럼
이글대는 별 떼를 볼 수만 있는 방이라면, 사방 마분지로 바른 벽이
라도 좋다"11)던 그곳, 그 방이 현실로 이뤄진 곳이 '청시사'였다.
　'청시사' 그곳은 "그가 그냥 머무르던 공간만은 아니다. 바로 그
자신의 일부였다고 말해도 지나치지 않을"12) 터전이었으며, 그의 시
가 산고의 고통을 함께 겪으며 탄생의 기쁨을 누리던 진정한 산실이
었다.

10) 박용래, 「민들레 한 송이에도」, 앞의 책, pp.126~127.
11) 박용래, 「서문 珊瑚簪」, 앞의 시집, p.2.
12) 신경림, 「박용래 : 눈물과 결곡의 시인」, 앞의 책, p.97.

2. 창작의 원류와 시적 상관물[13]

2.1. 창작의 원류 - 고향

박용래가 추구하고 쓰고자 했던 시 창작의 원류를 살펴보자. "나의 시류(詩流)의 밑바닥에는 항시 이런 내밀한 차일(遮日)의 봄이 흐르고 있다"고 고백한다.

> 나의 관심은 고향, 나의 대상은 순도, 홍역, 차일—시골 닭장 속의 횃대에 걸리는 아지랑이, 까마귀 내뱉는 떫은 고욤알 같은 것.[14]

> 하늘타리, 호박잎에 모이는 빗소리, 수레바퀴, 멍멍이, 빈盞 등

---

13) 박용래는 창작의 '관심'과 '대상'으로 표현했다.
14) 박용래, 「이삭을 줍듯이」, 앞의 책, p.123.

은 내가 즐겨 찾는 素材, 우렁 껍질, 먹감, 진눈깨비, 조랑말, 汽
笛, 鴻來누이 등은 내가 즐겨 찾는 素材.
　옷을 깁고 싶다. 당사실 같은 언어로 떨어진 시인의 옷을 깁고
싶다. 한뜸 한뜸 정성스레 깁고 싶다.15)

　박용래 시 창작의 원류는 고향이었다. 나아가 보잘것없고 초라하
고 남들의 시야에서 멀어진 기억에만 있는 사물들이 그의 관심이었
다. '아지랑이', 사라지는 마당어귀 한쪽 구석을 겨우 차지한 닭장
속 그 속을 설핏 비치다 사라지는, 간짓대를 가로질러 만들어 놓은
'횃대'에 잠시 걸려 있던 '아지랑이'를 본 사람이 얼마나 될까? 그런
예리함이 그의 관심이었다. 보통의 사람에게는 있는지조차 모를 '아
지랑이'가 박용래에게는 흥미를 갖고 마음을 쓰거나 알고 싶었다. '까
마귀가 내뱉은 고욤알'은 쓰레기였지만 보기 어려웠다. '당사실'은 귀
한 실이었다. 구하기도 어렵고 그 귀한 명주실을 여염집에서 쓰는 일
도 쉽지 않은 일이었다. 그런 '당사실'과 같은 언어로 한 뜸 한 뜸 시
(詩)라는 한 벌의 옷을 정성스레 깁기 위해선 '자연히 대상은 제한'되
었고 그 결과는 결국 '과작(寡作)의 원인'이 되었다는 고백이다. '눈물
의 시인'이라고 부르는 그의 '눈물'은 결국 관심으로 건져 올린 사랑
의 산물이다.

　모든 아름다운 것들은 언제나 그의 눈물을 불렀다. 갸륵한 것,
어여쁜 것, 소박한 것, 조용한 것, 알뜰한 것, 인간의 손을 안 탄
것, 문명의 때가 아니 묻은 것, 임자가 없는 것, 아무렇게나 버려진

---

15) 박용래, 「珊瑚簪」, 앞의 책, pp.3~4.

것, 갓 태어난 것, 저절로 묵은 것…… 그러기에 그는 한 떨기의 풀꽃, 한 그루의 다복솔, 고목의 까치둥지, 시래기 삶는 냄새, 오지굴뚝의 청솔 타는 연기, 보리누름철의 밭종다리 울음, 삘기 배동 오르는 논두렁의 미루나무 호드기 소리, 뒷간 지붕 위의 호박넝쿨, 심지어는 찔레덤불에 낀 진딧물까지, 그는 누리의 온갖 생령(生靈)에서 천체의 흔적에 이르도록 사랑하지 않은 것이 없었으며, 사랑스러운 것들을 만날 적마다 눈시울을 붉히지 않은 때가 없었다.16)

아름다움은 아는 만큼 보이고 보이는 만큼 사랑하게 된다. 사랑해야만 관심을 갖게 된다. 김상옥도 우리 것을 알려면 사랑을 해야 하고, 사랑을 하려면 직접 돈을 주고 사봐야 하고, 더더욱 배를 주리며 산다면, 더욱 깊은 사랑을 알게 될 것이라고 말했다.17) 사랑이 없으면 지나침과 방관, 무관심이며 사랑이 있어야 눈높이와 가슴높이를 맞출 수 있고 비로소 다가와 의미가 된다. 신토불이인 '시래기 삶는 냄새'도 여느 채소 삶는 냄새와 별 다르지 않다. 바로 밭에서 거둬서 삶는 채소인지, 새끼로 한 줌씩 엮었다가 뒤란의 지붕 밑에서 매달았다 가져와 삶는 '시래기'인지를 냄새로 아는 것은 관심이다. "오지굴뚝의 청솔 타는 연기"도 마찬가지다. 붉은 진흙으로 세워 만든 '오지굴뚝'에서 부엌에 불을 지필 때마다 흘러나오는 굴뚝의 '연기'로 '청솔'가지인지, 장작으로 만들어 키 높이까지 쌓아두었다 가져와 지피는 마른 장작인지를 알기 위해선 철저한 관심이 요구한다. '호드기 소리'를 알아내는 일은 더욱 깊은 관심이 필요한 일이다. 버드나무

---

16) 이문구, 「朴龍來 略傳」, 앞의 책, p.235.
17) 이어령 외 35인 공저, 『그 뜨겁고 아픈 경치』, 고요아침, 2005, p.255.

인지 '미루나무'인지 '호드기'를 만든 나무껍질의 근소한 두께의 떨림에서 오는 음의 미묘함을 모르면 관심이 있어도 어려운 경지라 할 수 있다. 사랑은 저절로 얻어지지 않는다. 어렵고 힘든 과정을 여러 번 겪어가며 관심을 갖게 되면 미운 정, 고운 정은 자연스럽게 다가온다. 우여곡절 겪는 관심을 넘어 습득한 사랑의 결실들은 먼발치서 바라만 봐도, 생각만 해도 지나온 과정의 상념으로 저절로 '눈시울' 짓게 된다. 관심이란 사랑을 주거나 받아보지 못한 사람은 이해하지 못하는 법이다. 사랑으로 품은 모든 사물은 박용래의 관심인 고향에서 '즐겨 찾는 소재'가 되었고, '진실은 고문'이라는 시작(詩作)에서 평생을 만들고 가꿔갈 시의 씨앗이 되었다.

> 푸른 江心 배다리가 내려다보이는
> 故鄕땅 旅館집
> 뒷담은 치지 않고
> 마당가 군데군데
> 마른 꽃대 풀대 등을 대고 있었다.
>
> 저녁床에 나온 상수리 묵접시
> 갈밭을 나는 기러기,
> 그림 들어 있었다.
>
> 들길 따라 찬 비는 오고 있었다.
>
> ─「故鄕素描」 전문

 박용래의 고향은 두 곳이다. 1925년 태어나 1943년 강경상고를 졸

업하기까지 살았던 곳은 논산군(論山郡) 강경읍(江景邑) 본정리(本町里)이
며, 호적상 본적인 부여군(扶餘郡) 부여면(扶餘面) 관북리(官北里) 70번지
는 가향(家鄕)이다. 그런 까닭에 고향을 주제로 쓴 작품에는 논산과
부여가 번갈아 등장한다. 박용래의 작품에서 직접 '고향'이란 단어가
나오는 시는 11편[18]에 불과하지만 고향의 정서를 담고 있는 작품은
많이 발견된다. 대부분 고향은 시·공간적으로 돌아갈 수 없는 추억
의 장소라는 점에서 고정되고 정체된 느낌이 없긴 않지만, 우리에게
삶의 활기와 의미를 심어주는 능동적인 속성을 지닌 대상으로 전
환[19]되어 나타난다. 위 작품에서는 다행히 찾아갈 수 있는 고향이다.
'들길 따라 찬 비' 내리는 날, 고향을 찾아와 '배다리'가 '내려다보이
는 여관(旅館)집'에서 형태와 명암만을 잡아 단색(單色)으로 고향을 그
려냈다. 단색을 위해서 '찬 비'를 끌어왔다. 비 내리는 다리 위에서
'푸른 강심(江心)'을 보기란 쉽지 않다. 상상력을 끌어들여 어릴 적 다
리 위에서 내려다보면 깊은 강물이 하늘에 비쳐 푸른빛을 반사했던,
그 그리움의 고향을 아름답게 그려내고 있다. 시골 집 안팎 어디서
나 피고 지는 개망초의 꽃대와 풀대들이 등을 맞대고 비벼대듯 피어
있는 마당을 바라보며 받는 '저녁상(床)'은 더욱 정겹고 평화롭다. 다
른 반찬도 아닌 상수리를 한 톨 한 톨씩 어렵게 줍고 말리고 빻아
만든 '상수리 묵'은 푸근한 아낙의 인심과 평온이 묻어난다. 함께 나
온 '접시'에는 '기러기'가 내려앉았다. 추수가 끝난 가을 들녘을 지나

---

18) 「겨울밤」, 「故鄕」, 「故鄕素描」, 「꽃물」, 「某日」, 「밭머리에서서」, 「울타리 밖」, 「연
　　지빛 반달型」, 「건들장마」, 「은버들 몇 잎」, 「公州에서」.
19) 김현정, 「정훈과 박용래의 시에 나타난 고향의식」, 『韓國語文學會』 제50집, 2003,
　　p171.

안식처인 고향을 찾아가는 '기러기'의 모습은 더욱 아늑하다. 또 다른 고향의 모습은 어떻게 표현되는지 보자.

> 눌더러 물어볼까 나는 슬프냐 장닭 꼬리 날리는 하얀
> 바람 봄길 여기사 扶餘, 故鄕이란다 나는 정말 슬프냐.
>
> —「故鄕」 전문

이 시는 「고향소묘(故鄕素描)」보다 2년 뒤인 1960년에 발표한 「고향(故鄕)」이며, 부여를 찾아온 박용래의 모습이 떠오른다. 특별히 "나는 슬프냐"를 반복해가며 "나는 정말 슬프냐" 물어볼 사람조차 없어 "눌더러"라고 하소연하지만 정작 본인은 슬프지 않은 덤덤한 모습이다. 진짜 슬픈 사람은 눈물을 흘리며 울지도, 누구에게 묻고 다니지 않는다. 묵묵히 혼자 슬픔을 삭일 뿐이다. 다만, 겨울이 채 가시지 않은 '하얀 바람' 나부끼는 '봄날'이라 오가는 사람이 없어 쓸쓸하고 한적하다. 그러나 계관(鷄冠)을 꼿꼿하게 세우고 '하얀 바람'에 긴 꼬리를 휘날리는 '장닭'의 이미지는 여전히 살아 숨 쉬고 있는 그립고 정겨운 고향을 전해주고 있다.

> 겨울 農夫의 가슴을 설레고 설레게 하는 論山산업사 정미소 안
> 뜰의 山더미 같은 왕겨여 김이 모락모락 피는 아침 왕겨여 지나
> 는 나그네
> 보기만 해도 배 불러라
>
> —「論山을 지나며」 전문

이 시에서는 여든여덟 번의 손길을 거쳐야 한다는 벼농사를 마친 '농부'의 뿌듯함이 절로 전해져 온다. 정미소 앞을 지나치는 낯선 '나그네'가 쳐다 "보기만 해도" 포만감으로 '배'가 부르다. 그런 정미소의 '안뜰'에는 서리가 내리고 "산더미 같은 왕겨"에서는 발열작용으로 습기가 녹으며 "김이 모락모락" 피어오른다. 넉넉하고 풍성한 들녘뿐만 아니라 시선을 돌리는 곳마다 '가슴' 가득 기쁨이 몰려드는 풍요로운 정경들이다. 똑같은 관심, 고향인 부여를 두고 20년 후에 노래한 시 「부여(扶餘)」를 보자.

　　꾀꼴 소리 넘치는 눈먼 石佛, 물꼬 보러 가듯 가고 없더라. 질경이 섧으며 동저고릿 바람으로

　　노을 잠긴 국말이집 상머리 너머 歲月, 앉은뱅이꽃.

　　언덕 하나 사이 두고 언덕, 징검다리뿐이더라.

-「扶餘」 전문

1980년에 발표한 고향 「부여」에는 '~없더라', '~뿐이더라'는 추측으로 자신감을 제한하고 있다. '부여'는 백제의 도읍으로 문화재와 역사의 숨결이 곳곳에 느껴지는 곳이며 박용래는 "태어나 자란 강경보다 부여를 늘 고향"[20]으로 여겼다. 조재훈은 "부여가 그의 시의 태반(胎盤)이라고 한다면 강경은 그의 시의 육체"[21]라고 했다. 그런

---

20) 이경철, 「한국 순수시의 서정성연구-박재삼, 박용래, 천상병의 시 세계를 중심으로」, 동국대학교 대학원 박사학위논문, 2007, p.90.

옛 영화를 고스란히 간직한 곳의 '석불(石佛)'은 오랜 세월 비바람의 풍화작용으로 눈이 멀었다. 흥왕했던 역사와 세월이 절로 느껴지는 장소에 맞게 봄날 '꾀꼴 소리'가 울려 퍼지고 흘러 '넘치'는 홍겨운 곳이 바로 고향이다. 들에는 파릇한 어린 '질경이'가 새순을 내밀고 겨우내 묵혀 두었던 마른 논바닥에는 벼를 심어 논물을 맞추기 위해 생명의 '물꼬'를 트고 막는 계절이다. 그런 계절에 제자리를 지키고 있어야 할 '눈먼 석불(石佛)'은 아무리 보릿고개일지라도 길가 '질경이'를 씹으며 '동저고릿' 차림으로 가고 없다. 행간의 여백으로 강조하듯 '앉은뱅이꽃'은 가물가물 보일 듯 말 듯 '노을'에 잠겨 '상머리 너머'간 '세월(歲月)'이 되었다. 더 없이 작고 여린 제비꽃이 '세월'의 벽을 넘기 위한 간극은 멀기만 하다. 또 다른 간극은 '징검다리'에서 더욱 커진다. '언덕'과 '언덕'을 넘거나 가기 위해선 골짜기를 따라 '징검다리'를 놓을 수 없다. '새마을운동'으로 세상이 바뀌었듯 '징검다리'보다는 교각(橋脚)이 어울린다. 그런 교각 대신 '징검다리뿐이더라'는 바뀐 삶의 방식을 찾아 도시를 향해 떠난 옛 도읍의 고즈넉함이 배어 있다. 이처럼 고향이란 같은 장소이지만 시인으로 하여금 많은 영향을 미치고, 그런 영향을 바탕으로 이미지가 확대되거나 축소된 고향의 이미지들이 경험과 어우러져 시 속에 투영되어 나타난다. 문학작품 속 고향의 속성은 대부분 과거 지향적이고 그리운 어린 시절 웃고 뛰놀던 유희공간으로 묘사한다. 이푸 투안(Yi-Fu Tuan)에 따르면, 고향은 "파라다이스와 같은 곳으로, 그 자체가 자유를 의

---

21) 조재훈, 「순결한 감성의 악기」, 『시와시인』, 1990년 창간호, p.218.

미하며, 시간은 망각되고 뛰노는 삶이 너무 즐거워 자아와 세상이 온통 하나가 되어버리는 곳이며, 시골(촌락)과 같은 곳"[22]이라고 했다. 유년시절 아련한 기억에만 남아 있는 추억의 고향에다 '커다란 긍정을 포함'하고 사랑이란 관심까지 보낸 까닭이다. 박용래의 시에서 고향은 정답고 소박하다. 이는 "가장 일반적 정서들을 그의 독특한 경험체로서의 고향과 맞물려 돌아가게 함으로써 충분히 객관화할 수 있었"던 까닭이다.[23] 박용래는 자신의 현실적 상황을 극복하고자 고향으로 회귀하여 그 속에서 관계를 맺고 살아가는 생명들을 노래하면서 영원성을 획득하는 고향이라는 공간의 변모양상을 살폈다.[24]

지금까지 고찰한 박용래 시 창작의 원류였던 고향은 평화로움과 그리움을 형상화하고 있으며, 그려내는 고향의 모습은 과거에서 현재로 다가올수록 쓸쓸함과 고적함으로 나타난다. 그러나 그런 쓸쓸함이나 고적함도 "단순한 허무주의에만 머물지 않고 오늘을 사는 우리에게 아름다운 시의 공간으로 수용"[25]되는 것은 사랑의 눈으로 형상화한 고향의 다른 모습이기 때문이다.

2.2. 시적 상관물

박용래가 사랑으로 바라보았던 시 창작의 원류는 '고향'이었고, 시

---

22) 김현정, 앞의 논문, p.158에서 재인용.
23) 최현실, 「섬세한 영혼의 언어와 소묘적 진실의 세계」, 『그림 없는 액자』, 풀밭 동인회, 1995, p.86.
24) 한숙향, 「박용래 시 연구」, 숙명여자대학교 대학원 석사학위논문, 2002.
25) 이승훈, 「해설-빈잔의 詩學」, 『白髮의 꽃대궁』, 문학예술사, 1979, p.17.

적 상관물은 '순도'와 '홍역'과 '차일'이었다. 눈물을 머금은 채 '즐겨 찾은 소재'들은 바로 '아름다운 것들'이었다. 산문의 세 곳에서 자신이 그리고 싶고 가까이 다가가 노래하고 싶어 했던 구체적인 대상들을 언급한 내용을 찾아보면 다음과 같다.

> 나의 관심은 고향, 나의 대상은 순도, 홍역, 차일—시골 닭장 속의 횃대에 걸리는 아지랑이, 까마귀 내뱉는 떫은 고욤알 같은 것.[26]

> 하늘타리[27], 호박잎에 모이는 빗소리, 수레바퀴, 멍멍이, 빈盞 등은 내가 즐겨 찾는 素材, 우렁 껍질, 먹감, 진눈깨비, 조랑말, 汽笛, 鴻來누이 등은 내가 즐겨 찾는 素材.[28]

> 모든 아름다운 것들은 언제나 그의 눈물을 불렀다. 갸륵한 것, 어여쁜 것, 소박한 것, 조용한 것, 알뜰한 것, 인간의 손을 안 탄 것, 문명의 때가 아니 묻은 것, 임자가 없는 것, 아무렇게나 버려진 것, 갓 태어난 것, 저절로 묵은 것……[29]

세 곳의 출처는 서로 다르지만, 위 내용을 종합하면 시 창작의 원류는 고향이었고, 시적 상관물이 무엇인지 알게 된다. 시 창작에서 시적 상관물인 "대상은 창작자의 의식에 전적으로 지배된다고 하는 생각도 대상의 어떤 속성들 때문"[30]에 중요하다. 따라서 즐겨 찾는

---

26) 각주 14 참조.
27) 인용문에는 '하늘타리'로, 이윤구의 글과 「귀울림」에는 '한눌타리'로 표현하나 동의어로 함께 사용함.
28) 각주 15 참조.
29) 각주 16 참조.

소재와 그의 눈물을 불렀던 진정 아름다운 것들이 무엇인지를 아래와 같이 정리했다.

관심	대상[31)	즐겨 찾는 素材들	아름다운 것들
고향	순도 (純度)	• 하늘(늘)타리 • 닭장 속의 아지랑이 • 우렁 껍질 • 먹감	• 조용한 것 • 인간의 손을 안 탄 것 • 문명의 때가 아니 묻은 것 • 저절로 묵은 것
	홍역 (紅疫)	• 떫은 고욤알 • 호박잎에 빗소리 • 진눈깨비 • 汽笛 • 수레바퀴 • 빈盞	• 임자가 없는 것 • 아무렇게나 버려진 것 • 갓 태어난 것
	차일 (遮日)	• 멍멍이 • 조랑말 • 鴻來누이	• 어여쁜 것 • 소박한 것 • 갸륵한 것 • 알뜰한 것

(1) 순도

시적 상관물의 첫째는 '순도(純度)'였다. '인간의 손을' 전혀 타지 않고, '문명의 때'는 더욱 묻지 않아, 이물질이 조금도 섞이지 않은

---

30) 전문수, 『문학의 존재방식』, 창원대학교 출판부, 1999, p.74.
31) 이은봉, 「시창작론 서설―시창작 교육을 위하여」, 崇實大學校 崇實語文研究會, 『崇實語文』 제10집, 1993, p.416. 시의 소재와 주제의 문제는 다시 시적 대상과 세계관의 문제로 된다. 소재는 대상으로, 주제는 세계관으로 연결된다는 것이다. 흔히 '소재'라는 말은 완성된 작품을 가지고 논의할 때 사용되고, '대상'이라는 말은 미처 쓰기 전의 제재를 가지고 논할 때 사용된다. 흔히 창작론의 관점에서 생각하면 시의 '소재'라는 말보다는 시의 '대상'이라는 말이 훨씬 적당하다.

채 순수[32]하게 '저절로 묵은 것'을 '순도'라 했다. 겉으로 보기에는 '차웁지만' 껍질을 '벗기면 벗길수록' 더욱더 '따스한 느낌'이 드는 것, 고향의 강둑에 '애틋함'을 '순도'라 했다. 박용래는 남의 시선에 아랑곳없이 한적하게 산이나 밭둑을 묵묵히 지키며 눈에 띄지 않는 '하늘타리'를 찾았다. 한여름 박꽃 같이 하얀 꽃을 드리우고 환하게 웃으며 조용히 맞아주는 꽃, 일반인의 눈에는 생소하기만한 '하늘타리' 같은 식물은 순수했다. '아지랑이'는 좁은 닭장 안에 숨어 있다. 진한 닭똥 냄새로 이른 아침 갓 낳은 달걀을 가지러 갈 때 외에는 잘 쳐다보지도 않는 곳, 횃대에 있었다. 그 좁은 공간에 가로 지른 막대기인 횃대는 햇살이 잠시 찾아올 때 보일 듯 말 듯 한 장소이다. 그런 그곳에 아른거리는 '아리랑이'는 사람의 손때가 묻을 수 없었다. 언제 왔다 가는지 눈 깜짝할 사이인 찰나의 시간이라 '인간의 손'으로는 만질 수 없는 '아지랑이'다. 예리한 관찰력은 찰나의 '아지랑이'도 가져와 시 창작의 즐겨 찾는 소재로 사용했다.

'먹감'은 유난히 볕을 많이 받아 검게 쪼그라들어 상품가치도 없고 잘 따지도 않는 감이다. 결국은 까치들조차 거들떠보지 않아 감나무 위에서 '저절로 묵어야' 하는 하찮은 '먹감'이다. '우렁 껍질'은 논바닥을 유유히 기어다니다 알맹이는 모두 조류에게 파먹힌 채 단단한 껍질의 위용을 저당 잡히고 버려진 초라한 사체(死體)이며, '문

---

32) 이은봉, 앞의 논문, p.420. 순수한 마음이란 순정하고 순결한 마음, 무구하고 순진한 마음, 공자의 표현을 빌면 사무사(思無邪)의 마음, 유마거사의 표현을 빌면 세상의 아픔을 나의 아픔으로 받아들이는 마음, 백낙청의 표현을 빌면 지공무사(至公無私)의 마음을 뜻한다.

명'이란 이름으로는 아무짝에도 쓸모없어 잔물결에도 힘없이 쓸리고 떠다니는 '우렁 껍질'이다. 이와 같이 너무 보잘것없어 눈길조차 제대로 받을 수 없는 방치됨 덕분에 오히려 '순도'를 유지할 수 있었고, 그 결과 시 창작의 종자(種子)가 되었다.

> 호박잎
> 하눌타리 자락
> 짓이기고
> 황소떼 몰린
> 물구나무 선
> **洞口**
>
> (아삼한 **哭聲**)
>
> 아, 추수도 끝난
> 가을 한철
> 저물녘
> 논배미
> 물꼬에 뜬
> 우렁 껍질의
> 귀울림.

―「귀울림」 전문

이 시는 '조용'하다. 「귀울림」은 외부에서는 전혀 음원(音源)이 없는데도 본인에게만 잡음이 들리는 병적인 증상이 '귀울음'이다. 그만큼 '조용한 것'이 '귀울림' 현상이다. 이른 봄부터 가을까지 진한 땀방울의 수고를 거쳐야 하는 논농사의 가을걷이가 끝나고 한적한 농촌의 '저물녘'은 평화롭고 아늑함의 상징이다. '추수'가 '끝'난 들녘에 소란스러울 일도 이젠 없다. 마을 어귀에는 노을마저 조용히 내려앉는다. 한낮에는 담장을 타고 오르던 '호박잎'과 들녘을 하얗게 덮었던 '하눌타리'를 해거름 재촉하던 '황소떼'가 짓이겨 놓았다. 큰 사건이지만 늘 겪는 마을의 저녁 풍경이다. 노을이 내려앉은 마을은 어귀에서 바라보면 하늘과 맞닿아 마치 동네가 "물구나무 선"듯 가물가물하게 보인다. 그런 '저물녘'이 내려앉는 '물꼬'에는 '우렁 껍질'이 떠 있다. '우렁'은 자기의 할 일인 번식을 마감했으니 자연의 순리에 따라 속살까지 조류에게 내어주고 깨끗이 사라졌다. 모두가 제 역할에 충실하고 어둠이 내리면 '조용'하게 막을 내릴 일만 남았다. 만물의 영장인 사람도 역할을 마쳤으니 왔던 곳으로 돌아가야만 한다. 희미하게 들릴 듯 말 듯 들리는 '곡성(哭聲)'은, 편안하게 영원한 쉼의 고향을 찾아 가는 길손이다. 처음의 자리로 돌아가 제자리를 회복하고 본래의 모습으로 복원해 가는 일은 '순도'를 유지하는 길이다.

　　　靑참외
　　　속살과 속살의
　　　아삼한 接分
　　　그 가슴
　　　동저고릿 바람으로
　　　붉은 山
　　　오내리며
　　　돌밭에
　　　피던 아지랑이

상투잡이
머슴들
오오, 이제는
배나무
빈 가지에
걸리는 기러기.

―「接分」 전문

　「귀울림」에 나온 "아삼한 곡성(哭聲)"과, 「접분(接分)」의 "아삼한 접분(接分)"에서의 '아삼'은 희미하고 가물가물하고 흐릿한 모습이다. '접분' 또한 두 대상을 붙여 잇거나[接] 나누거나[分] 경계가 모호하기는 마찬가지다. '인간의 손을 안 탄 것'의 범위와 그 경계를 짓는 일도 참외의 껍질과 '속살'을 나누는 일만큼이나 쉽지 않은 일이다. 박용래의 시에서 대상과 대상, 이미지와 이미지가 단순히 분산되어 의미의 통합이 쉽지 않은 면이 있다. 어릴 적 "동저고릿 바람"으로 '붉은 산'인 민둥산을 열심히 오르고 뛰어 내리던 일, 강가 '돌밭'을 오가며 농사일에 지친 마음을 '상투잡이' 놀이로 달래던 일, 편하게 앉아 쉬던 '머슴들' 사이로 "피던 아지랑이"들을 떠올리는 일도 "아삼한 접분"이다.

　가물가물 나뉘고 흩어진 과거 고향의 흔적과 추억들을 하나씩 꿰어, 지금은 변하여 사라진 현실의 고향과 짜 맞추는 일도 '접분'이다. 개똥참외와 개구리참외와 같이 지금은 잘 먹지 않고 특산물로 자리매김한 '청(靑)참외'의 '속살과 속살', '껍질과 속살'을 찾는 일이 쉽지 않듯이 예전의 모습을 찾기는 어렵다. 겨울날 쓸쓸히 가을걷이가 끝난 '배나무 빈 가지'에 홀연히 따뜻한 봄을 보내고자 날아가는 '기러기' 처럼 '문명의 때가 아니 묻'게 하는 일도 여전히 역부족인 셈이다. 이처럼 '순도'를 보존하고 싶고, 그대로 '순도'를 유지하며 면면히 이어가고 싶은 바람이 컸기에 '접분'처럼 힘든 일을 자처하면서도 시 창작의 씨앗으로 가슴에 품고 살았다.

어머니 어머니 하고
외어 본다.
이 가을
아버지 아버지 하고
외어 본다
이 가을
가을은
오십 먹은 소년
먹감에 비치는 산천
굽이치는 물머리
잔 들고
어스름에 스러지누나
자다 깨다
깨다 자다.

―「먹감」 전문

인 시 「먹감」은 볕을 받는 쪽이 검게 되는 감으로, 흑시(黑枾)라고도 한다. "오십 먹은" 어른은 '소년'이고 싶었지만 그럴 수 없었다. 시인은 "어머니 어머니"를 마음껏 부르고 "아버지 아버지"도 속 시원히 부르고 싶었지만 정신없는 사변의 전쟁터에서 임종조차 지키지 못하고 원통하게 부모님은 돌아가셨다. 아무리 부모님을 애타게 불러 봐도 죄를 씻을 수 없다. 가을볕에 '먹감'처럼 마음속은 타들어가도 소리 한번 크게 내지 못하고 "오십 먹은" 어른은 슬픔을 삭이며 입속으로 조용히 "외어 보"고만 있다. 그렇게 겹겹이 쌓인 슬픔들을 털어내지 못한 '소년'은 '저절로' 세월에 밀려 '저절로 묵은' 반백(半白)의 "오십 먹은 소년"이 되었다. "먹감에 비치는 산천"에서 마냥 머무르고만 싶었던 시인은 '저절로' 흘러간 오십 년의 세월 앞에 주먹만 한 '먹감'에 응축되어 들어와 앉았다. 상념은 되돌아갈 수 없는 산이나, 냇가에 남아 그리움이 생길 때마다 "굽이치는 물머리"로 되어 가슴 속을 돌아다닌다. 세월의 무게는 어쩔 수 없이 순응하지만, 시인으로서의 가져야 할 '순도'는 '먹감'처럼 삭여갈 뿐 잃어버리고 싶지 않은 시인이었다.

> 아버지의 삶, 그 삶은 시를 위해 다른 모든 것을 거의 포기하다시피 한 삶이었고, 여러 면에서 너무 견디기 힘든 고뇌의 날들이었다. 그렇기 때문에 아버지께서는 셀 수 없는 많은 밤을 술과 눈물로 지새워야 하셨으리라.[33]

딸의 눈에 비친 아버지로서 박용래의 모습이다. 술과 눈물로 지새울망정 시인은 가져야 할 초심을 지키기 위한 일에는 누구보다 철저하게 살았다. '눈물과 결곡의 시인'[34]은 "견디기 힘든 고뇌의 날"을 살았던 결과였다. 자상하고 정 많던 성품의 시인의 "시를 위해 다른

---

33) 박용래, 「박연―아버지는 오십 먹은 소년」, 앞의 책, pp.199~200.
34) 신경림, 「박용래 : 눈물과 결곡의 시인」, 앞의 책, p.91.

모든 것을 거의 포기"한 삶은 '접분'처럼, '먹감'처럼 혼자 삭이며 드러내지 못하고 가져가야 할 몫이 너무 컸다. '어스름'이면 더욱 외로웠다. 술이라도 한 잔 마시면 자괴감은 더욱 크게 밀려왔다. '자다 깨다'와 '깨다 자다'를 반복하며 '스러지'는 일이 오히려 '문명의 때를 묻히지 않고' 오롯이 '순도'를 지켜가는 길임을 알았고, 그래서 그 길을 택한 시인이 바로 박용래이다.

(2) 홍역

두 번째 시적 상관물은 '홍역(紅疫)'이다. 몹시 애를 먹거나 어려움을 겪어야 하는 '홍역'에는 '임자가 없'다. '홍역'은 천연두나 수두처럼 외면하고 싶지만, 통과의례였던 급성 전염병이다. "까마귀 내뱉는 떫은 고욤알" 또한 '임자'가 있을 수 없다. 가을날에 잡식성인 '까마귀'가 '내뱉는' 자주빛 '고욤알'도 마찬가지다. 입에 물었다, 아직은 '떫은' 맛에 왈칵 '내뱉는 고욤알'도 아무렇게나 여기저기 떨어져 나뒹굴지만 주인도 없다. 후드득 '호박잎에' 떨어져 "모이는 빗소리"나, 궂은 날 비와 함께 섞여 내리는 '진눈깨비'는 수집하는 사람도 소중히 여기는 사람조차 없는 차라리 '아무렇게나 버려진 것'들이다. 이를 두고 조남익은 오늘의 문명사회에서 버림받고 아무도 돌아보지 않는 전근대적 농촌에 파고 들어가 단형의 서정시를 성취시키고 있다[35]고 하였다. 마을 앞 산모롱이 돌 때마다 울리며 지나치는 열차의 '기적(汽笛)'소리도 눈길 한 번 주면 그 것으로 족할 뿐 가치로 따

---

35) 조남익, 「황금찬 박용래의 시」, 『현대시학』, 현대시학사, 1987.5.

질 수 없는 하찮음이다. 처음 만들어져 하늘로부터 내려오는 '갓 태어남'은 있어도 손사래치고 싶은 '홍역' 같은 것들이 박용래 시 창작의 두 번째 대상이다.

중학교 하급반 땐 온실 당번였어라. 질펀히 진눈깨비라도 오는 늦은 下午라치면 겨운 석탄桶 들고 비틀대던 몇 발자국 안의 설핏한 어둠. 지우고 지워진 지 오래건만 강술 한잔에 떠오누나. 바자 두른 온실 二重窓에 볼 비비며 눈 속에 벙그던 히아신스랑 福壽草랑 오랑캐꽃 빛깔의 指紋, 또 하나의 나, 오 비틀거리며 떠오누나. 바랜 트럼펫의 흐느낌
　　─언뜻 어제 등에 업혀 가던 사람.

─「진눈깨비」 전문

이 시는 '아무렇게나 버려진' '진눈깨비'를 노래한다. 시인에게는 제대로 된 '임자가' 있는 사물들은 시 창작의 대상이 되지 못했다. 잘 정돈되어 '문명의 손때'가 묻어서도 안 되었다. 창작의 대상은 '아무렇게나 버려져' 있어 '임자가 없는 것'이어야 가능했다. '진눈깨비'도 그랬다. 눈 중에서도 크게 인기가 없는 눈이 '진눈깨비'다. 비와 섞여 내리기 때문에 우산을 쓰지 않으면 밖에조차 나가길 꺼리는 눈이 '진눈깨비'였다. 그런 눈이 '질펀'하게 내려오는 오후에, 겨울밤 직원실 옆에 있던 온실[36] 안을 따뜻하게 하기 위해 무거운 '석탄통(桶)'을 비틀거리며 들고 간다. 희미한 어둠을 향해 걸어가는 분위기는 분명 을씨년스럽다. 그러나 바깥의 찬 공기를 차단하기위해 덮어

―――――――――
36) 박용래, 「母校」, 앞의 책, p.28.

씌운 온실, '바자'를 "두른 온실" 안에는 봄에 펴야 할 노랑 "히아신
스랑 복수초(福壽草)"가 벌써 피었다. 온실을 경계로 해 안팎의 느낌
은 이처럼 상반된다. 까까머리를 한 중학생 때 어렴풋한 그 기억들
을 까맣게 지운지 알았는데, 그 오랑캐꽃 '지문(指紋)'의 기억이 "강술
한잔에" 다시 떠오르고 있다. 가물가물 "비틀거리며" "바랜 트럼펫의
흐느낌"의 선율에 맞춰 떠오른다. 반갑지 않은 '진눈깨비'처럼, 불쑥
찾아와 가족을 근심 속에 몰아넣는 '홍역'이란 불청객처럼 '임자가
없이' 버려진 대상들이 박용래가 즐겨 찾는 소재였다.

> 사라지는 것들에 대한 애정은 그를 화려한 문명의 도시보다는
> 밀려나 있는 변두리, 즉 향토의 사물 위에 머물게 한다. 그는 특
> 히 우리에게 사라져가는 것들에 대한 일깨움을 선명한 시 정신으
> 로 보여주고 있다.[37)

눈길 한 번 주었다 떼면 어느새 사라져 버리고, 문명의 편리성을
핑계로 한적한 곳으로 밀려나 이제는 더 이상 중심이 아닌 주변의
사물들, 어쩔 수 없이 자라나 지키는 촌스러움도 박용래의 손에 닿
으면 화려하게 제자리를 찾아 부활한다.

> 나직한
> 담
> 꽈리 부네요

---

37) 정한모·김재홍 편저, 「홍희표─보이는 것과 보이지 않는 것」, 『한국 대표시
  평설』, 문학세계사, 1983. p.463.

귀에
가득
갈바람이네요

흩어지는 흩어지는
汽笛
꽃씨뿐이네요.

　　　　　　　　　　　　　　－「秋日」 전문

　「추일(秋日)」은 3연으로 깔끔하게 표현한 가을날이다. 작은 것에 대
한 애정에서 구사했던 짧은 시행[38]이 유감없이 발휘되었다. 담장 밑
에 계절에 따라 빨갛게 익은 '꽈리'를 "나직한/ 담"이 불고 있고, 공
간을 가르며 귀안 '가득' 안겨오는 바람은 '갈바람'뿐이다. 그 아름다
움을 타고 '기적(汽笛)'소리가 울리면 '갈바람'을 타고 '꽃씨'들은 끝
간 곳 없이 '흩어지'길 반복한다. '꽈리'소리도 '갈바람'소리도 산모
롱이를 돌아갈 때마다 울려대던 '기적'소리와 함께 한번 지나가면
흔적조차 없는 소리들이다. 이미 지나간 소리는 과거이며, 멀리 '흩
어지'고 메아리로 멀리멀리 '흩어'진다. 사라져간 '기적'소리에 실려
'꽃씨'는 정해진 장소 없이 '아무렇게나' 떨어져 '버려지'듯 새로운
일생을 시작한다. 다행한 일은 '기적'소리는 경음기를 통해서 나는
소리라 재생은 가능하지만, 이미 이전의 소리는 아니다. 청명한 가을
날을 한껏 놀라게 하고 달아나듯 치닫다 결국은 바람결에 묻혀 '아

---

38) 민병기 외 2명 공저, 『文學이란 무엇인가』, 집문당, 1995, p.101.

무렇게나 버려'져 공기 중에 흩어지는 '기적'소리들, 박용래 시의 씨
앗이 됨으로 비로소 제 자리를 찾을 수 있게 되었다.

> 상치꽃은
> 상치 대궁만큼 웃네.
>
> 아욱꽃은
> 아욱 대궁만큼
>
> 잔 한잔 비우고
> 잔 비우고
>
> 배꼽
> 내놓고 웃네.
>
> 이끼 낀
> 돌담
>
> 아 이즈러진 달이
> 실낱 같다는
>
> 시인의 이름
> 잊었네.

―「상치꽃 아욱꽃」 전문

이 시는 아무도 돌아보지 않는 작고 보잘것없어 눈요깃감조차 되
지 못하는 '상치꽃 아욱꽃'이 소재이다. '상치'나 '아욱'은 잎을 먹는

게 주요한 기능이지 담황색 '꽃'은 그렇게 예쁘지도 화려하지 않아 관심의 대상에서는 제외된 존재이다. 상추는 가능한 작고 연하게 키워 꽃대가 나오기 전에 이파리만을 취하고 꽃대가 나오면 '아무렇게나 버려지는 것'이 '상치꽃'과 '아욱꽃'의 운명이다. 상추 잎을 딸 때는 겉잎이 상할까 가만가만 소중히 다루다가도 여름이 깊어져 꽃대가 보이면 그때부터는 잎이 쇠기 때문에 '꽃대'는 혼자 1m 정도 자란 후 씨를 맺기 위한 상추꽃을 저 홀로 피운다.

옛 속담에도 "상추밭에 똥 싼 개는 늘 저 개 저 개 한다"는 말이 있듯이 상추에 '개'를 빗대어 말한 것을 보면 식용의 기능에 비해 크게 대접을 받지 못한 듯하다. '아욱'도 줄기와 잎을 식용으로 하며 상추와 비슷한 시기에 백색 또는 담홍색의 작은 꽃을 가진 식물이다. 관상의 대상이 꽃이 아니기에 상추와 똑같은 푸대접을 받는 식물이다. 이은봉도 「상치꽃 아욱꽃」은 "아무도 돌아보지 않는, 그야말로 더 없이 하찮은 상치꽃이나 아욱꽃 같은 것들이 시적 소재의 핵심으로 운용되었던 예는 극히 찾아보기 힘들다."라고 했다.[39] 이렇게 따뜻한 사랑의 눈길조차 받지 못하고 무관심의 대상으로 전락해도 박용래 시인의 사랑스러움은 여전하다. 모든 살아있는 것들에 대한 관심은 똑같은 크기로 나타난다. "상치꽃은/ 상치 대궁만큼 웃"고 "아욱꽃은/ 아욱 대궁만큼" 웃고 있어 생긴 그대로 눈높이에 맞춰 똑같은 분량의 시선과 사랑을 주고 있다. 세상의 인심이나 시선은 크고 좋은 것만 주목하는 데 '잊어진 시인의 이름'처럼 '배꼽'을 드

---

39) 이은봉, 「토착적 서정의 마지막 울림」, 『실사구시의 시학』, 새미, 1994, p.388.

러내놓고 천연스럽게 웃고 있는 자신의 모습도 "허드레 인생"[40]이라
는 소외의식과, 모든 인생은 결국 잊어진다는 인심이 안타까웠기에
더욱 낮고 보잘것없는 곳에 시선을 주고 있다.

> 볏가리 하나하나 걷힌
> 논두렁
> 남은 발자국에
> 딩구는
> 우렁 껍질
> 수레바퀴로 끼는 살얼음
> 바닥에 지는 햇무리의
> 下官
> **線上**에서 운다
> 첫 기러기떼.

－「下棺」전문

이 시는 추수가 끝난 휑한 들판을 세밀한 시선으로 보고 있다.
'허수아비 모자에 바람이 쏠리는' 황량한 논바닥을 차지하고 있는
건 가을걷이로 남은 볏단을 쌓아둔 '볏가리' 차지였다. 동산처럼 높
게만 느껴지던 '볏가리'는 민들머리 아이들의 가장 좋은 놀이터 역
할을 했다. 겨울이 깊어감에 따라 땔감으로 가져가기도 하고, 여물을
위해 혹은, 농한기 이엉을 만들거나 집수리를 하기 위해 밑단부터
하나둘 빼가기 시작한 '볏가리'도 한 켜씩 낮아져가는 겨울날 풍경
이다. 그런 날 볏단을 나르기 위해 '수레'를 끌며 '논두렁'을 오가는

---

40) 민병기 외 2명 공저, 앞의 책, p.100.

'발자국' 안에는 '임자 없이' 여기저기 '아무렇게나 버려진' 잔해로 '우렁 껍질'들이 뒹굴고 있다. 여기에 바퀴가 돌 때마다 '갓 태어나는' 논바닥의 '수레바퀴' 흔적이 생긴다. 새롭게 굴러갈 때마다 "잃어버린 것에 대한 아쉬움과 새것에 대한 용솟음같이 피는 수레바퀴"[41]가 있다. 애초부터 있던 길이 아니다. 지나가면 아무렇게나 흙의 강도에 따라 새롭게 만들어지는 '수레바퀴' 자국은 서로 바퀴가 엇갈려 포개지기도 하고 만들어진 채로 얼어붙어 겨울을 나기도 한다. 이제 추운 겨울을 하루 종일 고맙게 비추며 따뜻함을 선사하던 해가 '햇무리'를 띄우며 기울고 있다. '수레바퀴'에는 벌써 '살얼음' 생기고 금방이라도 해만 떨어지면 추위가 몰려올 기세이다. 그러나 또 다른 아쉬움은 여기에 있지 않다. '갓 태어나' 새로운 비상을 준비하며 날갯짓을 연습하던 '첫 기러기떼'의 비상도 멈춰야 한다. '선상(線上)'에서 이륙도 해보기 전에 날개를 접어야 하는 '기러기'의 안타까움이 있다.

해넘이는 농사일도 바쁘던 손길을 접고 이제야 한숨 돌리며 농한기를 맞아 쉬고 있는 인간의 시선에선 아무런 관심도 없는 일이다. 매일매일 똑같은 일몰은 '갓 태어남'이나 수억만 리를 날아야 할 '첫 기러기떼'의 처녀비행에는 아무런 의미도, 어떤 상황의 변화도 감지하지 못한다. 오직 시인의 눈에만 그 날개를 접고 돌아서는 '첫 기러기떼'의 아픔이 의미가 있다. '홍역'같이 '임자가 없는 것'조차 꺼안고 의미를 부여한 시인만이 추위를 견디기 위해 웅크려 떨고, 긴

---

41) 박용래, 「시를 위한 팡세」, 앞의 책, p.101.

밤을 지새우며 새벽을 기다려야 하는 '기러기'의 아쉬움이 보일 뿐이다. 누구나 '홍역'처럼 비켜가고 싶지만, 어쩔 수 없이 찾아와 고통스럽게 견디어내야 하는 것, '호박잎에 빗소리'나 '기적'처럼 매일매일 갓 태어나지만 버려지고 임자가 없는 것은 모두 시인의 품에서 시 창작의 대상이 되어 시의 종자로 심겨졌다.

(3) 차일

세 번째 시적 상관물은 '차일(遮日)'이다. '차일'은 고만고만한 농촌 살림에서 모처럼 귀한 물건이 생기면 '어여'쁘게 아껴두려고 가리기도 하고, 하찮은 것이라도 오랫동안 사용하기 위해 살포시 가려두어 '소박'하고 '알뜰'함을 나타내던 것, 커튼 대신 덮어두기도 막아두기도 하는 '차일'까지도 시인에게는 시 창작을 위한 대상이다. 어느 초가를 돌아봐도 한두 마리 키우던 '멍멍이'도 즐겨 찾는 소재였다. 몸집이 작아 경주마로 쓸 수고 없고, 크게 상품으로서도 가치 없는 '조랑말'도 처량하기는 마찬가지 신세였다. 내세울 것이 없으니 우쭐대지도 못하고 그렇다고 남의 시선은 더욱 멀어져가는 어쩌면 초라하기까지 한 존재다. 드러내놓기조차 부끄러워 혼자만이 '차일'로 가려두고 살며시 훔쳐보는 손거울처럼 '소박한 것'들이 시인에겐 모두 시적 대상이다. 더구나 '분꽃에는 뜨물이 좋다고 아침저녁 쌀뜨물을 부어주던' 알뜰함과 '어릴 적부터 허약한 동생을 업고 다니며 도시락을 챙겨주던' 그 '창포 모습'의 '갸륵'한 '홍래(鴻來)누이'의 죽음은 '짓광목 차일'로 감춰두고 싶고 되돌리고 싶은 아픈 추억이었다. 억지로 잊으려고 '차일'로 덮어두어도 설핏설핏 가슴을 치밀고 올라오는 아련함 그 자체였다.

> 짓광목 遮日
> 설핏한 햇살
>
> 四.五百坪 추녀 끝 잇던
> 人內 장터의 바람
>
> 멍석깃에 말리고
> 도르르 장닭 꼬리에
> 말리고
>
> 山그림자 기대
> 앉은 사람들
>
> 황소뿔 비낀 놀.

—「遮日」 전문

이 시는 뉘엿뉘엿 넘어가는 햇살을 가리기 위해 "짓광목 차일"을 둘렀다. 햇발이 약해졌지만 아직은 눈부시다. "추녀 끝"을 돌아 장터를 차지하고 있는 '멍석의 깃'을 들어올리기도 하고, 남은 바람은 인적 드문 빈 집을 지키고 있던 닭장 안 '장닭'의 멋있는 꼬리를 슬쩍 건드려 말아 올리고 있다. 더위를 피해 '산(山)그림자'에 "기대"어 "앉은 사람들" 그 사이로 저녁'놀'이 빨갛게 기울고 있다.

'차일'은 누구나 보고 느낄 수 있는 풍경이지만, "인내(人內)42) 장터의 바람"은 보이지 않는다. "짓광목 차일"을 흔드는 '바람'은 누구나 알 수 있지만 '멍석깃'을 살짝 들어올리는 광경이나, 나아가 수탉 꼬리를 도르르 말아 올리고 있는 바람은 쉽사리 접근조차 할 수 없는 이미지이다. 우리의 일반적인 관찰력은 언제나 한계를 느낀다. 우리가 삶 속에서 얻어낸 굉장한 느낌이나 황홀한 경험을 시를 통해 드러냈을 때 그 표현은 항상 초라하여 늘 부족함을 느낀다.

박용래의 시적 관심을 높게 평가하는 이유가 여기에 있다. 생각의 풍요로움만큼 표현까지도 풍요로워 삶의 느낌을 더욱 온전하게 전달하는 능력은 '차일'로 가린다 해도 전혀 시인에겐 문제가 되지 않는다.

    뭣하러 나왔을까
    멍멍이,
    망초 비낀 논둑길
    꼴 베는 아이
    뱁새
    돌아갔는데
    뭣하러 나왔을까
    누굴 기다리는 것일까.
    솔밭에 번지는
    喪家의
    불빛.

―「물기 머금 풍경 1」 전문

'멍멍이'는 '소박한' 이름이다. 그냥 개가 '멍멍 짖는다'라고 하여

---

42) 충남 논산군 양촌면 인내리로 생각된다.

이르는 말이 '멍멍이'다. '뱁새' 또한 우리나라에서는 참으로 흔한 텃새로 "뱁새가 황새를 따라가면 다리가 찢어진다."는 속담에서도 보듯 황새에 비해 '뱁새'는 대단하지 않은 하찮은 새 종류라 더 반갑고 정겨운 '뱁새'이다. 그런 '소박한 것'들을 내세우고 거기에 "꼴 베는 아이"나, 들이나 길가에 저절로 피어나는 '망초'들은 자연스럽게 자라며 겪어온 이웃의 '소박함'이 흠씬 묻어 나오는 대상들이다.

박용래는 어렵거나 힘든 시어를 시 창작의 대상으로 하지 않았다. 우리 곁에서 우리가 손수 겪고 경험한 사물이나 대상을 건져내 친근한 이미지로 메시지 전달을 도와주는 방법을 사용했다. 삶과 죽음의 갈림길인 '상가(喪家)'의 풍경을 화려한 만장(萬丈)이나 인산인해를 이룬 조문객의 굉장한 풍경을 다루거나 하지 않고, '멍멍이'를 내세움으로써 죽음이란 이별조차도 모두가 돌아가야 할 통과의례로 '소박한 것'으로 처리하여 단지 '물기를 머금은 풍경43)'으로 만들고 있다.

> 버드나무 미루나무 키대로 서서 먼 들녘 바라보고, 그 밑을 슬픈 칼레의 시민, 오늘도 무거운 그림자 끌며 가고 있다. 눈물이 바위 될 때까지, 하마 그렇게 가리라.
>
> (빗물받이 홈통에 오던 참새)

---

43) 이가희는 두 가지 관점에서 해석한다. 첫째는 비가 내린 후 자연 풍경의 모습으로, 둘째는 눈에 눈물이 고여 눈으로 보이는 자연이 물기에 흐릿하게 보이는 모습으로 보는 관점이다. 이가희, 「박용래 시에 나타난 상징연구—물 여성 식물을 중심으로」, 고려대학교 대학원 석사학위논문, 2002. p.18.

낯익은 참새랑 나귀 데불고

—「나귀 데불고」 전문

　「나귀 데불고」에서는 "칼레의 시민"이 차례차례 자원하여 나오고 있다. 죽음을 앞두고 형장을 향하여 걸어가는 거룩한 결정, 참으로 장하고 고상하고 '갸륵한' 일이다. 죽음을 예감한 발걸음이기에 "무거운 그림자 끌며 가고"라고밖에 할 수 없다. 이 위대한 일을 "눈물이 바위"가 된들 나설 수 있는 사람은 많지 않다. 그렇게 슬프면서도 아름다운 길을 박용래는 "빗물받이 홈통에" 날마다 찾아오던 '참새'가 갈 수 있단다. 만물의 영장이라는 사람도 감히 나설 수 없는 "칼레의 시민"이 갈 길을, "홈통에" 찾아와 밥알을 구걸하던 그 '참새'가 "하마" 나서서 갈 수 있다는 의지를 보여준다. 그 '참새'는 더욱 놀랍게도 또 다른 '나귀'까지 "데불고" 함께 나선다는 다분히 해학을 넘어 풍자까지도 은근히 담고 있다. 사람의 소리뿐 아니라 '참새'와 '나귀'의 '갸륵한' 음성도 들을 줄 알았던 시인이었기에 한 움큼도 안 되는 "낯익은 참새"도 알아보았고 마구잡이로 다루면서도 제대로 대접하지 않는 '나귀'에게도 애정을 갖고 귀하게 대접한다. 사소함으로도 시를 살찌우게 하는 시인의 탁월함이 여기에 있다.

　　　梧桐꽃 우러르면 함부로 怒한 일 뉘우쳐진다.
　　　잊었던 무덤 생각난다.
　　　검정 치마, 흰 저고리, 옆가르마, 젊어 죽은 鴻來 누이
　　　생각도 난다.

梧桐꽃 우러르면 담장에 떠는 아슴한 대낮.
발등에 지는 더디고 느린 遠雷.

─「담장」 전문

이 시는 '혼기를 놓치고 젊어 죽은' 누이와의 거리를 아무리 좁히
려 해도 '철없는 소년기'의 기억을 불러내고 있다. 당겨보려고 해도
늘 같은 거리, '고인과의 거리'는 언제나 '담장'만큼의 거리는 어쩔
수 없다는 소외감이 담긴 작품이다. '고명딸'이었지만, 가세(家勢)가
기울어 '어머니의 농에서 장으로 팔려가던 누님의 비단 혼수' 때문
에 더 늦어진 결혼이었다. 그렇지만 '창포 모습'으로 '연약한 목덜미
에 땀띠분 뿌리던' 그 '알뜰한' 누님은 시집가 일 년도 못 되어 세상
을 떠났다. 그때 시인은 열여섯 살이었고 "검정 치마, 흰 저고리, 옆
가르마"는 고스란히 기억에 생생하게 살아 있는 "홍래 누이"의 갸륵
한 모습이다.

　　홍래라는 누이의 영향이 컸다는 것이 그 자신의 뒷날의 고백이
　다. 강 건너 마을(황산나루 건너 세도면이라 함)로 시집을 간 그녀
　는 그가 중학교 2학년 때 초산의 산고로 세상을 떠났다. 3남1녀의
　막내로 태어난 그는 바로 손위인 누이를 몹시도 따라 잠시도 곁을
　떠나지 않았다 한다. 작고하기 얼마 전 까지도 그는 종종 강경을
　찾아가 황산나루나 옥녀봉에서 강 건너 마을을 바라보며 누이를
　생각했다. 그 누이는 곧 그의 가장 이상적인 여인상이기도 했다.44)

─────────────

44) 신경림, 「박용래 : 눈물과 결곡의 시인」, 앞의 책, p.99.

박용래의 인생에서 누이의 영향은 무시할 수 없다. 어여쁘거나 소박한 것, 갸륵하고 알뜰한 것들은 모두 여성 이미지로써, 비록 '차일'에 가려 있지만 "가장 이상적인 여인상"은 '홍래 누이'의 모습이다. 희끗희끗한 머리가 뵐 듯 말 듯 한 나이에도 '누이'는 어릴 적 그 모습으로 시 속에서 즐겨 찾는 소재들 중의 하나로 늘 살아 있다.

지금까지 고찰한 박용래 시의 시적 상관물은 크게 세 가지였다. 문명의 때가 전혀 묻지 않은 '순도' 높은 순수였다. 인간의 손때가 묻지 않은 사물을 노래하며, 자기의 자리에서 저절로 묵어가는 '먹감'처럼 순도를 지키기 위해 속울음을 삼켜야 찾을 수 있었다. 다음은 아무렇게나 버려지고 임자가 없는 '홍역' 같은 사물이었다. 버림받고 돌아보지 않는 고욤알 같은 존재들도, 시인의 관심으로 제자리를 찾아가고 있다. 마지막은 '차일'로 어여쁘고 소박하고 갸륵한 누이 같은 존재였다. 시적 상관물은 이처럼 있으면서도 없는 듯, 늘 곁에 있지만 느낄 수 없는 소박함 때문에 오히려 묻혀 있던 사물들이다. 시인은 존재의 의미조차 찾지 못하고 사라졌을 사물들을 캐내고 건져 올려 온전한 생명을 불어넣으며 우리 곁에 머물게 하고 있다.

3. 시적 공간

하늘에는 별, 땅에는 시인. 시인의 존재는 땅에 보석이라서 보석 같은 시를 쓰고 싶어 한 시인, 보석 같은 시 한 줄 못 쓰고 한눈만 팔고 있는, 날 샐 줄 모르고 나비잠만 자는 시인에게 자전(自傳)을 써 달라는 요청에 "차라리 붙들고 울사외다, 울사외다"를 외치는 시인[45] 박용래의 시적 공간을 살펴보자.

그가 시에 대해 품고 있었던 생각을 알 수 있는 밑그림은 '물빛 그리움과 사랑, 섬세한 눈물로 그려내는 시인의 남빛 에세이'란 부제로 출판된 『우리 물빛 사랑이 풀꽃으로 피어나면』에서 찾아볼 수 있다. 산문집은 전체 5부로 되어 있다. 1부에서 3부까지는 39편의 산문이 실려 있고, 4부에는 21편의 편지글과, 5부에는 시 55편이 실려

---

45) 박용래, 「반의 반쯤만 창틀을 열고」, 앞의 책, p.72.

있다.46) 산문과 편지글 60편의 작품47)에서 시작 과정이나 시에 대한 태도의 글은 많지 않지만, 이를 토대로 종합해 보면 박용래가 추구하고자 했던 '진짜 시'48)의 모습들을 찾을 수 있다.

> 난 너무나 심미안(審美眼)인 모양입니다. 언젠가 작고하신 다형(茶兄)께서 은밀히 이르신 말씀도 이와 비슷했죠.
> 결코 시가 한갓 분위기만을 빚는 것이 아닐 바에야 다형이 주신 이런 말씀은 오래도록 가슴에 맺힙니다.
> 저 구전민요의 하나인 파랑새나 아리랑은 누가 불렀을까요
> 지은이도 모르는 채 우리나라 사람이면 누구의 입에도 맞아 면면히 흐르는 그 가락. 민화(民畵)속의 꽃, 나비, 새의 경우도 마찬가지지요.
> 그와 같은 한국 고유의 정취를 언어로써 형상화 하는 것이 제 시의 바램이랄까요
> 구태어 자성(自省)을 한다면 소도구를 나열한 듯한 이른바 점묘와 소묘적인 시행을 벗어나지 못한 듯한 아쉬움과, 스스로 추구하는 시의 세계이기는 하나, 현실적인 시의 조류로 볼 때나 새로운 세대의 안목으로 볼 때도 그 박진력과 호소력이 부족하고, 때론 고답적인 취향이 불만이라면 불만입니다—잔물결이나 바람결에도 박자는 있듯이.49)

위 글에서 알 수 있듯 박용래는 시를 통해서 "우리나라 사람이면" 누구라도 흥얼거리는 '파랑새'나 '아리랑' 같은 "한국 고유의 정취를

---

46) 제1장의 각주 15번 참조.
47) 산문집 『우리물빛 사랑이 풀꽃으로 피어나면』에서 5부 「박용래 시선집」에 실린 55편의 시 작품은 제외한 숫자이다.
48) 박용래, 「水脈」, 앞의 책, p.99.
49) 박용래, 「당신에게」, 위의 책, p.73.

언어로써 형상화" 하는 간절한 바람을 갖고 있다. 스스로 돌아볼 때 '점묘'나 '소묘' 같은 '소도구'를 활용한 시작(詩作)에 아쉬움이 있음과 "고답적(高踏的)인 취향" 때문에 동시대에 처한 "시의 조류(潮流)"나 "새로운 세대"의 안목에도 나름대로의 경계가 있음을 인식하고 있다. 그러나 '잔물결'이나 '바람결'에도 '박자'가 있음도 함께 짚어주고 있다. 그런 차이와 현실적 괴리에도 불구하고 박용래는 시 한 자락, 한 자락에도 스스로 추구하는 '박자'를 부여하겠다는 자부심이 보인다. 일반인들은 살펴보기 힘든 '잔물결'이나, 느껴보기엔 더욱 힘든 '바람결'의 '박자'처럼 특징지을 수 있는 독특함이 있다는 자신감이다. 그런 '자신감'이 무엇인지를 산문에 나타난 시류(詩流)와 시 의식에 대한 논의들을 바탕으로 그 성격을 세 가지로 나눠 구체적으로 살펴 보려고 한다. 왜냐하면 생각과 언어는 하나로 통일되기 때문이다. 문제는 생각, 곧 의식이 어떤 것이냐[50]에 따라 창작의 세계와 모습은 큰 차이가 생긴다.

시적 공간은 시의 고상한 낭만을 추구했던 전원을 향해 "나의 요람(搖籃)은 전원(田園)"이라던 자연과의 교감을 시작으로 고찰한다. 시의 치마꼬리를 찾아 끊임없이 토해내던 사소한 세계의 금선(琴線)을 둘째로, 마지막으로는 시기별로 지향한 시 의식의 확대를 밝히고자 한다.

---

50) 김준오, 『詩論』, 삼지원, 1982, p.57.

3.1. 자연과의 교감

"나는, 나의 내부에서 스스로 뛰쳐나오려는 것을 살아보려 했을 따름이다. 그런데, 그것이 왜 그렇게도 어려웠던지"라는 에밀 싱클레르의 말[51]을 대신하여 도심생활을 접고 낙향하여 전원에 살고 있는 자신의 처지를 얘기하고 있다. 세상에서 자신을 향해 들려오는 '의지박약'이나 '감상적'인 사람이라는 태도에서 오직 자신은 '아름다운 자연과의 만남'을 통해서 '문학공부를 하고 싶은데' 있었음을 고백한다. 또한 '장 속의 새'라는 손가락질에도 자신은 '접시물'만 튕기는 흔한 새장의 새보다는 '지혜 있는 새'가 되어 '푸른 창공을 높이 날아올라'서 여기저기 '과수원'에도 가고, '푸른 산과 향기에 취'해 보기도 하고, '수묵빛 솔밭'에 내려 '오솔길에 기운 낮달'도 지켜보는 새이고자 했다.

'지혜 있는 새'는 하루 종일 '물레'를 돌리다 지쳐 있는 외로운 '창가'를 찾아가기도 하고, '저물녘' 가물가물 '억새풀' 사이로 넘어가는 '불씨'를 잡아두고 싶은 따뜻함을 품고 있는 '장 속의 새'이고 싶어 했다.

> <자연으로 돌아가라> 너무도 유명한 모토이다. 이를 신봉하기
> 에 내가 봉두난발로 반생을 전원에서 살고 있는 것은 아니다.
> 뉘는 날더러 적응성이 없다지만 마냥 그런 것만은 아닐 것이다.
> 뉘는 날더러 현실을 외면하고 있다지만 마냥 그런 것만은 아닐

---

51) 박용래, 「민들레 한 송이에도」, 앞의 책, p.129.

것이다.

어쩐지 내게 있어서의 단편적인 도회생활이란 사철 정장을 하고 섰는 동상(銅像)의 거북살스러움이다.

어쩐지 내게 있어서의 숨 막히는 도시생활이란 줄을 타는 곡예사의 서글픔마저 있다.

하기는 그 거북살스러움, 그 서글픔마저도 견디어내는 곳에 인생의 열쇠는 있다지만.

누군들 한때는 도회를 동경하지 않은 사람이 있으랴. 나도 한때는 서울에 있었다. 남부럽지 않은 직장이었으나 나는 도리어 그게 싫었다. 안일무사함에서랴.

장미만이 꽃이랴. 무릇 꽃이란 꽃은 저마다 지닌 자태로서 저마다 아름다운 것, 앞서 말했듯 나의 요람은 전원이요, 성장과정이 시골이었기 때문이었으랴. 한 송이 민들레에도 고향과의 만남을 느껴, 무턱대고 낙향만 하고 싶었다. 아니 그보다도 쫓기는 사람이 쫓기는 사람을 쫓고 있는 듯한 슬픈 상념, 일정하기에 더욱 그랬는지 모른다.

(…중략…)

나는 전원을 사랑한다. 사랑에도 이유가 있으랴. 미사여구가 필요하랴. 아름다운 것과의 만남, 시를 위해 오늘도 전원에 선다.

내 영혼은 한 그루 나무, 길은 길에 연하여 끝없으므로 나는 오늘 전원에 선다.

　　서녘바람도 나의 것이요
　　동녘바람도 나의 것이요

남들은 날더러 장 속의 새라 한다. 만일 내가 장 속의 새라도 지혜 있는 새라면 접시물을 튕기고, 푸른 창공 높이 날아오르리. 푸른 창공에 날아올라, 그대의 과수원으로 가리. 푸른 산과 향기에 취하리. 수묵빛 솔밭에 내려, 오솔길에 기운 낮달을 보리, 창가에 외로운 물레를 찾으리, 저물녘 억새풀에 새는 불써를 물리.
젊어선 민들레 한 송이에도 고향을 느꼈던 나.52)

  박용래는 꾸준하게 "나의 요람은 전원"이라는 시의 세계를 지켜왔
다.53) 전원을 사랑하였기에, 사랑하는 데에는 어떤 미사여구도 필요
치 않았고 시를 위해 날마다 전원에 섰다. 전원에서 자연과의 교감
을 이루는 방식은 크게 세 가지였다. 먼저 그대로의 자연을 바라보
는 '머무름'과, 자연과 인간의 조화로움의 방식인 '어울림'이다. 다음
은 변모한 자연을 그림 속에서 찾아야 하는 '바라봄'의 방식으로 분
석하였다.

  첫째는 '머무름'의 자연이다. 자연을 향한 집착이 남달랐던 시인은
문명의 때가 묻지 않은 전원을 사랑했다. 그의 작품에서 표현되는
자연이나 고향에 대한 애착은 타향살이의 고통에서 나왔다. 박용래
는 도시생활을 "사철 정장을 하고 서 있는 동상(銅像)의 거북살스러
움"이나, "줄을 타는 곡예사의 서글픔"에 비유했다. 그런 도시는 언
제나 벗어나고 싶은 공간이었다. 자연은 언제나 찾아가면 만날 수
있는 변함없는 머무름이다. 한없는 사랑을 주며 머물러주던 전원에
대한 굳은 믿음은 여전히 '이유 없는 사랑'을 쏟을 수 있게 했다.

---

52) 박용래, 「민들레 한 송이에도」, 앞의 책, pp.128~132.
53) 사용한 도시 이미지의 숫자만 봐도 알 수 있다. 도시 이미지의 시어는 『싸락눈』
   에서 1개─화물 자동차, 『강아지풀』에서 7개─여관, 역, 노란 화물, 기차, 열차,
   시화전, 문화전, 『白髮의 꽃대궁』에서 10개─라디오, 전신주, 미군부대, 슬라브
   지붕, 전등, 호남선, 버스, 철로, 터널, 여공이다. 윤미정, 「박용래 시 연구」, 성
   신여자대학교 교육대학원, 석사학위논문, p.40.

바다로 가는 하얀 길
소금 실은 貨物自動車가 사람도 싣고
이따금 먼지를 피우며 간다

여기는 唐津 松岳面 佳鶴里
가차이 牙山灣이 빛나 보인다
발밑에 싸리꽃은 지천으로 지고

—「佳鶴里」 전문

이 시는 박용래가 1961년부터 65년까지 당진군(唐津郡)의 송악중학
교(松岳中學校)에 재직할 당시에 보았던 「가학리(佳鶴里)」의 전원풍경이
다. '가학리'란 지명부터 예사롭지 않다. 아름다운 학의 마을이다. 소
금을 만드는 '하얀' 염전들이 드넓게 펼쳐져 있는 마을이라서, 하얀
이미지의 조류인 학과 딱 들어맞는 지명이다. 그런 마을에서 '소금'
을 싣기도 하고, '사람'을 싣기도 하는 '화물자동차(貨物自動車)'가 "이
따금 먼지를" 일으키며 지나간다. 자동차 보기가 쉽지 않던 시골길
에서는 흙먼지를 '피우며' 지나가는 그 자체만으로도 큰 구경거리였
다. 하얀 소금밭 근처에 있는 '아산만(牙山灣)'에서는 바람결에 흔들리
는 바다 물결이 반짝반짝 빛나고, 지켜보는 발밑으로는 소금을 잔뜩
엎어 놓은 듯 '싸리꽃'이 여기저기 '지천(至賤)'으로 피었다 서서히 지
고 있다. '가학리(佳鶴里)'와 같은 자연, 같은 자리에서 한결같이 머물
러주던 전원, 바라보기만 해도, 상상만 해도 아름다운 자연을 권오만
은 이렇게 보고 있다.

그의 시에 나타나는 자연은 산이나 바다처럼 의식적으로 찾아
가 만나는 자연은 아니다. 또한 그의 시의 자연은 고답적인 명상
의 대상물로서의 자연도 아니며, 江湖歌道의 유풍으로서의 은둔
하는 이의 이상향으로서의 자연도 아니다. 그의 시에서의 자연은
향토에서 삶을 이어가면서 무심결에 만나게 되는 생활 속의 자연
이다.54)

　권오만의 평가처럼 박용래의 자연은 명상이나 관념의 등가물도
아니고, 은둔자가 갈구하는 낙원으로서의 자연은 아니었다. 그저 '무
심결'에 만나는 머무름의 자연이다. 은연중 느껴지는 자연의 공간은
소박하고 평화로운 공간이다. 꾸미거나 만들어둔 자연은 감동을 주
지 못한다. 꾸밈없는 눈길을 통해 다가오는 올망졸망한 산봉우리들,
따뜻함은 그대로의 풍경들은 느끼지 못하는 사이에 살며시 잡힐 듯
다가와 더 묻어난다. 온기를 간직한 이런 모습들은 그의 시 「둘레」
와 「울안」을 통해서 더 만날 수 있다.

　　　산은
　　　산빛이 있어 좋다
　　　먼 산 가차운 산
　　　가차운 산에
　　　버들꽃이 흩날린다
　　　먼 산에
　　　저녁해가 부시다
　　　아, 산은

54) 권오만, 「박용래론─限의 시각적 형상화」, 김용직 외, 『한국현대시인연구』, 민
　　음사, 1989, p.230.

둘레마저 가득해 좋다

―「둘레」 전문

    사물은 자연 그대로 제자리에 있을 때 멋이 넘친다. 문명이나 사람의 때가 묻는 순간 벌써 고유의 멋은 사라지고 부자연스러움의 옷을 입는다. 「둘레」만 봐도 그렇다. '산'은 '산빛'으로 족하다. 어떤 미사여구도 필요치 않다. 멀리 보이는 산은 "먼 산"의 멋이, 가까운 산은 "가차운 산"의 '산빛'이 "있어 좋다". 하얗게 눈처럼 흩날리던 '버들꽃'은 멀리멀리 날아가 "가차운 산에" 것만 보인다. "먼 산"에는 '버들꽃'대신 서녘하늘을 빨갛게 물들이며 넘어가는 '저녁해'의 눈부심만 가득하다. 옴폭한 마을, 겹겹이 둘러싸인 산골마을의 저녁 풍경을 채색하거나 꾸미지 않고 살짝 옮겨 놨다. 묘사나 이미지로 상징화했다면 '무심결' 만나는 소박함의 멋과 감동은 기대하기 어렵기 때문이다.

> 탱자울에 스치는 새떼
> 기왓골에 마른 풀
> 놋대야의 진눈깨비
> 일찍 횟대에 오른 레그호온
> 이웃집 아이 불러들이는 소리
> 해 지기 전 불 켠 울안.

―「울안」 전문

    이 시는 한 겨울 "해 지기 전" '울안'의 모습이다. 자칫 '진눈깨비'

내리는 을씨년스런 초저녁이 "레그호온"이나 밤이 빨리 찾아오는 산골에 아이들을 "불러들이는 소리"들이 함께 어우러져 정감이 흐른다. 찬바람을 몰고 다니며 마당가와 들판을 휘젓고 다니는 '새떼'가 '탱자울'타리를 흔들며 스쳐간다. 봄여름 지나오며 무성했던 기왓고랑의 잡풀도 겨울을 맞아 월동준비 채비를 마쳤다. '놋대야'를 널어둔 수돗가엔 '진눈깨비' 내리고, 일찍 떨어지는 겨울밤을 맞으러 '횃대'에 일찍 올라앉은 레그혼[55]은 산란준비를 하고 있다. '울안'은 시골의 울타리 안에서 별 상관성 없는 듯 하루하루 벌어지는 풍경들이다. 계절에 맞게 각각의 자리에서 어느 한 곳 구색 맞추지 않고 놓여 있는 제자리의 모습들은 그대로의 자연이다. 머물러 있는 자연을 그대로 그려내는 기법은 전원을 벗 삼고 숨 쉬며 살아가는 생명들의 참 풍경들을 만날 수 있다. 손때 묻어 변해가는 고향을 아쉬워하기보다 날마다 '전원을 사랑'하고, 쉬지 않고 '전원에' 사는 까닭은, 묵묵히 지켜주는 그대로의 자연을 사랑함이다.

자연과 만나는 박용래의 두 번째 방식은 조화의 공간에서 함께 어우러지는 '어울림'의 공간이다. 자연의 세계는 역동적 도시성과 대립되는 아득하고 따뜻한, 그러면서도 정적인 애상성을 전원과의 어울림을 간직한 상생과 화합의 모습으로 그려지게 된다. 이와 같이 박용래의 자연 인식의 태도는 인간미와 자연미가 어우러진 맑음의 서정을 드러내고 있다.[56] 이런 마음결은 모두가 지나칠 수밖에 없고

---

55) 레그혼(Leghorn) : 이탈리아의 레그혼 지방이 원산인 닭의 한 품종. 박용래는 '레그호온'이라고 썼다.
56) 엄경희, 「박용래 시에 나타난 자연인식의 태도」, 『작가연구』 제12호, 세미, 2001.10, p.302.

관심조차 갖지 않았지만, 박용래는 '타다 남은 불덩이로, 숯을 만드는 슬기로운 손길'처럼 전원을 사랑하는 방식이었다. 그런 방식은 치열함과 도전적인 도시보다는 자연이라는 공간에서 조화를 노래하며 살게 하였다. 이런 박용래의 시 세계를 김재홍은 다음과 같이 보았다.

> 시집 『싸락눈』과 『강아지풀』 그리고 신작 『白髮의 꽃대궁』을 貫流하고 있는 것은 自然史와 人間史의 和應이며 아울러 靜止的이며 過去的이고 植物的인 落下의 상상력이다. 그의 詩는 자연 친화의 田園象徵(natural symbolism)에 크게 의존하고 있으며 이러한 전원상징과 인간적인 生命感覺의 결합은 朴龍來 詩의 골격을 이룬다.[57]

위의 지적처럼 박용래의 시는 정(靜)적인 자연의 세계가 그 골격을 이룬다. "자연 친화의 전원상징"은 자연의 아름다운 자태를 꼼꼼하게 살피고 관찰하여 '서녘바람'이나 '동녘바람'도 인간과 어울림의 공간으로 만들어간다. 사람의 손때가 묻지 않은 자연을 가져와 사라져가는 향토적인 소재로써 자연을 형상화하고 있다. 그의 시에 듬뿍 담긴 서정적 정취는 도시의 무딘 인심으로 식상해 있던 마음까지 평온함으로 찾아와 감동을 안겨준다. 전원을 시적 발상의 원천으로 삼아 간결하고 제한된 언어로 빚어낸 작품을 보자.

> 지렁이 울음에
>
> 비스듬 문살에

---

57) 김재홍, 「朴龍來 또는 田園象徵과 落下의 想像力」, 『심상』, 1980.12.

반딧불 달자.

秋風嶺 넘는

아랫녘 체장수

쳇바퀴에도 달자,

가을 듣는

당나귀 갈기에도

－「저물녘」 전문

「저물녘」은 생물과 동물, 자연과 인간의 넉넉한 어울림이 저절로 느껴진다. 저녁놀 넘어가는 풍경을 그린 작품들을 많이 감상했지만, 여기서는 '반딧불'이 그 '저물녘'을 밝혀주고 있다. 지금의 반딧불이는 청정지역을 상징하는 곤충이지만 작품이 발표된 1979년경에는 전국의 어느 농촌에서나 개똥벌레를 볼 수 있었다. 시인의 따뜻한 마음은 흔한 '반딧불'을 '지렁이 울음'에 달아주고, 낡고 오래되어 '비스듬'히 넘어진 곳, 창호지를 바르기에도 쉽지 않은 '문살'에도 달아준다. 워낙 미물인 '지렁이의 울음'은 언제 어떻게 어디서 우는지조차 잘 알지 못하는 사소한 울음인데도, 어둠이 찾아오면 '울음'이 더 커질 것을 걱정하고 염려하는 마음으로 '반딧불'을 달아 달래주고 싶은 맘이다. 가난함이 지나쳐 해마다 문틀을 수리하고 창호지를 새로 바르지 못하는 낡은 집에도 친히 찾아가 '반딧불'을 달아주며, 아픔을 싸매주고 위로해준다. '반딧불'을 달 곳은 더 존재한다. 풍요로운 자연의 산물인 '반딧불'을 더 많이 나눠주며 모두를 행복 바이러스로 전염시키고 싶어 한다. 추운 기운이 맴도는 날, '추풍령(秋風嶺)'을 넘기 위해 아랫마을을 지나며 발품 파는 가난한 '체장수'에게도 어두운 산마루를 안전하게 지날 수 있게 '반딧불'을 꼭 달아주고자 한다. 주인을 따라 하루 종일 무거운 짐을 부리고 고단한 '갈기'를 털며 쉬고 있는 '당나귀'에게까지 '반딧불'을 달아주면 '저물녘' 시인이 할 일은 모두 마치게 된다. 생물인 '지렁이'와 사물인 '문살' 그리고 '인간과 약하고 순한 동물인 '당나귀'에게까지 땅을 벗하고 사는 만물이 '반딧불'을 통해서 행복해지고, 잠시라도 노을이 지는 '저물녘'의 아름다움에 취할 수 있었으면 하는 바람이 엿보인다.

앞산에 가을비

뒷산에 가을비

낯이 설은 마을에

가을 빗소리

이렇다 할 일 없고

기인긴 밤

木瓜茶 마시면

가을 빗소리.

-「木瓜茶」 전문

「모과차(木瓜茶)」는 '가을비'가 내리는 날 생각나는 차(茶)다. 좁은 땅덩어리 산골마을에 '가을비'는 어디든 내린다. '앞산'과 '뒷산'에도 내리고, 낯이 익은 마을이나 "낯이 설은 마을"에도 내린다. 가을걷이가 끝나고 오는 비는 아무짝에도 쓸데없는 가을비다. 가을볕에 말리려 널어둔 곡식들만 거둬들이면 마땅히 할 채비도 없다. 오는 비 청승맞게 쳐다보며 날이 저물기만을 기다리는 일이 전부이다. 비를 피하려고 차양을 칠 필요도 없고, 내리면 맞고 기대앉은 벽에서 빗소리를 듣는 일밖에 없다. 밤이 길다 싶으면 향기가 깊게 우러나는 '모과차(木瓜茶)'를 다린다. "기인긴 밤"의 "가을 빗소리"도 언제 그칠지 모를 일이다. 어울림과 조화의 공간인 자연에서는 도시에서의 느끼던 '곡예사의 서글픔'이나 아무런 걱정이 묻어나지 않는다. '다람쥐 쳇바퀴 돌듯' 도시생활의 분주함도 전혀 없다. 오히려 한적하다 못해 따분할까 걱정이다. 이처럼 세월과 함께 잊혀져가는 자연이나 고향의 모습은 박용래의 가슴에서 상생의 공간으로 되살아나고 있다.

마지막으로는 '바라봄'의 자연이다. 그러나 정감어린 세계의 자연을 "향토의 삶에서 무심결에 만나게 되는 생활 속의 자연"과는 달리 소수의 작품에서는 머리에만 남아 있고 가슴에선 이미 멀어진 그림 속에만 존재하는 자연의 모습도 있다

　자욱이 버들꽃 날아드는 집이 있었다

　한낮에 개구리 울어쌓는 집이 있었다

　뉘우침도 설레임도 없이

　송송 구멍 뚫린 들窓

안개비 오다 마다 두멧집이 있었다

―「두멧집」 전문

　이 시에서는 도시에서 멀리 떨어진 산골에 '두멧집'이 한 채 있다. 하얀 '버들꽃'이 자욱하게 날아든다. 바람이라도 불면 쉴 곳을 찾아 헤매던 '버들꽃'들이 외딴 곳까지 날아들지만, 쓸어 담는 사람도 막는 인기척도 없는 '집'이다. '한낮'인데도 '개구리'가 맘 편하게 "울어쌓는 집"은 사람이 살지 않는 빈 '집'이다. 외딴 곳 '두멧집'엔 미련의 '뉘우침'도, 새롭게 머물 터를 찾아가는 '설렘'도 없이 떠나간 빈 '집'만 있을 뿐이다. 인적이 뜸한 집엔 집안과 바깥을 소통하던 유일한 통로였던 '들창(窓)'에 '송송' 구멍이 뚫려도 고칠 사람도 없다. 인기척이 있을 때마다 손가락에 침을 묻혀 뚫었을 '들창' 구멍도 쳐다 볼일 없으니 '오가며' 들락거리는 것은 '안개비'뿐이다. 시골을 거닐다 한두 집씩 만나게 되는 빈 집의 모습이다.

　소문도 없이 떠나간 빈 집도 세월이 가면 자연의 일부로 흡수되어 본래의 모습으로 돌아가야 할 자연이다. '버들꽃'과 '개구리 울음' 들어가며 '안개비' 속에서 자연을 닮아가는 '두멧집'까지도 생활 속에서 안타깝게 마주치는 자연이 바라봄이라는 또 다른 박용래의 전원이다.

　　물론 나는 안다.
　　도회 못지않게 전원에 스며 있는 우울을, 그림 속의 소와 실지
　의 소는 다르다는 것을.

나는 안다.

아침 이슬에 젖는 베잠방이, 동여매는 허리띠. (…중략…)

이제는 남대문을 도는 막전차의 애잔한 바퀴소리마저 잊혀진, 더
구나 전원에는 얼마든지 떼지어 모여드는 때까치마저도 시청 옥상
에 사육해야할 만큼 메마른 서울의 하늘, 그 퇴색된 낭만이 권태로
와서 뿐만이 아닌 좀더 보람있는 설계를 위한 귀소(歸巢)이랴.[58]

메마른 전원의 모습을 볼 수 있는 「제비꽃」을 보자. 풍요와 평온
이 아닌 '우울'이 "스며 있는" 자연은 어떤지 살펴보자.

부리 바알간 장 속의 새, 동트면 환상의 베틀 올라 金絲 銀絲
올올이 비단올만 뽑아냈지요, 오묘한 오묘한 가락으로

난데없이 하루는 잉앗대는 동강, 깃털은 잉앗줄 부챗살에 튕겨
흩어지고 흩어지고, 천길 벼랑에 떨어지고, 영롱한 달빛도 다시
횃대에 걸리지 않았지요

달밤의 생쥐, 허청바닥 찍찍 담벼락 긋더니, 포도나무 뿌리로
치닫더니, 자주 비누쪽 없어지더니,

아, 오늘은 대나뭇살 새장 걷힌 자리, 흰 제비꽃 놓였읍니다.

— 「제비꽃」 전문

환상 속의 자연에서는 비록 "장 속의 새"일지라도 매일 아침 "동
트면" 아름다운 지저귐과 함께 '베틀'에서 금실, 은실로 '비단올'을

---

58) 박용래, 「민들레 한 송이에도」, 앞의 책, pp.129~130.

뽑아주던 전원이었다. 그러나 '난데없이' 베틀의 '잉앗대'가 끊어지고, '비단올'을 '올올이' 뽑던 새는 '깃털'이 흩어져 '천길 벼랑'으로 사라졌다. 풍요와 온화함의 상징이던 '영롱한 달빛'은 '다시' 좁은 '횃대'에조차 걸리지 않는다. 정감 넘치고 따뜻함이 넘실대던 예전의 전원이 아니다. 상실과 죽음이란 아픔의 공간으로 엄습해온다. '달밤의 생쥐'들은 농촌에 지천으로 널린 먹이에 취해 즐거운 비명을 지르기보다는 '찍찍' 난폭함을 드러내며 "허청바닥 긋더니" 수돗가 양동이와 비누곽이 놓여 있는 '포도나무'로 '비누쪽'이나 훔치러 가는 절박함이 계속된다. 현실로 돌아온 시인은 환상의 '새장'이 있던 자리에는 금실은실로 곱게 짜던 '비단올' 대신에 '흰 제비꽃'이 돋아나 있음을 비로소 알고 탄식한다. "물론 나는 안다. 그림 속의 소와 실지의 소는 다르다는 것을".

노랗게 속 차오르는 배추밭머리에 서서 생각하노니
옛날에 옛날에는 배추 꼬리도 맛이 있었나니 눈 덮인 움속에서
찾아냈었나니

하얗게 밑둥 드러내는 무밭머리에 서서 생각하노니
옛날에 옛날에는 무꼬리 발에 채였었나니 아작아작 먹었었나니

달삭한 맛

산모롱이 굽이도는 汽笛 소리에 떠나간 사람 얼굴도 스쳐가나
니 설핏 비껴가나니 풀무 불빛에 싸여 달덩이처럼

오늘은

이마 조아리며 빌고 싶은 故鄕

-「밭머리에 서서」 전문

머리에서 그리던 전원을 상실한 시인은 「밭머리에 서서」 더 큰 우울과 슬픔을 맛보게 된다. 배추 속이 '노랗게' 꽉 '차오르는' 튼실한 "배추밭머리에 서서" 어릴 적 눈밭을 정신없이 뛰어놀다 시장기가 느껴질 때 '눈 덮인 움 속에서' 동무들과 함께 찾아 캐먹던 '배추 꼬리'의 '달삭한 맛'이 생각난다. 밭고랑마다 무 '밑둥'이 '하얗게' 익어가는 굵직굵직한 "무밭머리에 서서" 추수 끝난 무밭에 뒹구는 '무꼬리'를 '아작아작' 씹어 먹던 '달삭한 맛'이 생각만 해도 입안에 침이 고인다. 그렇게 그립고 추억이 가득 어린 곳이었는데, 오늘은 "이마 조아리며 빌고 싶은 고향(故鄕)"이 되었다. 그 이유는 '기적(汽笛)소리' 들릴 때마다 하나둘씩 가구를 싸들고 '떠나간 사람'과 각각의 사연을 가슴에 묻고 전국으로 흩어진 '얼굴'들이 '설핏' 생각났기 때문이다.

같은 전원을 두고도 박용래의 이러한 태도는 그의 시 곳곳에 반영되어 나타난다. 이경호는 "무엇보다도 철저하게 자연에 대한 맑은 서정을 가꾸어왔으며, 그 맑은 서정을 가꾸어내기 위하여 그는 자연과 언어의 투명한 관계에 대하여 남다른 집착을" 보여주었으며, 이것이 가능할 수 있었던 것은 "삶과 문학에 대한 천진성"에서 비롯되었다고 했다.59) 최동호는 이런 경향을 "박용래의 시적 텃밭은 반문명, 반사회, 반현실적인 것들로서 자연과 생명에 대한 연민과 공감"

---

59) 이경호, 「보헤미안의 미학, 혹은 천진성의 시학」, 『현대시학』 291호, 현대시학사, 1993, p.139.

이라고 보았다.[60)]

　지금까지의 고찰에서 자연과의 교감은 타향살이의 고통에서 벗어나는 대안의 방식이었다. 긴장과 거북함을 안고 사는 도시보다 소박하고 평화로운 공간은 동경의 장소였다. 그 자연은 언제나 찾아가면 만날 수 있는, 사랑을 쏟아 붓는 '머무름'의 자연이다. 조화의 공간에서 인간미와 자연미가 함께 '어울림'을 추구하는 이상적인 공간에서 풍요로움을 추구한다. 그러나 풍요와 낭만을 꿈꾸던 자연의 모습은 인기척이 사라진, 버려진 슬픈 공간으로 변한다. 결국 자연은 우울과 슬픔으로 변질되어 그림 속에서 회상만하는 '바라봄'의 공간으로 반영되어 있다.

3.2. 사소한 세계의 금선(琴線)

　다음으로 만나는 시적 공간은 '당랑(螳螂)의 하얀 금선(琴線)' 같은 '시(詩)의 치마꼬리'이다. '사소한 세계'를 향하여 끊임없이 토해내던 '진한 울림'이다. 박용래는 보잘것없고 사라져가는 작은 것에게 의미를 부여하고, 그 큰 울림을 한데 모아 응집력을 확산시켰다. 예민하게 느낄 수 있는 마음결인 금선(琴線)의 토대를 마련하고 일관된 모습의 작품세계를 보여줄 수 있었던 밑거름을 이승훈은 『백발의 꽃대궁』 해설[61)]에서 "공소한 관념의 조각들을 말끔히 배제하고 시를 노래할 수 있었던 것"은 시에 대한 남다른 집념 때문이었고, "잊혀졌

---

60) 최동호, 「한국적 서정의 좁힘과 비움」, 앞의 책, p.139.
61) 이승훈, 「빈잔의 시학」, 앞의 책, pp.10~17.

거나 잊혀지고 있는 것들인 소외된 사물의 세계"를 노래하여 "지극히 사소한 세계를 노래한 시가 얼마나 진한 울림으로 다가왔던가."라고 평했다.

> 요컨대 시라는 것도 결국 황홀함과 불안감의 경계선에서 빚어지는 칼춤의 섬광, 당랑(螳螂)이 지면에 무수히 그물 짓는 하얀 금선과 같은 것이랴.[62]

사마귀가 "지면에 무수히 그물 짓는 하얀 금선(琴線)"은 경계를 넘나드는 "칼춤의 섬광(閃光)"이다. 한순간 번쩍이며 지나가는 광선, 그 섬광에서 심미안을 어떻게 발동시켰는지, 시적 사물에 대한 남다른 촉수를 이루게 한 근간을 두 가지로 고찰하였다. 첫째는 '섬광의 진한 울림'이다.

수꿩의 화려한 꼬리와 그 자태에서 뿜어 나오는 '황홀함'과, 고요한 폐광에서 '얼룩이의 불안감'이 '칼춤의 섬광'으로 만나 섬뜩하게 한다. 갑작스런 방문자를 맞아 팽팽하게 '경계'의 눈빛을 놓지 않는 「폐광 근처(廢鑛近處)」에서 현장을 함께 느껴보자.

> 어디서 날아온 장끼 한 마리 토방의 얼룩이와 일순 눈맞춤하다 소스라쳐 서로 보이잖는 줄을 당기다 팽팽히 팽팽히 당기다 널 뛰듯 널 뛰듯 제자리 솟다 그만 모르는 얼굴끼리 시무룩해 장끼는 푸득 능선 타고 남은 얼룩이 다시 砂金 줍는 꿈꾸다―廢鑛이 올려다 보이는 외딴 주막.

―「廢鑛近處」 전문

---

62) 박용래, 「이삭을 줍듯이」, 앞의 책, p.115.

「폐광근처(廢鑛近處)」는 '장끼'인 수꿩과 '얼룩이'의 이야기다. 화려함의 상징인 광산을 나타내기 위해 볼품없는 까투리보다 '장끼'를 등장시켰고, '폐광'의 소박함을 위해 '사람들과 가장 가깝고 친근한 천진성의 동물'[63]인 '얼룩이'가 있다. 소란스럽거나 대단한 일은 하나도 없다. 거리를 화려하게 오가던 길손도 광산의 폭발음과 함께 사라졌고, 갱 속을 환히 밝히던 조명도, 간드레 불빛으로 이곳저곳을 누비던 인부들도, 모두 사라진 '폐광'이다. 인적이 끊어진 조용한 '폐광'이 "올려다보이는" 한적한 "외딴 주막"에서 있었던 찰나의 한 컷이다. 아무 일도 없었다. 달라진 사실도 없다. 단지 꿩의 수컷인 '장끼'가 인기척이 없는 곳에 찾아왔다가 "토방의 얼룩이"를 보고 다시 '푸득' 날아갔다는 아무것도 아닌 풍경이다. 부(富)의 상징이던 광산(鑛山)으로 돈을 찾아 밀물처럼 몰려왔다 썰물처럼 빠져나간 "외딴 주막"에는 인적이 끊긴지 오래다. 부나비처럼 '사금(砂金)'을 향해 몰려들던 사람 대신에 사람도 아닌 '얼룩이'가 꿈을 꾸고 있다. 시적 대상은 무한하고 모든 요소가 시를 구성할 수 있지만, 너무나 사소하고 보잘것없는 삽화 한 쪽을 갖고 '폐광근처'를 만들었다.

쉼표나 마침표 하나 없는 팽팽한 긴장이 감돈다. 철저한 관찰력의 소산이다. 무서운 직관력이다. '장끼'와 '얼룩이'의 눈 깜짝할 사이의 '눈맞춤', 동종(同種)이 아닌 이종(移種) 간에서 오는 짧은 순간의 '소스라'침, 서로의 눈총을 어디에 겨눌까를 '일순' 고민하다 어찌할 수

---

63) 공광규, 『시 쓰기와 읽기의 방법』, 푸른사상, 2006, p.148.

없어 '널뛰듯' 하늘로 '솟아'오른다. 다시 내려가 함께 쳐다보며 눈총을 쏴 줄까 했지만, 어울릴 수 없음에 금방 시무룩해진다. 결국 '장끼'는 자기의 고향인 "푸른 능선"을 타고 돌아가고, 꿩의 출현에 갑자기 놀랐던 '얼룩이'는 예전의 영화롭던 고향에서 '사금'을 줍는 낮잠에 빠져들며 막을 내린다. '시와 진실 사이에는 다소의 과장'[64]이 있기 마련이지만, 이 짧은 '일순'의 어쭙잖은 모습을 고스란히 가져와 시로 승화시키는 일은 쉽지 않다.

> 별 것 아닌 주제를 가진 시라도 강력한 비유와 활발한 운율을 지니고 있다면 그것만으로도 독자의 마음에 특별한 효과를 일으킬 수 있다.
> 사실 시인이란 크고 거창한 것이 아니라 작고 사소한 것들을 돌보는 일을 천분으로 여기는 사람들이다. 시를 짓거나 읽는 일은 하찮고 보잘것없는 것들을 섬세하게 관찰함으로써 섬광처럼 빛나는 삶의 한 순간을 언어로 포착하는 일이다. 좋은 시에는 공인된 주장이나 명백한 개념으로는 파악할 수 없는 사람과 사물의 교감이 숨 쉬고 있다.[65]

이처럼 "사람과 사물의 교감이 숨 쉬"는 감동을 '사소한 세계'를 소재로 하여 작품으로 만들지 못하는 어려움이 바로 여기에 있다. 그다지 훌륭하지 않은 소재에 하찮은 솜씨가 더해졌을 때 대수롭지 않게 치부될 게 두려워 감히 시로 만들지 못한다. 보잘것없는 하찮음으로 사소한 세계를 노래하려면, 사랑과 관심 따뜻한 보살핌으

---

64) 박용래, 「구름같은 우울」, 앞의 책, p.86.
65) 이기서 · 서종택 편저, 『새로 읽는 오늘의 우리문학』, 하늘연못, 1997, p.544.

로 다가서는 마음이 우선되어야 하기 때문이다. '일순' 사물의 움직임과 현상도 예사롭게 보아 넘기지 않는 구체적인 눈길이 있어야 가능하다. 보편적 사실이나 평범한 감정에만 매달린다면 결코 넘어서지 못할 경지이다. '진한 울림'은 일탈의 코드로 고정관념의 틀을 깨고 새로움을 창조할 때 주어진다.

> 오는 봄비는 겨우내 묻혔던 김칫독 자리에 모여 운다
>
> 오는 봄비는 헛간에 엮어 단 시래기 줄에 모여 운다
>
> 하루를 섬섬히 버들눈처럼 모여 서서 우는 봄비여
>
> 모스러진 돌절구 바닥에도 고여 넘치는 이 비천함이여.

> —「그 봄비」전문

 겨우내 얼었던 땅을 녹여주는 신호탄인 '봄비'는 머지않아 찾아올 새로운 생명을 위한 전주곡이다. '봄비'는 길게도 오지 않고 잠시 잠깐 내리는 비다. 기능이나 가치에 비해 크게 부각되지 않는다. 어쩌면 그런 '봄비'는 그 존재마저 인식되기 어려운 자연현상 중 하나이다. 그런 빗물이 내리는 곳은 일상의 평범한 장소가 아니다. 너무 평범하여 쉽게 지나치고 눈길조차 주지 않는 보잘것없는 장소이다. "겨우내 묻혔던 김칫독 자리"는 엄동설한의 보온역할을 하다 추위가 풀리면 파헤쳐지는 곳이다. 자기의 몫을 다하고 이젠 메워져 없어질 곳이다. 용도 폐기될 곳에 "모여 운다". 다음에 "모여 우"는 곳은 '헛간'에 매달린 '시래기 줄'이다. 호강을 받는 존재라면 당연히 '헛

간'에서도 실내에 있겠지만, 허드레 신세인 '시래기'라서 가냘픈 '봄
비'만 들이쳐도 처마 밑에 방치된 채 아무런 힘없이 '봄비'를 모두
맞는 존재이다. '시래기' 또한 '겨우내' 말렸으니 이젠 한 줄 두 줄
시래깃국의 원재료로 가져가면, 필요 없는 새끼줄은 불쏘시개로 타
서 없어질 가엾은 '줄'이다. 이처럼 존재나 부피의 지속성으로 볼 때
너무도 하찮고 순간적인 사물들의 집합체이다. 그러나 박용래는 시
적 소재로서의 매력이나 존재성을 획득하기 어려운 사물들을 용케도
찾아내는 기술이 뛰어나다. 연약하고 가냘프게 첫 봄 처음 눈 뜨는
'버들눈'은 더 가늘고 멀리 있는 아득한 존재이다. 여기에선 버드나
무 가지에 "서서" 우는 존재가 '봄비'의 존재이다. 그 존재의 영속성
이 보존되는 자리가 아니라 순간이면 사라질 자리에 모두 서 있다.
"자리에 모여 우"는 일도 "줄에 모여 우"는 일도 결국 모였지만 곧
바로 흩어져야 하는 '찰나'의 시점이다. '칼춤의 섬광'이 빛나는 순
간, 앉지도 못한 '봄비'는 차라리 "모여 서서" 울고 있다. 마침내 사
라질 사물에 붙어 제대로 울지도 못하던 "그 봄비"는 '모'서리가 떨
어져 나간 낡은 '돌절구'의 '절구 바닥'에서도 편안하게 '고여' 있지
못한다. 얕게 고였다 계속 흘러넘치는 잠깐 잠깐의 신세로 '짬'을 즐
길 여유도 갖지 못한다. "그 봄비"를 '금욕적이랄 만큼의 간결한 스
타일'로 '김칫독'이나 '시래기 줄', '버들눈'이나 '돌절구' 같은 소박
한 사물과 함께 노래한다. 김우창은 사소하고 작은 것에 대한 집착
은 폐단도 갖고 있지만 우리를 내치지 않고 살게 하는 유일한 지주
(支柱)의 역할도 한다고 밝힌다.

작은 것에 대한 집착은 우리의 삶 자체를 좁히고 우리로 하여
금 많은 것에 둔감하게 하며 모르는 사이에 우리를 커다란 세력
의 노리개가 되게 한다. 그러나 작은 것만을 보는 폐단은 오히려
자명하다 할 것이고 멀고 큰 것 일변도의 추구는 우리로 하여금
공연스레 허황스런 자만심에 들뜨게 하고 멀고 큰 것의 이름으로
엄청난 일을 벌이게 하는가 하면 우리를 스스로의 무력감에 사로
잡힌 허깨비 인생을 살게 하기도 한다. 이런 때 작은 것에의 사랑
은 그것대로의 폐단을 낳으면서도 우리를 내치지 않고 살게 하는
유일한 支柱가 된다.[66]

찰나의 경계는 섬뜩하면서도 긴장을 풀지 못하게 한다. 오히려 묘
한 여운이 가슴에 남아 다시 애잔한 "그 봄비"로 시선을 옮기게 한
다. 머무르지 못하고 "모여" 울다, "서서" 울다, "고여 넘치는" 그 순
간을 사로잡아 돌아서게 하는 힘, 가슴 찡한 감동으로 모두를 붙잡
아 두게 하는 '진한 울림'이다.

두 번째 사소함의 시 세계는 '가없이 넓은 시'로 끝없는 여운을
갖게 한다. 박용래의 매력은 "어머니 치마꼬리"에 있다. 비록 '삼베
폭'처럼 소박하지만 들녘을 녹이는 '봄바람'이었고, '한 뼘 남짓한 면
적'이었지만, 방울처럼 매달리는 마력 같은 것이었다.

> 먼 길을 갈 때는 말할 것도 없지만 이웃 마슬에도 심지어는 자
> 기 집 부엌에서까지 어머니 치마꼬리에 방울처럼 매달리는 아이
> 를 본다.
> 왜 그럴까, 늘 상 꾸지람을 들으면서도

---

66) 김우창, 「작은 것들의 세계」, 『地上의 尺度』, 민음사, 1985, p.247.

실제 아이가 잡는 치마꼬리랬자 기껏 한 뼘 남짓한 면적인데다 언제나처럼 떡이나 엿이 감쳐져 있을 리 만무하건만, 더구나 화사한 비단도 아닌 삼베폭이지만, 비록 삼베폭일망정 잠시도 그것을 놓칠세라 매달리는 아이를 보면 참 이상스런 느낌이 든다. 아무래도 어머니 치마꼬리에는 알지 못할 무슨 마력같은 것이라도 숨어있는지 모르겠다.

어머니 치마꼬리는 봄바람, 마음과 마음의 정점, 선.

마르지 않는 샘물, 어머니 치마꼬리는 외로운 아이의 안식처, 쓸쓸한 아이의 영토.

어머니의 치마꼬리만큼 신기한 것이 또 이 세상에 따로 있으랴.

내게 있어 시란 무엇보다도 어머니 치마꼬리 같은 존재이랴, 일상 내가 시를 쓰고 시를 생각함도 저 쥐방울모양 어머니 치마꼬리에 매달리고 싶은 그런 심정에서이랴, 가없이 넓은 시의 치마꼬리.[67)]

스스로 자신의 시는 "어머니 치마꼬리" 같은 존재이며, 퍼내고 퍼내도 "마르지 않는 샘물"이며, 언제든 달려와 포근히 안아주는 "외로운 아이의 안식처"이며, 손가락질이나 따돌림이 없는 언제나 나만의 자유를 마음껏 누릴 수 있는 "쓸쓸한 아이의 영토"였다. 그 "신기한 것"이 "이 세상에 따로" 없는 "가없이 넓은 시의 치마꼬리" 같은 시를 쓰고 시를 생각하고 싶어 했다. 그렇게 언어의 미가 도달할 수 있는 정점(頂點)을 보여주는 시를 살펴보자.

眞實은
眞實은

---

67) 박용래, 「백지와의 대화」, 앞의 책, p.77.

지금 잠자는 곰팡이뿐이다
지금 잠자는 곰팡이뿐이다

누룩 속에서
광 속에서

酪酊만을 위해
오오직

어둠 속에서
…………

거꾸로 매달려

                                    ―「곰팡이」 전문

　「곰팡이」는 어디서나 쉽게 번식하며, 음식물·의복·기구 등을 가리지 않고 찾을 수 있는 친숙하고 흔한 '곰팡이'에서 '어머니의 치마꼬리'를 본다. '진실'을 두 번씩이나 강조해야 할 만큼 부정이 판치는 세상이 되었다. 그런 세상이기에 겨우 "잠자는 곰팡이"에게서만이 '진실'을 찾을 수 있다. "잠자는 곰팡이" 역시 두 번씩이나 강조할 만큼 '진실'은 "누룩 속에서" 또 "광 속에서" 꼭꼭 숨어 "어둠 속에서" 아무런 미동도 하지 않고 '잠자고' 있다. 말로는 쉽지만 양심에 비추어 거짓이 없는 삶을 살기란 힘든 일이다. 우리들 '어머니'들의 삶도 이와 같다. 역설적이지만, 역사의 시작부터 '곰팡이'는 함께 있어 왔다. 생명을 탄생시키는 모태로서 어머니의 역할이 그 시작이었다면,

'곰팡이' 역시 술과 음식 빵을 비롯한 발효음식에서 빠질 수 없는 중요한 존재로 자리 잡아왔다. 단지 나서지 않고 침묵을 지키며 자신의 역할에 충실했기에 잘 드러나지 않은 존재로 인식됐을 뿐이다.

인스턴트식품이나 패스트푸드가 어느덧 현대를 표현하는 코드가 되었지만, '곰팡이'나 '어머니'는 금방 숙성되거나 곧바로 익지 않는다. 반드시 숙성이란 기간을 거쳐 발효를 시켜야만 제 기능을 할 수 있다. "잠자는 곰팡이"지만, 정말로 자는 것이 아니고 묵묵히, 하지만 더욱 활발하게 자기의 역할을 감당하고 있다. 오히려 나서서 크게 외치는 웅변보다 조용히 침묵함으로 더 큰 울림과 감동을 줄 수 있음을 "어둠 속에서" 스스로 보여주는 길을 택하고 있다. '곰팡이'나 '어머니'는 죽은 존재가 아니라 끊임없이 살아서 기능을 감당해야 하는 유기체이다. 똑바로 서든지 "거꾸로 매달려" 있든지 문제가 되지 않는다. 오히려 더 활발한 생명활동으로 메주나 '누룩'이 잘 뜨게 하듯, 남을 속이지 않고 바른 길, 옳은 삶을 살고 있다. '삼베 폭'처럼 소박하지만 마음과 마음을 이어주는 '정점'의 역할만으로 가없는 '진실'은 충분하다.

> 눈보라 휘돌아간 밤
> 얼룩진 **壁**에
> 한참이나
> 맷돌 가는 소리
> **高山植物**처럼
> 늙으신 어머니가 돌리시던
> 오리 오리

맷돌 가는 소리.

—「雪夜」 전문

　「설아(雪夜)」에서는 애틋한 사랑이 불쑥 튀어나온다. 소복소복 눈 오는 밤, 창호지 문틈 새로 사각사각 어렴풋이 들려오는 고향의 "맷돌 가는 소리"를 잊을 수 없다. 바람을 동반하여 내리던 눈은 벌써 말끔하던 '벽(壁)'면을 이미 "얼룩진 벽(壁)"면으로 만들어놓고 "휘돌아 간 밤"으로 무르익었다. 초저녁부터 시작되었을 '어머니'의 "맷돌 가는 소리"는 그치지 않는다. 어머니는 세월의 더께만큼이나 "늙으신" 분이시다. 모질고 험한 세상을 이겨내시고 자신의 자리를 꿋꿋하게 지켜내신 존재이다. '고산식물(高山植物)' 같은 '어머니'의 계속된 '맷돌소리'는 "오리 오리"[68]로 눈 오는 밤을 "맷돌 가는 소리"로 채워 간다. 눈 오는 한적한 밤, 농촌의 초가지붕 밑에서 수없이 이뤄졌을 고단한 '어머니'들의 노동에서 애잔함이 묻어난다. 단순하고 조각만한 '맷돌'은 손잡이를 통해 마음과 마음을 주고받을 수 있었고, 농촌 살림에서 쉬 몰려들던 피로까지 맞잡은 손가락의 체온을 통해 해소시켜 주던 마력 같은 치마꼬리였다. '맷돌'이야말로 투박하고 소박하여 오래될수록 우려내는 맛을 더하는 존재였다. 박용래는 문명의 흔적이 묻지 않은 토속적 소재나 사라져 가는 것들을 통해서 우리 고유성을 재발견한 시적 의의와 독특한 스타일에서 주목[69]받을 만하다.

---

68) 독자의 내면에 낮은 울림으로 다가가기 위해 소리의 퍼짐성이 약한 'ㅣ'폐모음을 사용했다는 연구도 있다. 노미영, 「朴龍來 詩의 美的 距離 硏究」, 이화여자 대학교 교육대학원 석사학위논문, 1997, p.18.
69) 박유미, 「1950년대 전통서정시연구―이동주, 박용래, 박재삼, 이성교 시를 중심

김칫독 터진다는
말씀
二月에
떠올라라
묵은 미나리꽝
푸르름 돌아
어디선가
종다리
우질듯 하더니
영등할매 늦추위
옹배기 물
포개 얼리니
번지르르 春信
올동 말동.

—「영등할매」 전문

　이 시에서는 바람신인 「영등할매」를 대상으로 전통을 차용해 왔
다. 체험적 삶까지 들춰봐도 고대(苦待)하던 '봄 소식'이 "올동 말동"
하고 있어 원망하는 주절거림이 들리는 듯하다. 옛부터 2월 초하루
에 지상에 내려온 '영등할매'는 인간세상을 살피고 10일 또는 20일
경에 하늘로 귀환한다. 사람들은 이때의 기후 변화를 살펴서, 그 한
해 농·어업 수확을 점쳤고, 2월 초하룻날을 '영등날'이라고 하여 액
운을 쫓고 무병장수와 풍년 농사를 기원하는 날로 삼았다. 그런 아름

　으로」, 성신여자대학교 대학원 박사학위논문, 2002, p.96.

다운 풍습을 믿으며 지켜오고 있는 우리의 살림살이다. 벌써 "묵은 미나리꽝"에는 새순이 돋고, 봄을 알리는 '종다리'는 목청을 가다듬는데, 2월 찾아온 '영등할매'는 '늦추위'에 '옹배기 물'이나 얼리고 있다. 풍습과 전통을 슬쩍 비틀어 "김칫독 터지"고 "번지르"하게 폼만 재고 오지 않는 '춘신(春信)'이 원망스럽지만 쓴 웃음을 짓게 만든다.

박용래는 우리의 풍습이나 잊혀져 가는 얘깃거리도 흘려보내지 않고 의미를 부여한다. 또한, 옛 것이나 우리의 전통을 외면하거나 뻔히 있는 사실도 잊혀져가는 안타까움을 되살려내고 있다. 홍용희는 우리의 전통이 배어 있고 체험적인 삶을 바탕으로 시를 쓰고 있는 손택수의 시 세계를 아래와 같이 평했다.

> 재래적인 대지적 삶의 표현방식은 가장 낮고 약하지만 그 고생살이를 살림살이로 전환시키는 지혜로운 어른들의 전통담론은 '오래된 낯섦'의 화법이, '오래된 미래'로서의 영원한 의미와 가치를 지니며, 그의 시는 우리 詩史의 지평을 살림살이 이성의 언어를 통해 건강하고 거룩하게 확장시키는 발걸음으로 나타날 것이라고 했다.[70]

사라져 가는 우리의 전통처럼 "어머니의 치마꼬리"도 보잘것없지만, "하얀 금선(琴線)"은 귀 기울이지 않으면 결코 들을 수 없다. 속담이나 풍습, 전통적인 우리 얘기들도 오래 되었지만 낯설게 느껴질 때가 많다. "오래된 낯섦"에 영원한 의미와 가치를 부여하여 거룩하게 확장시키는 발걸음을 박용래는 훨씬 먼저 인식하고 이미 저만치

---

70) 홍용희, 「손택수 시집 해설－대지의 문법과 화엄의 견성」, 『목련전차』, 창비, 2006.

가고 있었다.

　이승훈은 대부분 박용래가 노래한 사물이나 삶들은 이미 버려졌거나 잊혀지기 쉬운 하찮고 사소한 것들로서 이런 이유를 소외의식에서 찾았다.

　　문명의 비적응성은 문학을 향한 욕구와 결합되면서 갈수록 현실과 간극을 크게 만들게 되는데 65년부터는 시에 몰두할 생각으로 의식적으로 직업을 꺼리기까지 했다. 그리하여 중심으로부터 소외된 자가 가질 수밖에 없는 뿌리 깊은 소외의식을 갖게 되었다. 이러한 흔적은 작품 곳곳에서 발견되는데 그것들은 모두 자신의 현실적 삶을 대변하는 매개물이 되었다. 결국 이러한 기질은 박용래로 하여금 일생을 "익명(匿名)의 삶 속에서 익명의 삶을 노래"하게 하였다.[71]

　"익명의 삶 속에서 익명의 삶을 노래"했다고 하였으나, 그보다는 박용래가 소박하고 수수한 삼베 폭의 치마꼬리에서 가없이 넓은 시의 충만을 찾아내고, 사마귀의 소리 없는 몸짓에서도 금선을 예민하게 느낄 수 있는 마음결의 소유자였기 때문이다. 그런 까닭에 한갓 치마꼬리에서 '봄바람'과 '마음과 마음의 정점(頂點)'과 '선(線)'과 '마르지 않는 샘물'을 찾아내고, 당랑(螳螂)의 금선에서 '외로운 아이의 안식처'와 '쓸쓸한 아이의 영토'를 확보했다.

　지금까지 사소하고 하찮은 세계로 어떻게 금선을 느끼게 했는지를 두 가지로 고찰했다. 첫째는, 일상적인 동물과 생물의 찰나의 만

---

71) 이승훈, 「빈 잔의 시학」, 앞의 책, p.15.

남이나, 한가한 자연의 현상인 봄비를 통해서 꿰뚫는 통찰력이다. 시
인만이 보고 누릴 수 있는 세계를 자세히 소개하며, 더 깊고 환상적
인 시 세계로 이끌어주는 힘이다. 다음은 마르지 않는 샘물 같은 존
재인 어머니와, 세월의 가치에도 닳지 않고 오히려 빛나는 우리의
전통이다. 늘 곁에서 지긋한 그리움과 사랑으로 기다려주는 어머
니의 존재는 빠르게 변하는 요즘에 더욱 절실하게 다가온다. 우리
의 전통이나 속담, 풍습이나 멋은 서구의 문화나 편리함에 뒤처지
고 밀려난 듯하지만, 박용래의 시 창작 공간에서 우려낼수록 더욱
가치를 더하는 소중함으로 다가서고 있다.

3.3. 시 의식의 확대

마지막 시적 공간은 시 의식의 변모에서 고찰했는데, 언어를 망각
(忘却)한 침묵(沈默)의 언어로 다양한 변모를 추구하며 '진짜 시(詩)'를
쓰고 싶어 한 노력이 그것이다. 박용래는 '몇 권의 낡은 시집으로
이삭 줍듯이 드문드문 배우기 시작한 시'였고 '확실한 자각(自覺)도
없이' 들어선 시인의 길이었기에 '묵은 시고를 모조리 불' 살라가며
'진짜 시(詩)'를 쓰고 싶어 했다. 먼저, 박용래에게 있어 진짜 시란 사
물과의 거리를 두고 그것을 조용히 응시해 언어를 망각한 침묵의 언
어로 대상의 본질에 다가서려는 시[72]를 말한다. 묵묵한 성실성과 담
담한 시작 자세는 '베를레느의 시구처럼 선택받은 자의 황홀과 불안'

---

72) 장동석, 「박용래 시 연구」, 『국제어문』 제39집, 국제어문학회, 2007, p167.

에서 망향의 덫에 걸린 채 고민하며 끊임없이 새로워지게 했다. 그의 지치지 않는 열정과 노력은 미래지향의 내밀한 정신을 통해 마지막으로 진짜 시를 쓰게 했다.

> 어린날, 해으름. 장바닥에 서던 허술한 모습의 노인, 그 까칠한 손에 들려 흐느끼던 지금은 없는 풍물시(風物詩) 같은 해금(奚琴).
> 늦가을, 농촌이면 사방십 리, 어디서나 지금도 들릴 듯 들릴 듯……
> 아, 그런 해금 소리 같은 시를 쓰고 싶다.73)

"한국 고유의 정취를 언어로써 형상화하는 것이 제 시의 바램"74)이라고 한 그의 바람 덕분에 많은 평자들은 그를 "전통시인이라고 규정"75)하게 했다. 시인이란 이름을 얻은 후 창작의 길로 접어든 해방 이후부터 1980년 타계하기까지 역사적으로는 격동의 시기였지만, 박용래의 시 작품과 그의 삶과 생활은 적어도 당대의 사회적 현실과는 거리를 두고 살았으며, "그 삶은 시를 위해 다른 모든 것을 거의 포기하다시피 한 삶이었고, 여러 면에서 너무 견디기 힘든 고뇌의 날들이었다."76) 손종호는 "그의 시는 박용래라는 인간 자체였고, 박용래란 인간 자체가 그의 시였다"77)고 했다. 시인은 현실보다는 오

---

73) 박용래, 「시를 위한 광세」, 앞의 책, p.103.
74) 박용래, 「당신에게」, 위의 책, p.73.
75) 권태주, 「朴龍來 詩의 傳統性 硏究」, 한국교원대학교 대학원 석사학위논문, 1993, p.59.
76) 박용래, 「박연-아버지는 오십 먹은 소년」, 위의 책, pp.199~200.
77) 손종호, 「근원적 고독에의 저항-박용래, 그 인간의 순수와 서정적 시세계」, 『저녁눈』 해설, 미래사, 1991, p.142.

직 시에만 모든 것을 바친 시인이었는데도 과작과 결벽의 시인이었다. 그 이유를 살펴보자.

> 해마다 이맘때면 온통 코스모스로 뒤덮인 운동장, 쏟아지는 열기, 박수, 환호성, 먼날의 무지개빛 꿈도 서려 덩달아 가슴 설레는 나지만, 그런데도 막상 그날이면 선뜻 구경을 가지 못하고 만다.
> 그것은 땅거미질 무렵, 갑자기 패자들에게 몰리는 슬픔, 울음의 바다, 순간 거짓말처럼 좁아지는 패자들의 어깨, 얇은 가슴들이 보기 민망해서이다. 애처로와서이다.
> 아 심약한 자여, 돌이키면 이른바 패배의 영광도 있는 것을.
> 어쩌면 내 시의 출발 역시 패배의 영광에서 비롯된 것일지도 모르는 것을.[78]

예술가가 되는 사람들은 보통의 사람들보다 '더 많이' 결핍되었다고 느끼는 사람들이며, 더 많이 결핍되었기 때문에 결핍을 채우려는 욕구가 강하다[79]고 했듯이 박용래도 '확실한 자각(自覺)도 없이 들어선 시인의 길'에서 바로 그런 결핍이 시를 쓰게 했다. 그렇게 "패배의 영광에서" 출발한 초기의 시부터 더듬어보자. 편의상 시인의 시를 시기적으로 구분하고 논한다는 자체가 취약성을 안고 있지만, 시집에 따라 반드시 시 의식이나 시작 방법이나 관심, 소재나 주제의 변경점이 다른 것은 아니다. 그러나 진짜 시 쓰기의 끊임없는 시도를 파악하기 위해선 통시적인 관점을 무시할 수 없다. 발행된 시집을 기준으로, 초기의 작품들부터 『싸락눈』까지를 전기 시, 『강아지풀』까

78) 박용래, 「오류동 散稿－체험적 詩論을 대신하여」, 앞의 책, p.112.
79) 박찬일, 『詩를 말하다』, 연세대학교 출판부, 2007, p.33.

지를 중기 시로, 『백발의 꽃대궁』에서 1980년대의 작품을 후기 시로 구분한다. 먼저, 전기 시는 '고독한 길 찾기'에 해당한다.

> 나 하나
> 나 하나뿐 생각했을 때
> 멀리 끝까지 달려갔다 무너져 돌아온다
>
> 어슴푸레 *燈皮*처럼 흐리는 *黃昏*
>
> 나 하나
> 나 하나만도 아니랬을 때
> 머리 위에
> 은하
> 우러러 항시 나는 엎드려 우는 건가
>
> 언제까지나 *作別*을 아니 생각할 수는 없고
> 다시 기다리는 *位置*에선 오늘이 서려
> 아득히 어긋남을 이어오는 고요한 사랑
>
> 헤아릴 수 없는 상처를 지워
> 찬연히 쏟아지는 빛을 주워 모은다.
>
> ―「땅」 전문

이 시는 『먼 바다』에 수록된 작품 중 가장 창작 연대가 빠른 작품이며, 1956년 「황토(黃土)길」과 함께 박두진 선생의 3회 추천을 받은 작품이다. 창작 시기는 1950년 4월로 되어 있으니 바로 한국전쟁을 앞둔 시점이다. 1955년 첫 추천을 받은 「가을의 노래」도 살펴보자.

깊은 밤 풀벌레 소리와 나뿐이로다
시냇물은 흘러서 바다로 간다
어두움을 저어 시냇물처럼 저렇게 떨며

흐느끼는 풀벌레 소리……
쓸쓸한 마음을 몰고 간다
빗방울처럼 이었는 슬픔의 나라
後園을 돌아가며 잦아지게 운다
오로지 하나의 길 위
뉘가 밤을 絶望이라 하였나
말굿말굿 푸른 별들의 눈짓
풀잎에 바람
살아 있기에
밤이 오고
동이 트고
하루가 오가는 다시 가을밤
외로운 그림자는 서성거린다
찬 이슬밭엔 찬 이슬에 젖고
언덕에 오르면 언덕
허전한 수풀 그늘에 앉는다
그리고 등불을 죽이고 침실에 누워
호젓한 꿈 태양처럼 지닌다
허술한
허술한
풀벌레와 그림자와 가을밤.

－「가을의 노래」전문

「땅」과 함께 추천을 받았던 「황토길」도 함께 감상해보자.

落葉 진 오동나무 밑에서
우러러보는 비늘구름
한 卷 冊도 없이
저무는
黃土길

맨 처음 이 길로 누가 넘어갔을까
맨 처음 이 길로 누가 넘어왔을까

쓸쓸한 흥분이 묻어 있는 길
부서진 烽火臺 보이는 길

그날사 미음들레꽃은 피었으리
해바라기만큼한

푸른 별은 또 미음들레 송이 위에서
꽃등처럼 주렁주렁 돋아났으리

푸르다 못해 검던 밤하늘
빗방울처럼 부서지며 꽃등처럼
밝아오던 그 하늘
그날의 그날 별을 본 사람은
얼마나 놀랐으며 부시었으리

사면에 들리는 威嚴도 없고
江언덕 갈대닢도 흔들리지 않았고
다만 먼 火山 터지는 소리
들리는 것 같아서

귀 대이고 있었으리

땅에 귀 대이고 있었으리.

―「黃土길」 전문

「황토길」은 처음으로 박용래를 세상에 알려준 등단작이다. 인용한 초기 시 세 편을 박두진은 평하길 "가늘고 섬세(纖細)하고 치밀(緻密)한 감각적(感覺的) 리리시즘은 차라리 천성적"이며 "불면 날아갈 듯한 당신의 시에서 오히려 늘 서릿발같이 싸느랗고 날카로운 상엄미(桑嚴味)까지" 느낀다던 시편들이다. 손종호는 초기 시의 출발을 '고독'으로부터 찾는다.

> 박용래의 시적 출발은 근원적인 고독의식과 절망감에 그 단초를 두고 있으며, 그는 현실을 바로 응시하지 못한 채 오히려 스스로를 과거 속으로, 부동과 정적의 공간 속으로 소멸시켜간 이 시대의 비극적 시인이라 할 수 있다.[80]

"근원적인 고독의식과 절망감"에 두고 있다는 평처럼 초기 시의 특질로 꼽을 수 있는 것은 '관념적인 시어 및 시인의 감정이 그대로 표출되는 양상'을 보이는 점이다. 초기작을 제외하면 대다수의 시에서는 감정과 시적 화자가 철저히 배제된 채 '즉물적인 이미지나 사물 혹은 사건의 제시를 통한 감정의 절제'가 시의 특질[81]로 나타나

---

80) 손종호, 「해설, 근원적 고독에의 저항―박용래」, 앞의 시집, p.146.
81) 서정학, 「박용래 시의 특질에 대한 고찰」, 『비평문학』 제25호, 심지, 2007.4, p.238.

는 것과는 대조적이다.

그런 고독을 반영이라도 하듯 등단작인 「땅」의 첫 행이 "나 하나"로 시작한다. 연이어 "나 하나뿐 생각했을 때"라고 할 만큼 상황은 더욱 애달프다. 그런 '땅'에서 마음을 함께 할 사람을 찾아서 외로움을 이기려고 "멀리 끝까지 달려갔"지만 결과는 참담하다. 위안을 얻거나 도움을 받기보다는 오히려 "무너져 돌아온다". 3연의 상황도 크게 호전되진 않는다. 역시 "나 하나"다. 그러나 "나 하나만도 아니랬을 때"라고 하여 외로움을 덜어줄 사람을 찾아봤으나, 그게 아니다. 사람이 아닌 하늘의 '은하(銀河)'[82]다. 결국 사람의 손길보다는 '은하'에 의지하여 나약하게 "엎드려 우는" 존재로 외로움과 고독은 증폭되고 있다. 한층 고조된 '고독'의 굴레에서 벗어나지 못하고만 있다면 '땅'은 슬프고 어둡게 끝났을 것이다. 다행인 것은 마지막 연에서 "헤아릴 수 없"던 많고 많은 "상처를 지"울 수 있었다. 외로움을 이겨내고 "찬연히 쏟아지는 빛을" 끌어 모을 수 있는 의지를 회복했다. 한꺼번에 쏟아지는 빛은 아니지만, 그 빛들을 "주워 모은다"는 의지와 자신감의 회복만으로도 고독을 극복할 의지가 피어난다. 이는 '나'의 고독으로부터의 탈출이자 자신으로부터의 도피를 뜻한다.

「가을의 노래」의 분위기도 쓸쓸함과 외로움을 제목에서부터 안고 출발한다. 「땅」에서처럼 의미의 반전도 없다. 상처와 고독의 회복이나 극복의 의지를 보여주지 못하고 '풀벌레'와 '고독'에 싸여 있는

---

82) '銀河'에 대한 전통적인 관념은 견우와 직녀설화에서 비롯된 '이별, 슬픔, 그리움'을 상징한다. 한편 '경계'와 '근원'이라는 상징성을 갖기도 한다. 김종호, 「한국현대시의 원형심상연구—박재삼, 박용래, 천상병의 시세계를 중심으로」, 강원대학교 대학원 박사학위논문, 2006.

'나'란 자아가 '흐느끼며' 가다가 '외로움'에 떨다가 다다른 곳은 "슬픔의 나라"이다. '절망(絕望)'을 딛고 "말긋말긋" 뭉쳐진 "별들의 눈짓"에서 새롭게 "동이 트고" 나면 맞게 될 희망의 새날을 기대했지만, "외로운 그림자"와 마주칠 뿐이다. 결국 "가을의 노래"는 '풀벌레'와 '나'란 존재가 절망을 이겨내지 못하고 "외로운 그림자"로 대치되고 있다.

> 다음에 내가 안타깝도록 좋아했던 것은 황토 색깔이다. 우리나라라면 시골 어디에 가도 언제나 볼 수 있는 다정하고 밝은 색깔, 잊혀진 듯 호젓한 등성이에 흐르는 색깔, 봄이면 반쯤 물에 묻힌 먼 고향의 색깔, 어느 색깔 못지않게 그리워하던 색깔이다.
>
> (…중략…)
>
> 그러나 해질 때까지 낮은 시골길을 걷노라면 부드럽게 부드럽게 발목에 감겨오는 황토색깔의 감촉만은 그토록 좋았다.
>
> 그 때 한참 '료마에'의 양복 윗도리가 유행하는 시기였으나 나는 언제나 감빛 점퍼를 입고 다녔다. 훗날 친지인 어느 소설가가 『황색 시인』[83]이란 소설을 쓴 일이 있었다. 들은 말로써는 나를 모델로 한 소설이라고 한다. 읽지를 못해서 그 내용은 알 수 없으나 제목만은 나에게 조금 실감이 난다.
>
> 황토색깔 그것은 쓸쓸한 흥분이다. 젊음이 주는 괴로움이다. 어느덧 오랑캐꽃 색깔은 시들고 이제는 황토 색깔도 표백해 간다.[84]

소년시절에 가장 좋아했던 "오랑캐꽃 색깔"은 '하염없는 그리움'

---

83) 추식(秋湜) 秋成春(1920~1987)이 1957년 잡지 『新太陽』 2월호에 발표했던 단편소설이다.
84) 박용래, 「색깔」, 앞의 책, pp.143~144.

의 색깔이었다. 그 다음 "안타깝도록 좋아했던" '황토색깔'이었기에 젊은 날 쓴 작품인 「황토길」에는 "쓸쓸한 흥분"이 배어 있다. 일제 말기 마음이 시들해 있던 때 '동해안'이나 '전라도'에서 '무작정 시골길'을 걸으며 삶 자체의 정체성을 찾으려고 애쓰며, 몸만 건강하게 직장생활을 하고 있는 자신의 삶을 '치사스'럽게 여기던 자신의 길85) 찾기 여정의 회고담이다.

지금까지 초기 시를 살펴본 결과, 근원적인 고독의식에서 출발한 시 세계는 고독의 극복의지를 보이며, 다른 시기와 비교하여 관념적인 시어와 감정의 표출이 비교적 많이 나타난다. 시의 맥락도 그리움과 애상, 감상주의적 정서가 쓸쓸한 분위기와 어울려 있다.

다음은 '격정의 소산'이었던 중기 시를 살펴보자. 진짜 시를 쓰기 위한 생각만으로도 감격해 시를 쓸 수 없었던 시인, 금선(琴線)의 울림으로 손이 떨려 딸 연이를 통해 시를 대필(代筆)해야 했던 모습에서 시를 향한 열정과 애착이 얼마나 컸는지를 짐작하게 한다.

> 아버지께서는 시상이 떠오르실 때면 항상 우리를 불러다 받아쓰게 하셨다. 언젠가 아버지께 "아버지의 하시는 일은 시 쓰시는 일밖에 없으시면서 그것도 왜 혼자 하시지 않으세요" 하고 철없는 불평을 한 적이 있다. 그 때 아버지께서는 "시를 쓰려고 하면, 내가 시를 쓸 수 있구나 하는 기쁨에 손이 떨려 글씨가 제대로 되지 않는다"고 말씀하셨던 기억이 난다.86)

---

85) 길의 기호는 방향이나 목표와 관계없이 이동성, 비정확성, 비거주성을 나타내는 의미작용을 한다. 김종호, 앞의 논문, p.64.
86) 박용래, 「박연―아버지는 오십 먹은 소년」, 앞의 책, p.202.

그는 한때 잘 나가는 이름의 은행에 근무하기도 했고, 교편을 잡기도 했으나 등단 이후 생업에는 거의 손을 떼고 시 창작에만 전념하게 된다. 타계 이전까지 "술과 시만이 그의 구원이 되었다"[87]는 조남익의 지적처럼 그는 '실격(失格)한 가장'이었으며 술과 눈물의 시인으로 남게 된다. 그와 평소 친분이 있던 인물들은 그의 눈물과 관련하여 다음과 같이 말하고 있다. 일반적인 삶의 모든 것을 외면한 채, 술과 시 그리고 눈물로써 살다간 그였기에 시에 대한 열정과 애정은 남달랐으며 시어에 대한 집착도 여기에서 비롯되었다.

> 지금은 오월. 조수처럼 밀려오는 푸르름 앞에 서 있다. 푸르름은 하늘 속에서 물매미를 돌고 뜨겁게 열을 품어대고 있다. 푸르름 속에 천둥이 친다. 번갯불이 반짝인다. '현실'이란 이름의 천둥소리. '진실'이란 이름의 번갯불. 과거는 너무 허망했다. 구름 위에 둥실 떠 있던 나의 발목을 이 따가운 푸르름 앞에 굳게굳게 묶어 놓아야겠다. 땀을 흘리며 작품도 써야겠다. 눈물 대신 땀으로 시를 써야겠다.[88]

그리움의 색깔이었던 "오랑캐꽃 색깔"을 넘어 안타깝도록 좋아했던 색깔은 '황토색깔'이었다. 이제 『강아지풀』이란 두 번째 시집을 내는 시인은 "따가운 푸르름" 앞에서 "눈물 대신 땀으로 시를" 쓰고 있다. 『강아지풀』에 있는 「꽃물」과 같은 시들은 1950년대의 초기 시와 비교하여 관념이나 감정의 표현이 사라지고 이미지의 제시나 병

---

87) 조남익, 「박용래의 '홍래 누님'이야기」, 『詩文學』 통권350호, 2000. 9, pp.53~58.
88) 박용래, 「색깔」, 앞의 책, p.146.

치를 시도하여 절제된 감정이 돋보인다. 특히 두드러진 점은 시의 간결성에서 찾아볼 수 있다. 송재영은 이런 경향을 "시를 통한 시로부터의 도피"라고 했으며, 그 연장선상에서 그는 10행 내외의 단시를 통해 직접적인 술회를 회피하고 단지 서경의 미세한 소묘만을 그리고 있다고 했다.[89]

> 노을 속에 손을 들고 있었다, 도라지빛.
>
> ―그리고 아무 말도 없었다.
>
> 손끝에 방울새는 울고 있었다.
>
> ―「別離」 전문

이 시는 여백과 간결함이 돋보이는 작품이다. 연마다 마침표를 찍어 여백을 견고하게 하고, 2연에서는 줄표까지 하여 이별의 침묵을 더 애절하고 깊이 있게 가져가고 있다. 단 3행으로 3연을 만들고, 3연만으로도 「별리(別離)」의 구구절절한 사연을 담아낼 수 있음은 박용래가 '눈물이 아닌 땀'으로 시를 쓴 소산물(所産物)이었다. 그의 이런 시작 태도를 박유미는 "행간의 여백을 적극적으로 차용하는 것은 자연의 텅 빈 충만의 세계를 시적 구조 속에 그대로 옮겨 놓은 것이며, 그의 시적 사유 속에는 쓸모없음의 쓸모있음과 수다한 언어적 표현이 오히려 언어의 감옥임을 깊이 인식"[90]한 결과라고 했다. 수

---

89) 송재영, 「동화 혹은 자기소멸」, 『강아지풀』, 민음사, 1975, pp.98~99.
90) 박유미, 앞의 논문, p.201.

많은 의미의 나열이 오히려 자유롭게 만들지 못하고 오히려 이별의 맛을 밋밋하게 만드는 감옥이 될 수 있음을 간파한 박용래의 치밀한 전략이 「별리」에 깔려 있음을 알게 된다.

젊은 시인, 이군의 편지 한 구절을 인용해 보자.

제가 제일 역겨워하는 것은 시를 쓰는 기술인이 될까 두려운 것입니다. 시는 기술자가 쓰는 것이 아니라 한 사람의 성직자, 이름도 없는 방랑객이 쓰는 것입니다. 이를테면 시를 일종의 전문직으로 삼는 이보다는 우연히 내뱉는 말이 한 편의 시가 되고 허공을 향해 뻗는 팔의 시⋯⋯.

(⋯중략⋯)

문득 피카소의 말도 떠오른다.

화가가라야 한다. 단연코 회화의 전문가여서는 안된다. 전문가가 화가에게 주는 것은 나쁜 조언뿐이다. 그러므로 나는 스스로를 비평하는 일을 하지 않기로 했다. 나는 비합리주의자이므로 자신의 작품의 심문관이 되려는 유혹을 뿌리치고 오로지 작품을 시간의 흐름에, 세상에 맡기는 것이다.

깊이 음미해 볼 만한 말이다.

(⋯중략⋯)

요컨대 시라는 것도 결국 황홀함과 불안감의 경계선에서 빚어지는 칼춤의 섬광, 당랑(螳螂)이 지면에 무수히 그물 짓는 하얀 금선과 같은 것이랴.

농부가 고랑에 씨를 뿌리고 있다. 씨알을 너무 깊게 묻으면 썩을 것이요, 그렇다고 너무 얕게 묻으면 짐승의 밥이 되리라, 이와 같이 시에도 요령은 필요한 것이다.

(…중략…)

수박의 속살과 껍질의 접선 같은 시를 쓰고 싶다.

죽은 언어에도 생명을

단 한 편의 시를 위해 많은 것을 사랑하자.

시는 부른다. 높은 곳으로 올라가라.

길을 찾든지 아니면 길을 만들어라. 누구의 말이던가.[91]

위 글은 자신의 산문에서 밝힌 「체험적 시론(詩論)을 대신하여」라는 글이다. 자신을 삼가 경계한 것은 "시를 쓰는 기술인"이거나 "회화의 전문가"가 되는 일이었다. "수박의 속살과 껍질의 접선 같은 시를 쓰고" 싶었던 시인이 박용래이다. '불의 황홀함과 불안감'을 알면서도 어쩔 수 없는 '황홀함과 불안감'을 위해 불속에 몸을 던지는 '부나비의 몸짓' 같은 것이 그의 시였다. 어른들의 만류에도 불구하고 어릴 적 논두렁을 누비며 '쥐불'을 놓던 아찔함과 불안함을 간직한 '유년의 칼춤'도 그의 시가 되었다. 번식을 위해서는 '황홀'한 교미를 해야 하고 그 후엔 어김없이 암컷의 먹이로 희생되어야 하는 '불안감'을 알면서도 시를 썼으며, 번데기를 보호할 고치를 만들기

---

91) 박용래, 「오류동 散稿-체험적 詩論을 대신하여」, 앞의 책, pp.111~116.

위해 수천 번 수만 번을 반복해야만 만들 수 있는 누에고치의 원천 (源泉), 사마귀의 금선(琴線)을 바로 진짜 시라고 말한다.

상칫단
아욱단 썻는

개구리 울음 五里 안팎에

보리짚
호밀짚 씹는

日落西山에 개구리 울음.

　　　　　　　　　　　　　　　　　　　　　－「西山」 전문

　시인은 '길을 찾든지 아니면 길을 만드는' 사람이다. 그런 까닭에 '상칫단'과 '아욱단'을 '썻는' 소리와 '개구리 울음'을 동일시하고 있다. 등가물(等價物)로 보는 것은 또 있다. 바로 '보리짚'과 '호밀짚'을 "씹는" 소리와 역시 '개구리 울음'소리이다. 일터의 손길이 모두 끊어지고 쟁기를 챙겨 귀갓길에 오르는 시간, 해가 지는 '서산'엔 노을이 설피하게 민가를 덮쳐오는 시간이라 더욱 고요하다. 그 고요를 틈타 '상칫단'과 '아욱단'을 썻는 사람들의 살아가는 소리와, 소나 당나귀 염소 등이 '보리짚'이나 '호밀짚'을 "씹는" 소리를 똑같은 "개구리 울음"으로 "오리(五里) 안팎"에서 듣게 된다. 미세한 동물의 소리를 들어 사람의 소리와 같이 여기는 것은 쉽지 않다. 이런 노력과 애정은 "수박의 속살과 껍질의 접선 같은 시를" 쓰고자 "죽은 언어에도 생명을" 불어넣고 "단 한 편의 시를 위해 많은 것을 사랑"하며 응시한 결과이다. 절제된 시어와 여백에서 느껴지는 따뜻함과, 간결한 형식으로도 무지렁이 같은 지푸라기나 개구리, 상추나 아욱에게도 생명을 불어넣는 '요령(要領)'은 한순간에 생기지 않는다.

"시는 사상이나 일시적인 환상에서 비롯되는 것이 아니다. 그것은 찰나적으로든 영구적으로든 간에 우리의 육체와 정신을 변화케 하는 경험으로부터 이루어"[92]졌기 때문에 '서산(西山)'과 같은 진짜 시를 만날 수 있다.

> 풀자리 빠빳한
> 旅館집
> 문살의 모기장.
>
> 햇살을 날으는[93]
> 아침 床머리
> 열무김치.
>
> 대얏물에
> 고이는
> 오디빛.
>
> 풀머리
> 뒷모습의

---

92) 테드 휴즈, 한기찬 옮김, 『시작법―Poetry in the Making』, 청하, 1982, p.45.
93) 시집 『강아지풀』에는 '나르는'으로 표기되어 있다. '오디빛'도 '오딧빛'으로 한자 표기도 한글도 되어 있는데 이런 표기방식은 다른 작품에서도 많이 눈에 띈다.

꽃창포

－「창포」 전문

　「창포」에는 '결곡의 시인'이 아니면 쉽사리 접근하기 힘든 장면들이 보인다. 순간의 서경을 옮겨가듯 한 컷씩 보여준다. 단오의 세시 풍습을 은연중 보여준다. "문살의 모기장"이나 "상머리/ 열무김치"는 누구나 다 볼 수 있다. 그렇지만 "빠빳하"게 풀을 먹인 '모기장'은 묘사의 능력이다. 무 잎을 버무려 담근 '열무김치'에서 햇살을 찾아서 끄집어내는 일도 마음이 여무지고 빈틈없어야 가능한 일이다. 단오 날 창포물을 풀어놓은 '대얏물'에는 푸른색과 하늘색이 합쳐져서 '오디빛'으로 비친다.

　순간을 포착하여 군더더기 없이 축약하여 표현하는 박용래의 시가 지나치게 압축하여 감동을 차단하거나 애매성을 주기도 하지만 일관되게 "현대적 도시 문화를 외면하고 오로지 향토적인 정서를 가꾸고 지키는데 전념하는"[94] 시 세계는 빼놓을 수 없는 요소이다.

　　부초(浮草)처럼 한 군데 발을 디디지 못하고 방황하며 괴로웠던 나의 젊은 날도 상기되어 비통하기 그지없는 순간이었으나 허나 시인이여 비판하지 말자. 저무는 섬진강의 한 마리 해오라기처럼 괴로워도 서러워도 비판치 말자.
　　오로지 아름다운 혼을 지키기 위한 세상의 모멸이라면 얼마든지 감수할 수도 있는 문제 아닌가. 만일 한 알의 밀알이 땅에 떨어져 썩지만 않는다면 언젠가는 반드시 모면할 수 있는 세상의

---

94) 송재영, 「동화 혹은 자기소멸」, 앞의 책, p.96.

모멸이 아니겠는가.
　시인이 어둠 속에서 새로운 획을 긋는 닭장 속의 닭의 존재라
면 그날까지는 괴로워도 서러워도 견디어 나가자.[95]

　박용래가 세상에서 자기를 향해 '적응성이 없다든지' 혹은 '현
실을 외면 한다'든지 '새장 속의 새'라든지 '애보개'라는 비웃음을
참을 수 있었던 이유를 짐작하게 한다. 시인은 손가락질을 뒤로
하면서도 오로지 시에 대한 "아름다운 혼을 지키기 위한" 집념이
있었으며, 격정의 소산을 이어갈 수 있었음은, 시인이야말로 "어
둠 속에 새로운 획을 긋는" 거룩한 일임을 깨달았기 때문이다.
　마지막으로 후기 시는 '삼박자 꿈의 완성'을 추구하며 시 의식을
확대했다. 1980년 11월 타계하기까지 시에 대한 열정만으로 살았고,
평생 시인이라는 명분 이외에는 그 어느 직함도 가지려 하지 않았던
박용래는 외줄기 고행의 길을 걸어가는 외로운 시인의 슬픈 운명을
이렇게 읊었다.

　　하나의 꿈에다 전생애를 걸고 간 사람이 보인다. 비록 누더기
　를 걸쳤을망정 낭산골, 우리네 백결 선생은 하나의 꿈에다 전생애
　를 걸고 간 사람이 아닌가 한다. 설령 그것이 그 시대에 있어 별
　볼일 없는 것이었다 한들. 그 사람의 뒷모습이 보인다.[96]

　하나의 시에다 전 생애를 걸고 간 박용래, 자신의 처지와 '백결

---

95) 박용래, 「유리컵 속의 양파」, 앞의 책, p.144.
96) 박용래, 「반의 반쯤만 창틀을 열고」, 위의 책, p.70.

(百結) 선생'의 모습을 동일시하며, 하나의 꿈에다 전 생애를 걸고 간 사람으로 자신도 기억되길 원하며 적었던 시 「오호」를 보자.

박고지 말리는 狼山골
학이 된 百結 선생
돗자리 두르고 두르고
거문고 줄 고르면
홋홋 밭머리 흩어지는
새떼
마당 가득 메워
더러는 굴뚝 모퉁이
떨어지는 메추라기

오호 한 잔의 이슬

—「오호」 전문

이 시는 설화적 요소에 상상을 더하여 미적 세계를 창조하고 있다. 환경은 비록 넉넉지 않아 '박고지'를 널어 말리는 '낭산(狼山)골'이지만, 상황을 뛰어넘어 고결하고 순결한 새의 상징인 '학(鶴)'이 된 사람이 '백결(百結) 선생'이었다. 공간이라야 겨우 '돗자리' 한 장 펴고, '거문고'를 뜯을 수 있는 최소한의 공간이다. 그런 곳에서도 그는 아내를 위해 떡방아 찧는 소리를 연주해 허기를 면하게 한 솜씨를 가졌던 백결 선생이었다. 금선이 흐르면 '새떼'들이 "밭머리로 흩어지"고 모여드는 모습이 '홋홋' 신명 나는 분위기다. 부엌에서 불을 때지 않아 냉기가 도는 '굴뚝'에도 "마당 가득 메워" 모여들었다 "떨어지는 메추라기"는 바로 "백결 선생" 설화에 등장했던 상징성의 '메추라기'들이다. 초월성과 상징을 넘어선 2연은 사뭇 진지하다. 1 연에 맞춰 옛글의 감탄사로 받는다. 아아 슬프도다 "한 잔의 이슬"은 이루기 힘든 일이다. 해뜨기 전 부지런히 받아야 하는 '이슬'로 한 잔을 만들기란 불가능한 일이다. 이룰 수 없는 현실이 더욱 슬프지만, 최악의 상황과 경제적 악조건을 무릅쓰고 '고호'나 '백결 선생' 같이 전 생애를 바치면서까지 꿈을 향해 가게 했던 지향점이다. '한 잔의 이슬'을 채우기까지 끝없이 가야 하는 길, 바로 박용래가 선택하고 가야 하는 길이다.

"저 반 고호의 하늘에 맴도는 두 개의 태양, 일어서는 지평, 춤추는 올리브 숲 등이 어찌 하루아침에 이루어졌겠느냐, 참으로 종교처럼, 스스로 가는 길을 믿고 끝까지 간 사람은 훌륭하구나."[97]라는 찬사를 딸에게 편지로 이야기하며 그 자신을 채찍질한 이유가 여기에 있다.

> 나는 소금
> 坐板 위 주발이다
> 장날 폭설이다
> 지게 목발이다
> 헤쳐도 헤쳐도
> 山, 고드름의
> 저문 山
> 새발 심지의
> 燈盞

－「겨울山」 전문

---

97) 박용래, 「고호의 지평」, 앞의 책, p.177.

'나'라는 자아를 드러낸 시는 많지 않다. 특히 1행은 더욱 그렇다. '나'는 "소금/ 좌판(坐板) 위 주발(周鉢)"이고 싶다. 소금의 효용성은 이미 알려져 있으며, '주발'이 없으면 상거래가 이뤄지지 않는다. 문학 작품인 시와 사람 사이를 긴밀하게 연결하는 소중한 고리가 바로 '나'다. 또한 '장날'에 내린 '폭설'이다. 온 세상을 하얗게 소금처럼 덮는 '폭설'이다. 하얗게 쌓아둔 "소금/ 좌판(坐板) 위 주발(周鉢)"이었던 '나'는 다시, '폭설'이 내린 날 '지게 목발'이 되어 사람과 사람을 이어주는 이동수단으로 동일시된다. 세상을 덮은 '폭설'은 '지게 목발'의 기능에도 불구하고 "헤쳐도 헤쳐도" 산 너머 '산(山)'이다. 갇혀 있던 산 속은 해빙과 결빙의 자연현상을 반복하여 '고드름'으로 "저문 산"이 되었다. 시인은 산에 갇혀 있는 모든 사람에게 어둠을 밝혀줄 "새발 심지의/ 등잔(燈盞)"이다. 장작불이나 횃불 같이 크게 부각되는 존재보다는 가냘픈 "새발 심지의 등잔"이 되어 자신을 태워가며 빛을 밝히는 존재이고자 한다. 이처럼 자아가 사물과 합일되어, 인간의 개별성을 포기하고 자연의 일부가 되는 존재의 무화(無化)를 추구하고 있다. '겨울 산'에서 '소금 주발'과 '등잔'이 되어 발아래 놓이기보다 등경(燈檠)에 놓여서 소금과 같이 짠맛을 내고 부패를 방지하며, 자신을 녹여가며 남을 유익하게 하는 염결(廉潔)[98]의 시인이고 싶은 바람이 「겨울산」에는 배어 있다.

　　초등학교 일학년

---

98) 박유미, 앞의 논문, p.97.

城이 그림을 보면
사람들은 모두
땅에 누워 있다.

햇님을 바라
나무도
뉘여 있다.

하늘 나는 새,
하늘 나는 새도
땅에 나르고

—「城이 그림」 전문

이 시는 초등학교 1학년, 막내의 그림을 보고 아이의 세계를 있는 그대로 단순하게 그려냈다. 아버지의 눈에 비친 막내의 세상은 또 다른 동심의 세계로 온통 평면이다. 이제 시인도 쉰을 넘었다. 딸 연이의 눈에는 "오십 먹은 소년"이라지만 '실격(失格)한 가장'으로서 언제나 낭인(浪人)으로 살아온 박용래에게 자식들은 미안한 존재였다. 그런 시인을 주변 인물들은 '어떤 직장이든 오래 머물지 못하는 자유분방한 이면에 눈물로 대변되는 섬세한 감성과 열정 그리고 다정다감한 성격의 소유자'였다고 평했다.

여섯 살 성이는 막동이, 만리장성의 성, 잿성.
까투리 중의 유일한 한 마리 장끼랄까. 아빠는 언제나 낭인이어서 엄마한테만 응석을 부리는 엄마의 새, 치외법권의 새. 방안 퉁소인 성이가 십 원짜리 종이 호랑이 탈을 쓰고 으르렁 으르렁

거리다 제풀에 시큰둥해, 이번은 수돗가 물탱크에 장난감 통통배를 띄우더니 물장구를 치기 시작했다.[99]

늦게 얻은 막내의 재롱에 아버지의 마음은 한결같다. "까투리 중의 유일한" 장끼의 어쭙잖은 그림으로 사랑스러움은 감격에 가깝다. 미술에도 자질을 갖고 있던 시인이라 미적 수준도 짐작이 간다. 「성(城)이 그림」이란 시 한 편은 아버지가 자식에게 줄 수 있는 최고의 선물이다. '가족을 위해 물질적으로 아무것도 이룬 것도, 해준 것이 없기에'[100] 아버지로서 늘 부족했기에 "엄마한테만 응석을 부리는" 작은 새 한 마리인 막둥이의 그림을 읊었다. 그래서 누구도 잘 나무라지 않고 가족들의 사랑만을 먹고 사는 "치외법권의 새"인 재성[101]이다. 그런 응석받이의 그림을 봤을 때 사람들이 "모두 땅에 누워 있"어도 "햇님을 바라"보는 '나무'가 정상적으로 서 있지 않고 "뉘여 있"어도 전혀 상관이 없다. 날개가 있어 "하늘 나는 새도" 하늘이 아닌 '땅'에 날고 있어도 사랑스럽게만 보인다. 눈물겨운 아버지의 자식에 대한 사랑이 넘쳐나는 동요풍의 시로써 아버지의 무한한 사랑을 대신하고 있다.

지금까지 박용래가 추구한 시 의식을 발간된 시집을 기준으로 확대해가며 시기별로 고찰했다. 초기의 작품들부터 『싸락눈』까지의 전기 시는 길 찾기에서 만난 고독의 산물들이다. 근원적인 고독의식에서 출발한 시 세계는 고독의 극복의지를 보이지만, 다른 시기와 비

---

99) 박용래, 「풍선의 바다」, 앞의 책, p.60.
100) 최윤정, 앞의 책, p.206.
101) 산문집에는 '잿성'으로 『먼 바다』에는 '재성'으로 되어 있다.

교하여 관념적인 시어와 감정의 표출이 비교적 많이 나타난다. 그 결과 시 세계도 그리움과 애상, 감상주의적 정서가 쓸쓸한 분위기와 어울려 있다.

『강아지풀』까지의 중기 시는 '진짜 시'를 쓰기 위한 열정을 지키고자 눈물과 땀으로 시를 써 내려간 격정의 소산이었다. 시인은 세상의 손가락질을 뒤로하면서도 오로지 시의 아름다운 혼을 지키려는 집념이 있었다. '진짜 시인'이 되는 길만이 '어둠 속에 새로운 획을 긋는' 거룩한 일임을 깨달았기 때문이다. 『백발의 꽃대궁』에서 1980년대의 작품까지인 후기 시의 특징은 '고호의 지평(地平)'과 삼박자 꿈의 완성이다. 자신의 꿈은, 최악의 상황과 경제적 악조건을 무릅쓰고 '고호'나 '백결 선생'같이 전 생애를 바쳐서 꿈을 향해 가게 하는 지향점이다. 자전적 모티브에서는 '겨울 산'처럼 '소금 주발'과 '등잔'이 되어 발아래 놓이기보다 등경에 놓여서 소금과 같은 존재로서 염결의 시인이고 싶은 바람이 절실하다. 박용래가 꿈꾸는 삼박자 꿈의 완성이란 자신이 몸담고 있는 문학계에서는 예술가로서, 사람과 사람이 사는 세상에서는 소금과 빛의 존재로서, 나아가 가정에서도 가장의 역할을 충실히 하는 아버지로서의 온전한 완성이다.

제3장

시 창작의 실행

1. 제1행 쓰기

시의 제1행은 중요지만 '수수께끼의 바다'였다. 첫 행은 시 전체의 흐름을 결정짓는다. 모든 일에 시작(始作)이 있듯 시 창작에서도 첫 행이 있다. '시작이 좋아야 결과도 좋다'라는 말도 처음의 중요성을 강조한 말이다. 그래서 많은 시인들에게 첫 행은 고민되는 부분이다. 박용래가 쓴 「시의 제1행은 어떻게 쓰는가」라는 산문을 살펴보자.

> 톨스토이 작, 『부활』의 시작은 '봄이 왔습니다'로 되어 있다.
> 차츰차츰 풀리는 홈통 속의 동토(凍土), 라일락 숲에 물이 오르고, 다시 창문은 열리고, 만상이 소생하는 대망(大望)의 입김, 목숨의 입김을 딛고 힘껏 일어서는 인간만세의 부활은 그 첫머리에 넣은 다만 봄, 한 마디 때문에 출발부터 얼마나 많은 사람의 공명을 얻는가.
> 저 유명한 베토벤의 교향곡, 제5번의 경우만 해도 그렇다. 천재

의 함성, 그 누구의 울부짖음도 닿을 수 없는 피안의 적벽 앞에 차가운 운명의 채찍은 숫제 처음부터 하늘과 따를 후려치는 우레 소리, 우레 소리지만 작품으로서는 무한한 축복을 받고 있다.

화가, 밀레의 화폭에 보일 듯 말듯 진폭하는 지평을 어떻게 해석하랴.

모든 사물을 그리기 앞서 먼저 경건하게 그려 넣었을 한 줄기 믿음과 같은 선, 지평을 잃은 밀레의 전원풍경은 상상할 수도 없다.

이렇듯 훌륭한 작품들의 첫 마디는 제재와 아울러 전체를 이해하는 결정적 구실을 한다.

우리들의 시(詩), 시도 예술일 바에야 예외일 수는 없다. 더우기 짧은 형식의 시에 있어서야.

소월의 4행시, 「엄마야 누나야」만 보더라도 첫 행의 감동 없이는 다음 행인 금모래빛의 영원도 또 다음 행인 갈잎노래의 노스탈쟈도 전혀 공허하리라. 끝마저 첫 행의 중복으로 장식한 이 시는 영원한 노스탈쟈 이상의 그 뒷인가를 아프게 접철하고 있지만, 막막한 시의 바다에 던져진 수수께끼 같은 시의 제1행.

결국 내가 쓰는 시의 제1행은 지우고 지우다 마지막에 남는 것, 까마귀가 내뱉는 떫은 고염1)알 같은 것, 그것을 구슬인 양 소중히 한다. 곧잘 끝이 시작이 되는 나의 시, 공식이 있을 수 없다.2)

박용래는 톨스토이와 베토벤, 그리고 밀레와 소월을 통해 처음의 중요성을 얘기한다. 각각의 분야에서 독보적인 위치를 구축할 수 있었던 원인이 바로 첫 행의 강열함 때문이었음을 소설가와 음악가, 그리고 화가와 시인들의 실례를 차례로 들어 이를 증명하고 있다. 나아

---

1) 박용래 자신의 글에서도 '고염'과 '고욤'의 두 형태로 표현된다. 인용문은 '고염'으로 표기했지만, 다른 곳의 동일한 표현은 모두 '고욤'으로 표현한다.
2) 박용래, 「詩의 제1행은 어떻게 쓰는가」, 『우리 물빛사랑이 풀꽃으로 피어나면』, pp.83~84.

가 짧은 형식인 시의 첫 마디는 제재와 아울러 전체를 이해하는 결정적 구실을 하기 때문에 첫 행의 감동 없는 시는 공허함만 가져다 줄 뿐이다. 하지만 첫 행의 중요성을 인식하면서도 제1행을 멋지게 장식할 "공식이 있을 수 없"으며, 다만 "막막한 시의 바다에 던져진 수수께끼와 같은" 아리송함이 바로 시의 제1행이라고 어려움을 얘기한다.

결국 박용래가 창작한 시의 제1행은 지우고 지우다 마지막에 남는 단골 이미지, 까마귀가 내뱉는 떫은 고욤알 같은 구슬, 그리고 곧잘 끝이 시작이 되기도 하는 시로써 제1행을 추구했다고 할 수 있다.

1.1. 단골 이미지3)

먼저 시의 제1행은 "지우고 지우다 마지막에 남는 것"이었다. 이는 시의 중심 이미지인 '단골 이미지'를 일컫는다. 시인은 자신의 사유를 언어를 통해 표현한다. 박용래는 우리들의 삶으로부터 소외되어 눈길 닿지 않는 사물들을 보듬고, 따뜻한 시선으로 노래해왔다. 매우 토속적인 것들을 강조하기 위해 사라져 가는 한국적 정서의 형상화에 성공하고 있다. 박용래 시전집 『먼 바다』에 수록된 시 전체의 첫 행을 일반적인 기준4)을 정해 분류해 보면, "마지막에 남는 것"인 단골 이미지가 무엇인지 알게 된다.

---

3) 민병기 외 2인 공저, 『현대작가 작품론』, 集文堂, 1998, p.21.
4) 박명용, 『현대시 창작법』, 푸른사상사, 2003, pp.214~227.

(1) 시의 중심이미지

시의 첫 행을 시의 중심이미지로 시작하는 경우이다. 첫 행을 보면 시의 주제나 시 전체의 내용을 연상할 수 있다.

제목	첫 행	제목	첫 행
열사흘	부엉이	곰팡이	眞實은
누가	오오냐, 오냐 들녘 끝에는 누가 살든가	옛사람들	비슷비슷한 이름들이
城이그림	초등학교 일학년		
소계		5건	

(2) 시간과 공간

한계를 제한하거나 전제를 필요로 할 때 구체성을 확보하는 방안으로 시간이나 공간 또는 시간과 공간을 함께 사용하여 이해를 돕는다.

제목	첫 행	제목	첫 행
뻐꾸기 소리	외로운 시간은	육십의 가을	─거기
먼 바다	마을로 기우는	滿船을 위해	바람은 바람은
月暈	첩첩 山中에도 없는 마을이 여긴	어스름	대싸리
얼레빗 참빗	반짇고리 실타래	流寓 2	잿마루
제비꽃	부리 바알간 장 속의 새	대추랑	빗물 고여

은버들 몇잎	스치는 한점 바람에도	黃山메기	밀물에
紅柿있는 골목	바람 부는 새때	曲	오동나무 밑둥
액자 없는 그림	능금이	쇠죽가마	솔개 그림자
銅錢 한 布袋	밤바람은 씨잉 씽	小感	한뼘데기 논밭이라
창포	풀자리 빠빳한	댓진	양귀비
古月	유리병 속으로	遮日	짓광목 遮日
샘터	샘바닥에	불도둑	하늘가에
둘레	산은		
소계		25건	

(3) 시간과 계절

시간이나 계절을 암시하거나 지칭하는 언어를 첫 행에 두어 시의 윤곽이나 줄거리의 상황을 이해하는데 많은 도움이 된다.

제목	첫 행	제목	첫 행
손끝에	토담 너머 호박꽃 물든 노을 속	나뭇잎	달밤의 나뭇잎
앵두, 살구꽃 피면	앵두꽃 피면	장대비	밝은 억수 같은 장대비
건들장마	건들장마 해거름	참매미	어디선가
그늘이 흐르듯	五月은	軟柿	여름 한낮
겨울 밤	잠 이루지 못하는 밤 고향집 마늘~	저녁눈	늦은 저녁때 오는 눈발은
雪夜	눈보라 휘돌아간 밤	三冬	어두컴컴한 부엌에서

작은 물소리	푸르른 달밤 풀벌레 울음 멎고	聚落	감나무 밑 풋보리
소계		**14건**	

(4) 계절과 공간

계절을 알려주고 나아가 공간까지 제한하는 내용이 첫 행에 오는 경우도 역시 구체성이 확보되어 시의 내용을 이해하기 쉽게 한다.

제목	첫 행	제목	첫 행
꿈속의 꿈	地上은 온통 꽃더미 沙汰인데	오호	박고지 말리는 狼山골
陰畵	몽당연필이 촘촘 그리는 낙엽	명매기	全州 多佳公園
草堂에 梅花	김장 마늘 몇 쪽 시렁 위 호리박에	첫눈	눈이 온다 눈이 온다
겨레의 푸른~	눈을 밟는다	使役詞	아카시아철에는 아카시아
제비꽃 2	수숫대 앙상한 육·이오의 하늘	接分	靑참외
밭머리에 서서	노랗게 차오르는 배추밭머리에~	面壁 1	고양이는 더위에 쫓겨
論山을 지나며	겨울 農夫의 가슴을 설레고 설레게	불티	가을에 피는 꽃
잔	가을은 어린 나무에도 단풍들어	風磬	山寺의 골담초숲 동박새
눈발 털며	하루는 눈발 털며 털며	민들레	흐르는 물가 민들레

제목	첫 행	제목	첫 행
콩밭머리	콩밭머리 철길 따라	面壁 2	꼭지 달린 木瓜
廢鑛近處	어디서 날아온 장끼 한 마리	그 봄비	오는 봄비는 겨우내
영등할매	김칫독 터진다는	들판	가을, 노적가리 지붕
상치꽃 아욱꽃	상치꽃은	公州에서	미나리 江
강아지풀	남은 아지랑이가 홀홀	下棺	볏가리 하나하나 걷힌
귀울림	호박잎	西山	상칫단
나부끼네	검불 연기	千의 山	댕댕이 넝쿨, 가시덤불
꽃물	수수밭	鐃鈴	보리 깜부기
해바라기 斷章	해바라기 꽃판을	黃土 길	落葉진 오동나무 밑에서
慶州 민들레	눈 오는 날에는 빈 서랍을 털자	코스모스	曲馬團이
뜨락	木瓜나무, 구름	雜木林	落葉 져
鐘 소리	봄바람 속에 鐘이 울리나니	봄	종달새는
두멧집	자욱이 버들꽃 날아드는 집이~	木瓜茶	앞산에 가을비
소계		44건	

(5) 여러 가지 비유

여러 가지 비유로 첫 행을 시작하면, 일반적인 관념을 넘어 호기심과 상상의 폭을 더 넓고 깊게 갖고 접근하게 된다.

제 목	첫 행	제 목	첫 행
오류동의 동전	한때 나는 한 봉지 솜과자였다가	울타리 박	머리가 마늘쪽 같이 생긴 고향의 *少女*~
扶餘	꾀꼴 소리 넘치는 눈먼 石佛	저물녘	지렁이 울음에
鷄龍山	솟아라 진리의 노고지리 골짜기마다	해시계	울먹울먹 모래알은
群山港	선창에 기댄 뾰족지붕의 銀行	空山	무덤 위에 무덤 사네
나귀 데불고	버드나무 미루나무 키대로	낮달	반쯤은 둠벙에 묻힌
Q씨의 아침 한때	쓸쓸한 時間은	葉書	들판에 차오르는
먼 곳	수양버들가지 산모롱을 돌 때	古都	물가에 진 눈먼 魂靈
別離	노을 속에 손을 들고 있었다	自畵像 1	芭蕉는 춥다
濁盃器	무슨 꽃으로 두드리면 솟아나리	自畵像 2	한오라기 지푸일레
솔개 그림자	환한 거울 속에도	弦	춤을 출꺼나
黙苗	싸리울 밖 지는 해가 올올이 풀리고 ~	겨울 山	나는 소금
엉겅퀴	잎새를 따 물고 돌아서잔다		
소계			23건

（6）행위와 모습

사람의 어떤 행위나 모습, 자연이나 사물의 모습을 첫 행에 놓으면 쉽게 이해를 돕는 장점이 있어 일반적으로 선호하는 형태이다.

제목	첫 행	제목	첫 행
반 盞	이제 만나질 時間 없으니	보름	官北里 가는 길
버드나무길	맘 천근 시름겨울 때	바람 속	콩을 주마
물기머금풍경1	뭣 하러 나왔을까	처마밑	벗과 더불어
물기머금풍경2	반쯤 들창 열고 본다	自畵像3	살아 무엇하리
연지빛 반달형	미풍 사운대는 반달형 터널을 만들자	뺏기	제기를 차다
鶴의 落淚	세상 외로움을 하얀 무명올로 가리~	流寓 1	강아지 밥 주고 나니
풀꽃	홀린 듯 홀린 듯 사람들은	점 하나	꿈꾸는
木蓮	솟구치고 솟구치는 玉洋木빛이랴	여우비	오락가락
진눈깨비	중학교 하급반 땐 온실 당번였어라	오늘은	묻지 말자
산문에서	어깨 나란히 산길 가다가	막버스	내리는 사람만 있고
미닫이에 얼비쳐	호두 깨자	손거울	어머니 젊었을 때
行間의 장미	하루에 몇 번 무릎 세우겠구나	落差	고이고 꼬인 藤나무

제 목	첫 행	제 목	첫 행
할매	손톱 발톱	微吟	콩나물이나 키우라
소리	둥 둥둥 울려라 출범의 북소리 울려라	木枕돋우면	구구 비둘기는
담장	梧桐꽃 우러르면 함부로 怒한 일	가을	아빤 왼종일 말이 없다
稜線	산까치 들까치 나뭇가지 물고 날아~	울안	탱자울에 스치는 새떼
소나기	누웠는 사람보다 앉았는 사람	시락죽	바닥난 통파
雨中行	비가 오고 있다	秋日	나직한
눈	하늘과 언덕과 나무를 지우랴	佳鶴里	바다로 가는 하얀 길
가을의 노래	깊은밤 풀벌레 소리와 나뿐이로다	散見	해종일 보리 타는
寒食	溪谷에 흐르는 물소리를	고추잠자리	비잉 비잉 돈다
水中花	바람처럼 앉아 아무데도 발을 디딜랴	靜物	고양이 목에 두른
장갑	눈밭에 버려진 한짝 장갑 헤어진 장갑	某日	쌀 씻는 소리에
故鄕素描	푸른 江心 배다리가 내려다보이는		
소계			47건

(7) 시의 제목

의도적으로 시의 제목을 첫 행으로 시작하는 경우도 있다.

제목	첫 행	제목	첫 행
감새	감새		
소계		1건	

(8) 호격어

호격어로 첫 행을 시작하여 주제를 절실하게 하는 경우도 있다. 호소나 바람을 효과적으로 나타내는 장점이 있다.

제목	첫 행	제목	첫 행
郵便函	새여, 마스로바의 새여	九節草	누이야 가을이 오는 길목
먹감	어머니 어머니 하고	나비	나비야
원두막	짱아야 짱아야	마을	난
풍각장이	은진미륵은	땅	나 하나
故鄕	눌더러 물어볼까 나는 슬프냐		
소계		9건	

전체 시 168편5)을 일정한 분류기준 8가지를 적용하여 조사한 결

---

5) 제목으로만 보면 160편이나, 「곡 5편」에서 副題를 붙인 5편—「대추랑」, 「마을」, 「어스름」, 「여우비」, 「황산메기」—과, 「동요풍」에서 副題를 붙인 5편—「가을」, 「나뭇잎」, 「나비」, 「민들레」, 「원두막」—을 포함하면 실제 작품 수는 168편이 된다.

과(중심어 분류 결과)와, 다시 점유율 순위별로 차지하는 누계로 정리(중심어 점유율)해보면, 다음과 같이 나타낼 수 있다.

중심어 분류 결과

첫 행 구분	건수	점유율	순위
시의 중심 이미지	5	3%	7
시간과 공간	25	15%	3
시간과 계절	14	8%	5
계절과 공간	44	26%	2
비유	23	14%	4
행위와 모습	47	28%	1
시의 제목	1	1%	8
호격어	9	5%	6
전체	168	100	

중심어 점유율

첫 행	점유율	누계
행위와 모습	28%	28%
계절과 공간	26%	54%
시간과 공간	15%	69%
비유	14%	83%
시간과 계절	8%	91%
호격어	5%	96%
시의 중심이미지	3%	99%
시의 제목	1%	100%

조사한 표에서 나타난 알 수 있는 내용은 박용래 시에서는 사물이나 인간의 '행위와 모습'을 나타내는 표현으로 시작한 첫 행이 28%를 차지한다는 사실이다. 그 결과 '풍경과 사물의 세미한 움직임이 환기하는 아름다움을 형상화'6)하여 시적 대상과의 융합을 모색한 시적 탐구를 이뤄냈다. 다음의 시에서 박용래가 추구하고자 했던, 「미

---

6) 노미영, 「박용래 시의 미적거리 연구」, 이화여자대학교 대학원 석사학위논문, 1997.

음(微吟)」이 무엇인지 느끼고 나면, "지우고 지우다 마지막에 남는 것"이 무엇인지를 더 명확하게 알게 된다.

콩나물이나 키우라
콩나물이나 키우라

콩나물 시루에 물이나 주라
콩나물 시루에 물이나 주라

속이 빈 골파
속이 빈 골파

겨울밤에는 덧문을 걸고
겨울밤에는 문풍지를 세우고

―「微吟」 전문

「미음(微吟)」의 시인은 오늘도 '밀레의 화폭에 보일 듯 말 듯'한 감동의 지평을 선사하고자 '겨울밤'에 찬바람을 막기 위해 '덧문'을 잠근다. 얼기설기 만든 '덧문'을 닫는 일은 사실 무의미하다. "문풍지를 세우"는 일은 그나마 찬 기운을 차단하고 소음을 줄이는데 도움이 된다. 겨울밤에 부서지는 풍경들은 모두 지우고 남은 것은, 느낌으로만 들릴 듯 말 듯한 미세한 소리만 남았다. 오밀조밀 콩을 담아둔 시루 안에서 콩이 싹트고 "시루에 물"을 부으면, 콩이 나물이 되는 과정은 신비롭기만 하다. 콩에 싹이 트고 줄기가 자라는 '콩나물'의 잔뿌리가 없게 하려면 자주 물을 줘야 한다. 아침저녁으로 '콩나물'이 자라나는 소리를 들으려 시루에 귀를 가만히 대보기도 하지만, 실제로 들리지는 않는다. 지금처럼 콩나물을 시장에서 사먹지 않던 시절, 대부분의 집에서는 윗목에 삼발이를 걸치고 시루를 얹어 키워 먹던 '콩나물'이었다. 시루 위의 보자기를 열고 수시로 물을 부을 때마다 쏴아 하고 '콩나물'을 가르며 시원하게 쏟아져 내리던 물소리는 익숙한 풍경이었다. 오직 물이라는 정성과 사랑만을 먹고 자라는 '콩나물'의 성장통(成長痛)은 이처럼 보이지도 않고 들리지도 않는 소리이다. 오직 예민한 느낌으로만 들을 수 있는 금선이다. "속이 빈 골파" 속을 오가는 공기의 공명과 흐름을 듣고 느낀다는 일도 귀로서는 불가능하다.

　'미음'이 힘든 작업임을 알기에 시의 형식도 단순한 반복과 음률만 사용하며 시어의 단출함으로 담긴 내용을 최소화 했다. 마음으로만 들을 수 있는 아주 작고 미세한 떨림들, "길은 애초부터 있었던 것이 아니다, 가면 길이 된다"[7]는 노신(魯迅)의 글을 인용하지 않더라도 박용래는 들을 수 없는 소리도 마음결로 느끼기 위해 "지우고 지우다 마지막에 남는 것"을 시의 첫 행으로 가져와 썼다. 그 첫 번째 자리에 단골 이미지인 '행위와 모습'을 통해 "박용래 시인 특유의 한없이 투명하고 결곡"[8]함을 조각하듯 표현한 47편의 시들이 있다.

---

7) 박용래, 「봇물」, 앞의 책, p.32.
8) 김현자, 「여름비의 리듬과 3편의 변주곡」, 『서정시학』 제16권 2호, 2006년 여름, p.314.

1.2. 토종의 꽃과 채소

시인은 언어로 집을 꾸미는 사람이기 때문에, 언어 사용이나 선택에서는 누구보다도 민감하다. 그것도 시의 첫 행을 자신만의 방식으로 장식하는 일은 큰 망설임을 필요로 한다. "까마귀가 내뱉는 떫은 고욤알"은 앞서 살펴본 "지우고 지우다 마지막에 남는 것"의 연장선상에서 시 168편의 첫 행을 세 가지 유형으로 구분하여 해당되는 '떫은 고욤알'이 무엇인지를 찾아보기로 한다. 편의상 먼저 시의 첫 행에서 단골 이미지를 중심어로 정하고, 중심어를 먼저 생물·무생물로 구분한다. 생물은 다시 동물과 식물로 나누고, 무생물은 상황이나 환경, 거주하는 상태에 따라 하늘과 땅과 바다에 속하는지를 구분한다. 생물이나 무생물에 속하지 않는 것들은 기타로 구분하였다.

분류 기준

생물	첫 행에서 중심어가 동물, 식물인 것
무생물	첫 행에서 중심어가 하늘, 땅, 바다에 속하는 것
기타	첫 행에서 중심어가 생물, 무생물에 속하지 않는 것

중심어로 살펴본 첫 행

순서	제 목	첫 행	중심어	생물		무생물			기타
				동물	식물	하늘	땅	바다	
1	열사흘	부엉이	부엉이	*					
2	누가	―오오냐, 오냐 들녘 끝에는~	누가						*
3	城이그림	초등학교 일학년	일학년						*
4	곰팡이	眞實은	眞實						*
5	옛사람들	비슷비슷한 이름들이	이름						*
6	뻐꾸기 소리	외로운 시간은	시간			*			
7	먼 바다	마을로 기우는	마을				*		
8	육십의 가을	-거기	거기						*
9	滿船을 위해	바람은 바람은	바람			*			
10	月暈	첩첩 山中에도 없는 마을이~	마을				*		
11	제비꽃	부리 바알간장속의 새	새	*					
12	얼레빗 참빗	반짇고리 실타래	실타래						*
13	流寓 2	잿마루	잿마루				*		
14	어스름*	대싸리	대싸리		*				
15	대추랑*	빗물 고여	빗물			*			
16	은버들 몇잎	스치는 한점 바람에도	바람			*			
17	黃山메기*	밀물에	밀물					*	
18	紅柿있는 골목	바람 부는 새때	새때			*			
19	曲	오동나무 밑둥	나무		*				
20	액자 없는 그림	능금이	능금		*				
21	쇠죽가마	솔개 그림자	솔개	*					
22	銅錢 한 布袋	밤바람은 씨잉	밤바람			*			

순서	제 목	첫 행	중심어	생물		무생물			기타
				동물	식물	하늘	땅	바다	
23	小感	한뼘데기 논밭이라	논밭				*		
24	창포	풀자리 빠빳한	풀자리						*
25	댓진	양귀비	양귀비		*				
26	古月	유리병 속으로	유리병						*
27	遮日	짓광목 遮日	遮日				*		
28	샘터	샘바닥에	샘				*		
29	불도둑	하늘가에	하늘			*			
30	둘레	산은	산				*		
31	손끝에	토담 너머 호박꽃~ 노을~	노을			*			
32	나뭇잎※	달밤의 나뭇잎	나뭇잎		*				
33	앵두, 살구꽃피면	앵두꽃 피면	앵두꽃		*				
34	장대비	밖은 억수 같은 장대비	장대비			*			
35	건들장마	건들장마 해거름	해거름			*			
36	참매미	어디선가	어디선가						*
37	그늘이 흐르듯	五月은	五月			*			
38	겨울 밤	잠 이루지~밤 고향집 마늘~	마늘		*				
39	軟柿	여름 한낮	한낮			*			
40	저녁눈	늦은 저녁때 오는 눈발은	눈발			*			
41	雪夜	눈보라 휘돌아간 밤	밤			*			
42	三冬	어두컴컴한 부엌에서	부엌				*		
43	작은 물소리	푸르른 달밤 풀벌레 울음~	울음	*					
44	聚落	감나무 밑 풋보리	풋보리		*				
45	꿈속의 꿈	地上은 온통 꽃더미 沙汰~	꽃더미		*				

순서	제 목	첫 행	중심어	생물		무생물			기타
				동물	식물	하늘	땅	바다	
46	오호	박고지 말리는 狼山골	狼山골				*		
47	陰畵	몽당연필이 촘촘~ 낙엽	낙엽		*				
48	명매기	全州 多佳公園	公園				*		
49	草堂에 梅花	김장 마늘 몇 쪽~ 호리박에	호리박		*				
50	첫눈	눈이 온다 눈이 온다	눈			*			
51	겨레의 푸른~	눈을 밟는다	눈			*			
52	使役詞	아카시아철에는 아카시아	아카시아		*				
53	제비꽃 2	수숫대 앙상한~ 하늘	하늘			*			
53	接分	靑참외	靑참외		*				
55	밭머리에 서서	노랗게~ 배추밭머리에 서~	배추밭		*				
56	面壁 1	고양이는 더위에 쫓겨	고양이	*					
57	論山을 지나며	겨울 農夫의 가슴을 설레고~	農夫	*					
58	불티	가을에 피는 꽃	꽃		*				
59	잔	가을은 어린 나무에도 단풍~	단풍		*				
60	風磬	山寺의 골담초숲 동박새	동박새	*					
61	눈발 털며	하루는 눈발 털며 털며	눈발			*			
62	민들레※	흐르는 물가 민들레	민들레		*				
63	콩밭머리	콩밭머리 철길 따라	철길				*		
64	面壁 2	꼭지 달린 木瓜	木瓜		*				
65	廢鑛近處	어디서 날아온 장끼 한 마리	장끼	*					
66	그 봄비	오는 봄비는 겨우내	봄비			*			
67	영등할매	김칫독 터진다는	김칫독				*		
68	들판	가을, 노적가리 지붕	지붕				*		

순서	제 목	첫 행	중심어	생물 동물	생물 식물	무생물 하늘	무생물 땅	무생물 바다	기타
69	상치꽃 아욱꽃	상치꽃은	상치꽃		*				
70	公州에서	미나리 江	미나리		*				
71	강아지풀	남은 아지랑이가 홀홀	아지랑이			*			
72	下棺	볏가리 하나하나 걷힌	볏가리		*				
73	귀울림	호박잎	호박잎		*				
74	西山	상칫단	상칫단		*				
75	나부끼네	검불 연기	연기				*		
76	千의 山	댕댕이 넝쿨, 가시덤불	넝쿨		*				
77	꽃물	수수밭	수수밭		*				
78	鐃鈴	보리 깜부기	보리		*				
79	해바라기 斷章	해바라기 꽃판을	꽃판		*				
80	黃土 길	落葉진 오동나무 밑에서	오동나무		*				
81	慶州 민들레	눈 오는 날에는 빈 서랍을~	서랍						*
82	코스모스	曲馬團이	曲馬團				*		
83	뜨락	木瓜나무, 구름	구름			*			
84	雜木林	落葉 져	落葉		*				
85	鐘 소리	봄바람 속에 鐘이 울리나니	鐘						*
86	봄	종달새는	종달새	*					
87	두멧집	자욱이 버들꽃 날아드는 집~	집				*		
88	木瓜茶	앞산에 가을비	가을비			*			
89	오류동의 동전	한때 나는 한 봉지 솜과자~	솜과자						*

순서	제목	첫 행	중심어	생물		무생물			기타
				동물	식물	하늘	땅	바다	
80	저물녘	지렁이 울음에	지렁이	*					
91	扶餘	꾀꼴 소리 넘치는 눈먼 石佛	石佛				*		
92	해시계	울먹울먹 모래알은	모래알					*	
93	鷄龍山	솟아라 진리의 노고지리~	노고지리	*					
94	空山	무덤 위에 무덤 사네	무덤				*		
95	群山港	선창에~ 뾰족지붕의 銀行	銀行				*		
96	낮달	반쯤은 둠벙에 묻힌	둠벙				*		
97	나귀 데불고	버드나무 미루나무 키대로	나무		*				
98	葉書	들판에 차오르는	들판				*		
99	Q씨의 아침 한때	쓸쓸한 時間은	시간			*			
100	먼 곳	수양버들가지 산모롱을 돌때	수양버들		*				
101	古都	물가에 진 눈먼 魂靈	靈魂						*
102	自畵像 1	芭蕉는 춥다	芭蕉		*				
103	別離	노을 속에 손을 들고 있었다	손	*					
104	自畵像 2	한오라기 지풀일레	지풀		*				
105	濁盃器	무슨 꽃으로 두드리면 솟아~	꽃		*				
106	弦	춤을 출꺼나	춤						*
107	솔개 그림자	환한 거울 속에도	거울						*
108	겨울 山	나는 소금	나	*					
109	點苗	싸리울 밖 지는 해가 올올~	해			*			
110	엉겅퀴	잎새를 따 물고 돌아서잔다	잎새		*				

순서	제목	첫 행	중심어	생물		무생물			기타
				동물	식물	하늘	땅	바다	
111	울타리 박	머리가 마늘쪽~고향 少女~	少女	*					
112	반 盞	이제 만나질 時間 없으니	時間			*			
113	보름	官北里 가는 길	길				*		
114	버드나무길	맘 천근 시름겨울 때	시름						*
115	바람 속	콩을 주마	콩		*				
116	물기머금풍경1	뭣 하러 나왔을까	뭣						*
117	처마밑	벗과 더불어	벗	*					
118	물기머금풍경2	반쯤 들창 열고 본다	들창				*		
119	自畫像3	살아 무엇하리	무엇						*
120	연지빛 반달型	미풍 사운대는 반달型 터널~	터널				*		
121	뺏기	제기를 차다	제기						*
122	鶴의 落淚	세상 외로움을 하얀 무명올~	외로움						*
123	流寓 1	강아지 밥 주고 나니	강아지	*					
124	풀꽃	홀린 듯 홀린 듯 사람들은	사람들	*					
125	점 하나	꿈꾸는	꿈						*
126	木蓮	솟구치고~ 玉洋木빛~	빛			*			
127	여우비*	오락가락	오락가락						*
128	진눈깨비	중학교 하급반~ 온실 당번~	당번	*					
129	오늘은	묻지 말자	묻지						*
130	산문에서	어깨 나란히 산길 가다가	산길				*		
131	막버스	내리는 사람만 있고	사람	*					

순서	제 목	첫 행	중심어	생물		무생물			기타
				동물	식물	하늘	땅	바다	
132	미닫이에 얼비쳐	호두 깨자	호두		*				
133	行間의 장미	하루에 몇 번 무릎 세우겠~	무릎	*					
134	손거울	어머니 젊었을 때	어머니	*					
135	落差	고이고 꼬인 藤나무	藤나무		*				
136	할매	손톱 발톱	손톱	*					
137	微吟	콩나물이나 키우라	콩나물		*				
138	소리	둥 둥둥~ 출범의 북소리~	북소리				*		
139	木枕돋우면	구구 비둘기는	비둘기	*					
140	담장	梧桐꽃 우러르면 함부로 怒~	梧桐꽃		*				
141	가을※	아빤 왼종일 말이 없다	아빤	*					
142	稜線	산까치 들까치 나뭇가지 물~	까치	*					
143	울안	탱자울에 스치는 새떼	새떼	*					
144	소나기	누웠는 사람보다 앉았는~	사람	*					
145	시락죽	바닥난 통파	통파		*				
146	雨中行	비가 오고 있다	비			*			
147	秋日	나직한	나직한						*
148	눈	하늘과 언덕과 나무를 지우~	나무		*				
149	佳鶴里	바다로 가는 하얀 길	길				*		
150	가을의 노래	깊은밤 풀벌레 소리와 나뿐~	나	*					
151	散見	해종일 보리 타는	보리		*				

순서	제목	첫 행	중심어	생물		무생물			기타
				동물	식물	하늘	땅	바다	
152	某日	쌀 씻는 소리에	쌀		*				
153	고추잠자리	비잉 비잉 돈다	돈다						*
154	水中花	바람처럼~ 아무데도 발을~	발	*					
155	靜物	고양이 목에 두른	고양이	*					
156	장갑	눈밭에 버려진 한짝 장갑~	장갑						*
157	寒食	溪谷에 흐르는 물소리를	물소리				*		
158	故鄕素描	푸른 江心 배다리가~	배다리				*		
159	감새	감새	감새	*					
160	郵便函	새여, 마스로바의 새여	새	*					
161	九節草	누이야 가을이 오는 길목	누이	*					
162	먹감	어머니 어머니 하고	어머니	*					
163	나비※	나비야	나비	*					
164	원두막※	짱아야 짱아야	짱아	*					
165	마을*	난	난	*					
166	풍각장이	은진미륵은	은진미륵				*		
167	땅	나 하나	나	*					
168	故鄕	눌더러 물어볼까 나는 슬프~	나는	*					
소계				39	44	27	30	2	26

■ 제목에서 *표는 「曲 5篇」, ※표는 「童謠風」에 속한 시 작품임.

정해진 기준에 따라 168편의 시 첫 행을 중심어로 분류하고 난 결과를 살펴보면 다음과 같다.

구분	생물		무생물			기타	전체
	동물	식물	하늘	땅	바다		
건수	39	44	27	30	2	26	168
점유율(%)	23%	26%	16%	18%	1%	15%	100%
	83건(49%)		59건(35%)			15%	100%
순위	2	1	4	3	6	5	

위에서 나타난 결과에 따르면, 박용래 시의 첫 행에서는 생물에 대한 이미지가 전체의 83건(49%)을 차지하고 있다. 생물 이미지 중에서는 식물 이미지가 44건(26%)을 차지하고 있으며, 무생물 이미지에서는 땅의 이미지가 30건(18%)을 차지하고 있음을 알 수 있다. 생물 중 식물 이미지 44종은 어떤 이미지로 채워져 있는지 중심어를 가져와 자세하게 살펴보자.

| 생물
이미지
(식물) | 44건 | 대싸리 · 나무 · 능금 · 양귀비 · 나뭇잎 · 앵두꽃 · 마늘 · 풋보리 · 꽃더미 · 낙엽 · 호리박 · 아카시아 · 靑참외 · 배추밭 · 꽃 · 단풍 · 민들레 · 木瓜 · 상치꽃 · 미나리 · 볏가리 · 호박잎 · 상칫단 · 넝쿨 · 수수밭 · 보리꽃판 · 오동나무 · 落葉 · 나무 · 수양버들 · 芭蕉 · 지풀 · 꽃 · 잎새 · 콩 · 호두 · 藤나무 · 콩나물 · 梧桐꽃 · 통파 · 나무 · 보리 · 쌀9) |

생물 이미지를 나타내는 44건을 모두 살펴봤다. 이들을 좀 더 세분화하여 식물 이미지를 나무와 식물로 나누어 살펴보면 구체적인 '떫은 고욤알'이 무엇인지 알 수 있겠다.

| 생물 | 나무 | 16건
(36%) | 나무 · 능금 · 나뭇잎 · 낙엽 · 아카시아 · 단풍 · 木瓜 · 오동나무 · 落葉 · 나무 · 수양버들 · 잎새 · 호두 · 藤나무 · 梧桐꽃 · 나무 |
| | 식물 | 28건
(64%) | 대싸리 · 양귀비 · 앵두꽃 · 마늘 · 풋보리 · 꽃더미 · 호리박 · 靑참외 · 배추밭 · 꽃 · 민들레 · 상치꽃 · 미나리 · 볏가리 · 호박잎 · 상칫단 · 넝쿨 · 수수밭 · 보리 · 꽃판 · 파초 · 지풀 · 꽃 · 콩 · 콩나물 · 통파 · 보리 · 쌀 |

생물 이미지만을 다시 나눠본 결과 나무 이미지가 16건(36%)이며, 식물 이미지[10]가 28건(64%)을 차지하고 있다. 그럼 식물 이미지인 28건만을 다시 꽃, 채소, 곡물로 세분화하여 살펴보자.

---

9) 시 첫 행의 중심어에는 반복되는 단어—보리(2회), 꽃(2회), 낙엽(2회), 나무(3회) —가 있지만, 건수를 위해서 차례대로 적어서 중복되며 반복어도 건수에 그대로 포함시켜 계산하였다.

10) 차한수, 「박용래 시의 연구」, 『동아논총』 제29집, 동아대학교, 1992, p.13. 시어 가운데 가장 많은 것이 꽃과 나무와 같은 식물 심상이다. 그런데 식물 심상군을 둘로 구분하면 대체로 수직상승계열의 나무계열과 생명력의 절정인 꽃 종류로 구분할 수 있는데, 전자보다는 후자가 월등히 많이 나타난다. *시 첫 행에 대한 분석이 아니라 시 전체에 대한 평가에서도 비슷한 결과를 보인다.

식물 (28건)	꽃(10건)36%	채소(10건)36%	곡물(8건)28%
	대싸리 · 양귀비 · 앵두꽃 · 꽃더미 꽃 · 민들레 · 넝 쿨 · 꽃판 · 파초 · 꽃	마늘 · 靑참외 · 호리 박 · 배추밭 · 미나 리 · 상치꽃 · 호박 잎 · 상칫단 · 콩나 물 · 통파	풋보리 · 볏가리 · 지 풀 · 보리 · 보리 · 쌀 · 콩 · 수수밭

꽃과 채소가 각각 10건씩 사용되었다. 결론적으로 가장 많이 사용된 첫 행의 단골 이미지는 꽃과 채소 이미지를 사용했음을 알 수 있다. 그러나 꽃과 채소의 면면을 찬찬히 살펴보면, 화려함이나 서구적인 이미지의 꽃은 하나도 없음을 알게 된다. 꽃의 여왕이라 부르는 장미나 순결의 상징인 백합, 수선화나 튤립, 아네모네, 히아신스 등과 같은 꽃 이름은 찾아보기 힘들다. 채소도 마찬가지다. 청(靑)참외, 호리박, 상치와 호박잎 같은 채소들도 하나같이 보잘것없지만 정겨운 고향의 투박함이 느껴지는 우리 땅의 식물들이다. 꽃과 채소로 된 단골 이미지로 시 한 편을 멋지게 엮어낸 「앵두, 살구꽃 피면」을 보자.

앵두꽃 피면
앵두바람
살구꽃 피면
살구바람

보리바람에
고뿔 들릴세라
황새목 둘러주던

외할머니 목수건

―「앵두, 살구꽃 피면」 전문

이 시는 한국의 토속적이고 정감어린 정취가 묻어나온다. 이렇게 식물 이미지를 사용하는 박용래를 향해 송재영은 이렇게 평한다.

> 박용래는 자연의 정경과 농촌의 삶을 시의 주조로 추구했으며, 무엇보다도 토착어의 천착이 가장 중요하다는 것을 깨닫고 있었다. 그는 현대문명의 번화로움과 도시적 삶의 복잡함을 외면했듯이 시류에 가까운 당대적 용어와 감각적 어휘를 기피하고 있었다. 그는 생리적으로 화려함을 거부하고 소박함을 선호했던 것 같다.[11]

박용래는 "자연의 정경과 농촌의 삶을 시의 주조로 추구"한 까닭에 시의 첫 행도 "현대문명의 번화로움"을 철저히 '외면'하고, 시를 창작할 때마다 "당대적 용어와 감각적 어휘"를 의도적으로 '기피'하였다. 바로 이렇게 "도시적 삶의 복잡함"을 '외면'하고 '기피'하는 일이야말로 '까마귀가 뚫어 뱉은 고욤알'[12]을 챙기는 일이었다. 박용래는 '생리적'으로 당대의 시인들이 즐겨 찾는 것을 외면하고 멀리하였다. 시인들이 즐겨 찾고 시 창작의 소재로 찾던 것들은 벌써 어엿한 '임자'가 있었고, 아무렇게나 '버려진 것'은 이미, 든든한 제자리를 찾아 풍요를 누리고 있었다. 이를 뒷받침하듯 시의 첫 행으로 즐

---

11) 문덕수 외 3명 편저, 「송재영―언어와 기법사이」, 『한국현대시인연구下』, 푸른사상사, 2001, p.359.
12) 이미, 시 창작 대상인 하나인 '홍역'으로 살핀 바 있다. 제2장 2-2. 시적 상관물 (2) 홍역.

겨 사용한 '꽃과 식물' 이미지는 아무도 돌아보지 않고 저절로 피었다 사라지는 사물들이었다. '고욤알'은 바로 빨간 양귀비의 꽃말처럼 '돌보지 않아도 아름다운 것'들인 '댑싸리'나 '민들레' 그리고 '청참외'와 '호박잎' 같은 소박함을 넘어 촌스러움이었다.

1.3. 미완의 완결

시의 끝마저 첫 행의 중복으로 장식한 소월의 시 「엄마야 누나야」를 향해서 박용래는 "영원한 노스탈쟈 이상의 그 뭣인가를 아프게 점철하고" 있으며, 그런 감동과 향수를 주는 일은 "막막한 시의 바다에 던져진 수수께끼"라며 부러워했다. 그런 자신도 7편의 시[13]에다 "끝이 시작"이 되고 "시작이 끝이" 되는 시를 발표했다. 어떤 구슬을 처음과 마지막에 꿰었는지 차례로 살펴보자.

감새
감꽃 속에 살아라

주렁주렁
감꽃 달고

곤두박질 살아라

---

13) 어휘나 음절이 도치된 경우는 제외하고, 첫 행과 끝 행이 똑같은 경우만 대상으로 한다. 행갈이를 한 「面壁 2」를 포함하면 8편이지만, 행갈이를 하여 첫 행은 '꼭지 달린 木瓜'이며, 마지막 연은 '랑'이 됨으로 대상에서 제외하였다.

동네 아이들
동네서 팽이 치듯

동네 아이들
동네서 구슬 치듯

감꽃
노을 속에 살아라

머뭇머뭇 살아라

감꽃 마슬의
외따른 번지 위해

감꽃 마슬의
조각보 하늘 위해

그림 없는
액자 속에 살아라

감꽃
주렁주렁 달고

감새,

－「감새」 전문

이 시는 유고 시로 발표된 시 「감새」다. 황토색을 유난히 좋아하
여 『황색 시인』의 모델이 되기도 했던 시인이다. 쓸쓸한 흥분이 안

타까워 감나무를 사랑하였고, 택호까지 '청시사'라 했던 박용래다.

> 감나무에서만 살아서 감새인가. 주렁주렁 익는 감알만 쪼아서 감새인가. 10년 전, 20년 전의 초가집은 기와집으로 변하고 기와 집은 또한 슬라브 지붕으로 변하여, 이제 감새의 주소를 찾을 길 막연하다만 그래도 감새는 오늘도 그림 없는 액자에 걸려 사뭇 파닥거리고 있다.[14]

죽어서도 '감꽃 속에서' 동심으로 돌아가 살고 싶었다. '팽이'와 '구슬'놀이를 해질 무렵까지 마음껏 하다, 놀이에 지치면 '감꽃 주렁 주렁 달고' 살고 싶은 '감새'가 되고 싶어 했다. 평생 꿈꾸던 세상, 마음껏 자유롭게 거닐고 싶던 세상에서 '감새'로 살고 싶은 바람이 첫 행과 끝 행을 차지하게 했다.

> 외로운 시간은
> 밀보리빛
> 아침 열시
> 라디오 속
> 뻐꾸기 소리로 풀리고
> 아침 열시 반
> 창 모서리
> 개오동으로 풀리고
> 그림 없는 액자 속
> 풀리고, 풀리고
> 갇힌 방에서

---

14) 박용래, 「詩를 위한 팡세」, 앞의 책, p.104.

외로운 시간은

— 「뻐꾸기 소리」 전문

　많지 않은 유고 시에서만 처음과 마지막을 똑같이 장식한 시가 2
편이나 된다. 공교롭게도 "그림 없는 액자"도 반복해서 나온다. 시
중에는 「액자 없는 그림」이 있다. 재미있는 것은 "그림 없는 액자"
에다 "액자 없는 그림"을 합치면 "그림 있는 액자"로 완성이 되는
점이다.

세상 외로움을 하얀 무명올로 가리우자
세상 괴로움을 하얀 무명올로 가리우자
세상 구차함을 하얀 무명올로 가리우자
세상 억울함을 하얀 무명올로 가리우자

일년 열두달 머뭇머뭇 골목을 누비며
삼백 예순날 머뭇머뭇 집집을 누비며
오오, 안스러운 時代의
마른 鶴의 落淚

슬픔은 모른다는 듯
기쁨은 모른다는 듯
구름 밖을 솟구쳐 날고
날다가

세상 억울함을 하얀 무명올로 가리우자
세상 구차함을 하얀 무명올로 가리우자
세상 괴로움을 하얀 무명올로 가리우자

세상 외로움을 하얀 무명올로 가리우자

—「鶴의 落淚」 전문

인용한 「학(鶴)의 낙루(落淚)」에서는 "세상 외로움을 하얀 무명올로 가리우자"가 처음과 끝 행을 장식하고 있다. 순백의 모습으로 유유히 하늘을 날아가는 학, 고고한 자태와 순결함의 상징인 학에게서 세상의 '억울함'과 '구차함'을 찾아보기 어렵다. 부리를 뽐내며 하얀 깃털이 눈부신 한 마리의 학에서 세상의 '괴로움'과 '외로움'을 상상하기는 쉽지 않다. '결곡과 눈물의 시인'이라 하는 박용래의 시에서도 맑음과 깨끗함, 순수의 정점만이 보인다. 그런 언어의 샘물에서 끝없이 길어 올리던 시어들, 영혼을 울려주던 시편들은 결국 세상의 '억울함'·'구차함'·'괴로움'·'외로움'들을 "하얀 무명올로 가리우"고 건져낸 결실이기에 더욱 값지다.

벗과 더불어
슬라브 슬라브 지붕은 쓸쓸하구나

벗과 더불어
제비 없는 술병은 쓸쓸하구나

하루에도 수백 번
들바람, 腐土를 묻혀오던

골목을 누비던
먹기와빛 깃

제비 없는 처마밑
끄으름이 서누나

옥수수, 단수숫대 이삭은 펴도
벗과 더불어

―「처마밑」 전문

「처마밑」도 동일하게 "벗과 더불어"로 처음과 끝을 차지하고 있다. 외롭고 쓸쓸함을 무명올로 가려도 이겨내기는 쉽지 않다 힘겹기까지 하다. 지쳐 쓰러질 위기도 많이 넘겼다.

> 시인은 술을 통해 일상을 잊을 수 있게 된다. 세상에 잘 맞지 않아 항상 외롭고 고독했던 시인 자신은 세상의 입장에서 보면 어쩌면 삐거덕거리는 도출된 존재처럼 보일지도 모를 일이다. 시인 쪽에서도 도출된 존재처럼 보일지도 모를 일이다. 시인 쪽에서도 세상을 향한 몸짓이 언제나 생채기나 상처로 되돌아오기 때문에 세상은 시인에게 있어 불편한 타자가 된다. 이렇게 갈등과 대립으로 맺어진 세상과 자아의 관계는 물론 약자인 자아의 패배로 귀결된다. 이 패배의 자아가 그래도 세상에 존재하는 이유는 시가 있었기 때문이며, 삶을 살아갈 수 있었던 것은 술이 있었기 때문이다. 눈물이 죽음의식에서 비롯된 고독과 외로움을 잠재웠듯이 술은 소외의식에서 비롯된 고독과 외로움을 잠재울 수 있었다.[15]

그래서 "벗과 더불어" 찾게 된 것이 '술'이다. "눈물과 술"[16]은 그

---

15) 최윤정, 앞의 책, pp.206~207.
16) 김명배, 「박용래 시 연구」, 『1995논문집』 제27집, 안성산업대학교, 1995, p.84.

래서 시인의 또 다른 상징이 되었다.

> 난
> 彩雲山
> 민둥산
> 돌담 아래
> 손 짚고
> 섰는
> 성황당
> 허수아비
> 댕기풀이
> 허수아비
> 난.

─「곡 5편」 중 「마을」 전문

「곡(曲) 5편(篇)」 중 「마을」은 시의 텃밭에서 시의 씨앗을 채종(採種) 했던 '마을' 풍경에서 자신의 모습을 찾으며 동심의 세계를 회고하고 있다.

> 밤바람은 씨잉 씽
> 밤바람이 씽씽

박용래는 술을 좋아했다. 주량이 많은 것도 아니요 폭주하는 것도 아니라 애주 가였다. 병아리 물마시듯 하는 술을 하루 종일 함께 하며 즐기다가 취해서 우는 시인이었다.
정한용, 「한국현대시의 초월지향성 연구」, 경희대학교 대학원 박사학위논문, 1996, p.103. 박용래의 눈물은 삶의 언저리가 모두 응결되고 마지막 남은 순수 의 결정체로서의 눈물이며, 그의 시 세계를 집약하는 이미지이다.

잃은 銅錢 한 布袋
銀錢 한 布袋

어쩌면 글보다 먼저
독한 술을 배워

잃은 銀錢 한 布袋
한 布袋

비인 손이여
가슴이여

한 布袋 銀錢은 어디
銅錢은 어디

밤바람이 씽씽
밤바람은 씨잉 씽.

―「銅錢 한 布袋」 전문

'눈물과 술의 시인'으로 불리던 시인의 회한과 후회가 묻어나오는
시다.

춤을 출꺼나
콩깍지
조르르 콩알
어디 갔을까
길 실개울에

빠졌다
두부집 간수에
빠져버렸다
끝없는 추석 하늘
그을은 一角
거미줄에 걸린 弦

춤을 줄꺼나.

─「弦」 전문

처음과 끝을 똑같이 하여 미완의 완결로 발표한 시 7편을 「감새」,
「뻐꾸기 소리」, 「학(鶴)의 낙루(落淚)」, 「처마밑」, 「마을」, 「동전(銅錢) 한
포대(布袋)」, 「현(弦)」 시집의 순서대로 살펴보았다. 모두 자전적인 부
분이 더 많이 배어 있다. 첫 행과 끝 행을 모두 똑같이 처리한 이유
를 분석하고 구체적인 결론을 추정하기 위해 첫 행을 그대로 가져와
한 편의 시로 만들었다.

난.	「마을」
밤바람은 써잉 셍	「동전(銅錢) 한 포대(布袋)」
외로운 시간은	「뻐꾸기 소리」
세상 외로움을 하얀 무명올로 가리우자	「학의 낙루」
벗과 더불어	「처마밑」
춤을 줄꺼나	「弦」

감새.   「감새」

                                          ─「시인 박용래」 전문

　이 시의 제목은 「시인 박용래」[17]다. 첫 행과 끝 행을 조심스럽게 꿰었던 구슬은 다름 아닌 자신을 향한 노래의 편린이었다. 모든 시편들이 "씨잉 씽" 부는 싸늘한 바람에 둘러싸여 외로움으로 가득하다. 곱지 않은 세상의 시선을 오직 시를 향한 '외로움'으로 달래고 감싸기 위해 반쯤 열린 창을 '무명올'로 가렸지만, 역부족이다. 술과 눈물로 '벗'을 찾아 '춤'이라도 춰볼까 했지만 역시 나는 '감새'일 뿐이다. 좋아하는 감나무에서 감꽃을 주렁주렁 달고, 외로움과 고독을 삭여가며 액자 없는 그림으로 살아가는 삶, 바로 시인 박용래의 삶과 무척 닮았다. 가슴 저미는 외로움까지도 자유롭게 삭여간 방법은 시의 첫 행과 마지막 행에 가만히 숨어, 내색하지 않은 채 행복한 감새로 넘나들고 있다.

---

17) 7편의 시 첫 행과 마지막 행을 장식한 '행'만으로 조립하여 만든 詩다. 본 논문에서 처음 사용했으며, 題目 또한 마찬가지다.

2. 행간(行間) 처리

　시인은 행간의 여백에 차마 말로 표현하지 못하는 슬픔과 외로움
의 고통을 풀어놓았다. 행과 행 사이에 보일 듯 말 듯 숨겨둔 여백
에서 그가 작고 나약한 존재를 노래하거나 사라져 가는 것들을 큰
울림으로 그려낼 수 있었던 이유는 바로 행간을 통하여 잘 빚어낸
결과이다. 행간에서 느껴지는 여백의 미는 역사적으로 볼 때, 한시(漢
詩)에서 미학적 바탕을 찾을 수 있으며, 선비들이 누렸던 정신적 사
유의 소산이었다. 언어 절제력이란 비어 있음을 통해 가득 참에 도
달하는 미적 전략과 언어의 경제적 운용이라는 서정시의 기본원리에
매우 충실한 시18)을 썼다.

---

18) 김성화, 「박용래 시의 생태적 상상력연구」, 고려대학교 대학원 석사학위논문,
　　2004.

정말 진짜 시를 쓰고 싶다. 언어를 망각하고 싶다. 꽝꽝나무 같은 단단한 의미, 의미가 깃든 그런 시를 한 열 편쯤 쓰고 가출하고 싶다. ― 이제는 까마귀 소리 같은 그런 음영이 내 시에 깃들기를 바란다. 나는 자유롭다. 이 무료한 자유가 나의 시에 무슨 도움이 될까. (…중략…)

내 시의 행간은 버들붕어가 일으키는 수맥(水脈)이어야겠다.[19]

박용래의 시에는 "독자의 상상력에 의해 채워져야 할 많은 틈을 지니고 있"[20]는데 그 틈새는 "버들붕어가 일으키는 수맥(水脈)"의 근원지인 행간이며, 그런 바람의 결과를 박용래는 그의 시에서 행간을 잘게 쪼개어 그 속에 용해시켜 놓았다. 그 행간을 겹겹이 들쳐가며 여백에 숨겨둔 박용래 시의 매력이 무엇인지를 구현한 특징에 따라서 행, 운율, 여백과 긴장으로 나누어 고찰한다.

2.1. 행

시인은 행과 행간에 "의미가 깃든" 시를 쓰고 싶었다. 빼곡한 잎사귀로 온몸을 감싸고 푸름을 자랑하는 꽝꽝나무와 같이 단단한 의미를 박용래는 자신의 시에 담고 싶었다. 시에서 의미는 "시를 구성한 그 하나하나의 언어를 통하여 의미는 집합되고 그리고 한 편의

---

19) 박용래, 「나의 詩, 나의 메모―水脈」, 앞의 책, p.99.
20) 이건청, 「소멸의 미학, 견고한 언어―박용래의 시세계」, 『現代詩學』 제34권 3호 통권396호, 현대시학사, 2002, p.218.

시를 통하여 의미는 생성"21)된다. 그 방법의 일환으로 선택한 것이 외모를 꽉 채우는 모습보다는 오히려 "언어를 망각"시키는 일이었다. 주절주절 언어를 늘어놓기보다 '채워져야 할 많은 틈'을 훤히 보이는 속살로 두어 "의미가 깃"들게 했다. 몸통이 그리 크지 않은 '버들붕어'가 지느러미를 힘차게 흔들 때마다 "일으키는 수맥(水脈)"을 만들기 위해 겉보다는 속살을 단단하게 채워야 했다. 박용래는 '행간의 침묵이 시를 언어의 차원으로부터 해방시켜 삶의 세계 자체로 이끄는 것'22)을 일찍이 간파했기 때문이었다.

> 하루에 몇 번 무릎 세우겠구나, 머언 기적 소리에. 네가 띄운 사연, 行間의 장미 웃고 있다만. 그리던 방학에도 내려오지 못하는 燕아. 너는 일하는 베짱이 화가 지망의 겨울 베짱이. 오 이건 쫌쫌 네가 가을볕에 짜준 쥐색帽. — 室內帽로 감싸는 아빠의 齒痛. 오 이건 닿을 데 없는 애틋한 아빠의 子正의 獨白. 燕아, 네가 띄운 사연, 行間의 장미 웃고 있다만.

—「행간의 장미」 전문

오히려 행간은 꽝꽝나무처럼 꽉 찼다. '행간(行間)'이 없다. 행간을 비워둠으로써 그 침묵의 효과가 어떤 언어의 상찬(上饌)보다도 낫다는 사실을 알고 있는 시인도 부녀 간에서는 여지없이 무너져 내린다. 위의 시에는 '행간'이란 단어가 어엿이 나오는데도 딸 앞에서 잔소리하는 아비의 읊조림은 '자정(子正)'을 넘어서도 계속되는 '독백(獨

---

21) 이기서, 『한국 현대시의 구조와 심상』, 고려대학교 한국학연구소, 2003, p.268.
22) 임우기, 「행간의 그늘, 의미의 그늘」, 『그늘에 대하여』, 강, 1996, p.112.

臼'처럼 꽝꽝나무를 무척 닮았다. 서울로 떠나보내고 그 적적함을 메우기 위해 매일매일 편지를 썼던 아버지이다. 그런 딸이 화답이라도 하듯 '기적소리'에 잠 못 들며 쪼그리고 앉아서 한 올 한 올에 외로움을 담아 '쫌쫌' 짠 '쥐색모자'를 보내왔다. 자기의 재능을 닮아 화가지망생인 딸을 유난히 흐뭇해하던 아버지에게 선물한 모자는, 감격과 기쁨 그 자체였다. 7행의 짧은 시에 "네가 띄운 사연, 행간의 장미 웃고 있다만"을 두 번씩이나 강조되어 들어있음이 이를 방증한다. 토속적인 우리의 꽃만을 시어로 골라 썼던 시인은 딸을 향해 '장미'라고 표현하는 과감함까지 보이며 한없는 사랑을 자랑한다. 몸서리치는 '치통(齒痛)'의 고통조차도 '감싸는' 딸의 정성은 '―' 줄표로도 부족해 '닿을' 곳조차 없는 '애틋'함으로까지 뻗어나간다. 침묵의 효과를 누구보다 잘 알면서도 아비의 사랑은, 행간의 여백보다도 단어의 반복으로 변형된 '행간'을 세상에 선보이며 창작방법의 확장을 꾀했다. 전혀 다른 모습을 한 행간을 살펴보자.

제기를 차다

땅뺏기 하다

올망졸망

공깃돌 버리고

몰려간

초등학교

시골 운동장

日沒에

자지러지는

미루나무 꼭대기

때까치

자리뺏기

下學 종소리

―「뺏기」 전문

이 시는 한 행이 일곱 음절을 넘지 않으며, 마침표 하나 없이 간
결함이 넘친다. 풍부한 여백과 행간이 넓은 대신, 행은 훨씬 좁은 한
편의 동화 같다. 아이들은 사소함에도 재잘거리고, 자질구레한 일에
도 얘깃거리는 끊이지 않는다. 그런 아이들의 하루 종일 일상을 어
떻게 표현하더라도 전부 열거할 수 있는 방법은 많지 않다. 박용래
는 그 모든 것들을 13행으로 표현했다. "화자를 소거시킴으로써 시
행과 그 행간의 상호조응을 통해 자신의 시적 정서를 농축시키는 것
이 박용래의 시적 방법"23)이라고 최동호가 밝혔듯이 오히려, 좁은
행과 넓은 행간을 통하여도 '꽝꽝나무와 같은 단단한 의미를 담아내
는' 역설적인 힘, 바로 행간에서만 맛볼 수 있는 힘이다.

　　박용래의 시에는 여백이 많다. 그 여백은 문명적 현실에 적응하

---

23) 최동호, 「한국적 서정의 좁힘과 비움」, 앞의 책, p.146

지 못하고 변두리의 삶을 살아가는 힘없는 자아의 모습을 그려내는 공간이다. 그러나 박용래의 경우는 그 좌절의 모습이 현실에의 순응주의적 태도로 발전하거나 좌절과 미련의 상반되는 감정의 갈등구조 속에서 방황하는 것으로 보여지지 않는다. 무력함에 대한 연민, 소외된 삶에 대한 애정, 사라져 가는 힘없는 것들에 대한 미학적 탐구로 나타난다.[24]

조창환의 지적처럼 행의 여백은 오히려 '연민'이나 '애정'의 모습으로 행간에 살아남아 "힘없는 것들"을 대변한다. 박용래 시의 행은 생략법에 감춰진 함축성과 사상성을 잘 용해시킨 가운데, 엑기스만 뽑아 언어 예술로써의 미적 감각을 최대한 살려 시를 빚어내는 것이 박용래의 시적 특징[25]임을 터득하게 한다. 이와 같이 한 줄의 행에다 의미를 깃들게 하는 방법은 언어의 반복과 줄표를 사용하여 변형된 행간을 제시하거나, 한 점 군더더기 없이 간결하게 다듬어진 행으로 언어의 압축미를 추구한 백미(白眉)이다.

2.2. 운율

자신의 시 행간에서 기대한 두 번째 바람은 "까마귀 소리 같은 음영(陰影)"이 깃들게 하는 일이었다. 한국인의 정서엔 흉조로 알려진 까마귀의 '까옥까옥'·'깍깍'으로 들리는 똑같은 소리에서도 음영을

---

24) 조창환, 「박용래 시의 운율론적 접근」, 『시와시학』, 1991년 봄, p.167.
25) 김선, 「박용래론─그의 시의 함축성에 관하여」, 『열린문학』 제8권 통권22호, 열린문학, 2002, pp.60~61.

찾아서 자기만의 색깔로 채색하여 누릴 줄 아는 시인이 박용래였다. 소리의 깊이와 파장의 미묘한 차이에서 느껴지는 정취를 제각각 구분하여 이름을 붙이고 제자리를 찾아줄 줄 아는 시인이었다. 일본에서는 습한 환경 덕분에 길조로 대접받는 까마귀가 우리나라에서는 흉조로 인식되어 가까이 오는 것조차 금기시 되어 왔다. 하필 그런 '까마귀 소리' 같은 음영이 깃들길 바라는 시인의 마음을 헤아리기는 어렵다. 하지만 '까마귀 소리'와 같이 똑같은 반복과 되풀이를 통해서 자신의 마음을 표현한 작품들은 쉽게 찾을 수 있다. 박용래의 시에서 '까마귀'가 나오는 시는 「눈발 털며」, 「얼레빗 참빗」, 「액자 없는 그림」, 「풍각장이」, 4편이지만, 이 시편들에서는 행간에 숨겨진 여백의 깊이와 '까마귀 소리'와 음영과의 상관성을 찾을 수 없었다. 결국 내용상 시어로 들어있는 '까마귀'와는 관련이 없는 것으로 파악된다. 다음의 시 「저녁눈」과 「한식(寒食)」에서 까마귀 소리의 연관성을 찾아보자.

늦은 저녁때 오는 눈발은 말집 호롱불 밑에 붐비다

늦은 저녁때 오는 눈발은 조랑말 발굽 밑에 붐비다

늦은 저녁때 오는 눈발은 여물 써는 소리에 붐비다

늦은 저녁때 오는 눈발은 변두리 빈터만 다니며 붐비다.

―「저녁눈」 전문

이 시는 지나친 반복과 병렬로 시상의 효과를 반감시킬 만한 시다. 시끄럽게 똑같은 소리로 반복하여 울어대는 '까마귀 소리'와 비슷하다. '까옥까옥'·'깍깍' 우는 소리에서 예령(豫令)이 '까옥까옥'이라면 동령(動令)은 '깍깍'이 해당한다. 이처럼 「저녁눈」에서도 '저녁때 오는 눈발은' 이 예령이라면 '붐비다'는 동령과 같다. 똑같은 울음소리를 4연에 골고루 배치하고, 행간의 깊은 여백에서 반복적으로 버무려 나오는 운율에 귀를 기우려야 한다. 안상원은 박용래의 시에서 반복은 주술적이고 순환적인 리듬을 형성하며 시적 자아와 세계와의 화해, 동일화를 드러내고 있다[26]며, 조창환은 박용래 시는 연속의 리듬과 단절의 리듬 사이의 미묘한 공간, 그 여백과 단층이 지닌 호흡의 쉼터에서 시의 미학을 찾아야 한다[27]고 지적했다.

> 베를렌느(Verlaine)와 같은 낭만파 시인들의 경우에는, 음악적 효과를 성취하려는 시도가 운문의 의미구성을 억제하며, 논리적인 구문을 피하여, 의미의 표현보다는 오히려 함축의 의미를 주로 강조하려는 시도이다. 그러나 몽롱한 윤곽, 애매한 의미, 비논리성 따위는 글자 그대로의 의미로는 전연 '음악적'은 아니다.[28]

박용래는 "까마귀 소리 같은 그런 음영이 내 시에 깃들"게 하는 방식으로 자신의 시에 차별화를 꾀했다. 그 전략으로 '논리적인 구문'이나 '의미의 표현'보다 '함축의 의미'를 불어넣는 시적 운율을

---

26) 안상원, 「김종삼 박용래시의 시간의식 연구」, 이화여자대학교 대학원 석사학위 논문, 2006, p.106.
27) 조창환, 「박용래 시의 운율론적 접근」, 앞의 논문, p.158.
28) 르네 웰렉·오스틴 워렌 공저, 김병철 역, 『문학의 이론』, 을유문화사, 1982, pp.194~195.

선택했다. 똑같은 울음소리와 비슷한 까마귀 소리일지라도 음영(陰影)이 깃들게 함으로써, "시의 이미지와 의미 요소들을 심리의 저층에 스며들게 하는 운율적 장치"29)를 훌륭하게 설치하여 효과적인 음영을 드리우게 했다.

溪谷에 흐르는 물소리를
철쭉꽃 홀로 듣고 있다

溪谷에 흐르는 물소리를
부엉새 홀로 듣고 있다

溪谷에 흐르는 물소리를
나그네 홀로 듣고 있다

溪谷에 흐르는 물소리를
溪谷이 홀로 듣고 있다

—「寒食」 전문

「한식(寒食)」에서 까마귀 소리는 '계곡(溪谷)에 흐르는 물소리'로 변했다. 그러나 반복과 병렬의 정도는 더욱 심하다. 8행 4연의 시에서 '철쭉꽃', '부엉새', '나그네'만 다를 뿐이다. 「한식」에서는 운율적 특성을 변함없이 흐르는 '계곡'의 '물소리'에다 리듬30)감을 맞추고 있다. '까마귀'의 '까옥까옥'·'깍깍'보다도 더욱 음의 강약이나 장단고

---

29) 조창환, 위의 논문, p.164.
30) 민병기 외 2명 공저, 앞의 책, p.42. 리듬은 운율을 뜻하며, 운율은 韻과 律을 말한다. 운이란 비슷한 소리의 규칙적인 반복을 의미한다.

저, 또는 동음(同音)이나 유음(類音)의 반복이 적은 "계곡에 흐르는 물소리"를 단순한 율격과 소박함만으로 천지인(天地人)을 모두 포함하고 있다. '꽃'이 '홀로' 듣고 있지만, 땅[地]을 대표한다. '새'와 '나그네' 또한 '홀로' 듣는 것 같지만 하늘[天]과 사람[人]을 대신하며, 행간의 여백에는 천·지·인 모두를 포함하고도 남는다. 이경철은 박용래의 시의 특징을 언어를 극히 절제하고 행간의 여백을 극대화함으로써 순수서정시의 일반적인 시학을 누구보다 잘 구현했다고 평했다.[31] 이와 같이 의미의 변용이나 형태적 기교 없이 단순한 리듬만으로도 필요한 정서를 표현하고, 의미 강조는 물론 통합의 형태로까지 드러내는 힘을 운율에서 찾을 수 있다.

2.3. 여백과 긴장

행간을 표현하는 마지막 방법으로는 줄표[32] '—'를 사용했다. 시인은 시적 긴장과 여백의 효과를 거두고자 특이한 형태를 시도했다. 섬세함과 예리한 시선은 잔물결과 바람결에서도 여지없이 감춰진 박자를 찾아내고 있다.

　　— 오오냐, 오냐 들녘 끝에는 누가 살든가
　　— 오오냐, 오냐 수수이삭 머리마다 스쳐간 피얼룩

---

31) 이경철, 「한국 순수시의 서정성연구－천상병, 박용래 시를 중심으로」, 동국대학교 대학원 박사학위논문, 2007, p.162.
32) 장하늘, 『표기법소사전』, 문장연구사, 2007, p.69. 줄표의 쓰임새는 7가지가 있으며, 말머리에 쓰는 경우는 '대사, 독백'의 경우에 사용함.

― 오오냐, 오냐 **火賊떼**가 살든가
　　― 오오냐, 오냐 풀모기가 날든가
　　― 오오냐, 오냐 누가 누가 살든가.

―「누가」 전문

　　인용시 「누가」는 행간 대신 각 행의 머리에 '―'를 두어 행간에서
누릴 수 있는 효과를 그대로 반영하고 있다. 행간에 여백을 두는 것
보다 글머리에 둠으로써 음의 강약과 여백의 긴장도를 더하고 있는
게 '―'의 형태이다. "오오냐, 오냐"에서 오는 대화체는 처음 '오오냐'
에서 쉬었다 갈수 있게 쉼표 ','를 표기했다. 뒤에 받는 '오냐'에서도
쉬었다가 다음 음절로 넘어갈 수 있는 구조를 형성하고 있다. "오오
냐, 오냐"라는 구조는 연결과 단절을 의도적으로 유도한다. '―'는 형
태적 측면에서뿐만 아니라 음성적 측면에서도 여백의 효과를 나타낸
다. 매 행마다 반복되는 '오오냐, 오냐'가 앞에 '―'를 둠으로써 한참
의 생각 끝에 얻은 긍정의 음향임을 드러내주고 있다.[33] 이처럼 박용
래는 과감한 생략과 단절의 이미저리로 경제적인 말의 사용은 물론,
행의 구분과 문장 부호의 효용을 성공적으로 보여준 시인이다.[34]

　　꼭지 달린 木瓜
　　랑
　　잦은 진눈깨비

---

33) 박라연, 「박용래 시의 모티브」, 『어문연구』 제91호, 한국어문교육연구회, 1996,
　　p.170.
34) 이건청, 「소멸의 시학, 견고한 언어―박용래의 시세계」, 『현대시학』 제34권 3
　　호, 현대시학사, 2002, p.223.

랑
茶를
드노니

一雀舌茶

金山寺
종소리
마른 손질
일곱 번 갔다니
신문지 行間 시려운
아침

面壁하고
드노니
삭발한 벗
푸른 이마
어려라

잦은 진눈깨비
랑
꼭지 달린 木瓜
랑.

-「面壁 2」 전문

　「면벽(面壁) 2」는 자신의 시에서 '잔물결'과 '바람결'을 보여주고자
다른 시도로 이뤄진 시다. 또 다른 시 「여우비」에서도 볕이 있는 날

잠깐 오다가 그치는 여우비의 특성을 부각시키기 위한 행의 형태적 변형으로 '비틀걸음'을 한 음절씩 /비/틀/걸/음/으로 표현한 바 있다. 하지만, 처음과 끝을 가장 의미적 요소가 약한 '랑'을 독립시행으로 처리하여 운율적 형상의 시각화[35])로 처리한 예를 다른 시에서는 찾아볼 수 없다. 한 음절인 어미 '랑'을 사용하여 한 행을 처리함으로써 찰랑찰랑거리는 '잔물결'의 움직임이나, 살랑거리는 '바람결'의 모습을 형상화하는데 성공하고 있다. 또한 행 중간에도 시 「누가」처럼 줄표 '—'와 '雀舌茶'를 일부러 진하게 처리하여 「면벽 2」의 의미를 상승시키고 있다. 이러한 시도들이 똑같은 행간을 갖고도 "버들붕어가 일으키는 수맥"을 위해 종횡무진한 모습이 더욱 돋보이는 이유이다. 박유미는 이런 노력들을 "행간의 여백을 전경화 함으로써 그는 적막의 울림을 침묵의 언어로 현현(顯現)[36])시켰다고 했다.

　박용래는 이처럼 제한된 시적 공간을 사용하면서도 행간에 의미를 극대화하고자 다양한 시도를 도전적으로 적용했다. 그 결과 행간은 형태를 좁게, 혹은 넓게 사용하며 의미의 긴장과 이완의 효과를 가져왔다. 운율을 채택한 행은 단순함을 겉으로는 따르고 있지만, 미묘한 차이에서 느껴지는 감동을 품고 있다. 마지막으로 채택했던 행의 변형과 기호의 사용은 평범함으로는 볼 수 없고 느낄 수 없는 시의 여백은 잔물결로, 시의 긴장은 바람결로써 긴장을 극대화하고자 고민 끝에 사용한 의도적 결과이다.

---

35) 조창환, 앞의 논문, p.167.
36) 박유미, 앞의 논문, p.274.

3. 탈고(脫稿)[37]

박용래의 퇴고는 매번 겪어야 하는 '구름 같은 우울'이었다. 오래 앓던 작품을 완성했을 때의 즐거움은 '탄생의 기쁨'이지만, 퇴고의 느낌은 모든 시인이 다르다. 우리에게 사랑받는 조지훈의 「승무(僧舞)」 퇴고 과정에서도 그 산통(産痛)은 여실히 드러나고 있다.

어떻든 구상한지 열한 달, 집필한 지 일곱 달 만에 이루어졌다. 퇴고하는 중에 가장 괴로웠던 것은 '장삼의 미묘한 움직임'이었다. 나는 마침내 여덟 줄이나 되는 묘사를 지워버리고 나서 단 두 줄로

소매는 길어서 하늘은 넓고

_____

37) 산문집을 인용했기에 제목은 '탈고'를 사용했지만, 용어에 한계가 있어 '퇴고(推敲)'를 사용한다.

돌아설 듯 날아가며 사뿐이 접어 올린 외씨보선이여

라 하고 말았다. 이리하여 나는 전편 15행의 다음과 같은 시 하나
를 이루었던 것이다.[38]

시를 채종(採種)하여 키우고 가꿔 다다른 퇴고의 과정을 산고(産苦)
라 비유했던 박용래다. 그런 시인이 성공적인 탈고가 되었을 때 "오
직 이 충만한 기쁨만의 연속"이라면 "나의 삶은 얼마나 복된 것일
까."라고 했었다. 그러나 현실은 "됐다, 됐어, 썩 잘 됐다."라는 말 대
신에 매번 되돌아오는 것은 "멀었다, 멀었어, 아직 멀었다니까."라는
대답이었다. 그런 자신을 향해서 '연민의 눈으로' 바라보며 '구름 같
은 우울'을 느껴야 했다. 퇴고에 대한 그의 생생한 소감을 직접 들
어보면 연민을 넘어 '갈팡질팡'하는 시인의 모습이 눈에 선하다.

평소의 나는 나 혼자지만 한 편의 작품을 탈고한 그 순간만은
또 하나의 내가 가까이 도사리고 있다.
언제나 탈고(脫稿)의 순간마다
"됐다, 됐어, 썩 잘됐다."
하고 도사리고 있던 내가 외친다면 그 순간의 기쁨을 뭣으로 비
하랴.
탄생의 기쁨, 제 2의 탄생의 기쁨을 만끽하리라. 오직 이 충만
한 기쁨만의 연속이라면 나의 삶은 얼마나 복된 것일까.
하나 번번이 그는
"멀었다. 멀었어. 아직 멀었다니까."

---

38) 최동호 편저, 「조지훈-시 '승무'의 시작과정」, 『현대시 창작법』, 1997, 집문당,
   pp.11~12.

하며 연민의 눈으로 바라보니 구름 같은 우울이 밀릴 수밖에.

이 짙은 우울을 견디려고 한 편의 시를 쓴 뒤에는 공연스레 하루에도 몇 번 세수를 하고 곧잘 낯익은 주점에 들러 이취하여 옷섶을 태우고, 조조할인의 극장 구석에 앉아 빛바랜 화면에 애써 몰두하는 것일까.

또 비오는 날이면 목적도 없이 지나는 버스 종점에 내려 도도히 흐르는 강물을 굽어보는 것일까.

으젓 첫 번 탈고에 만족할 수 없어 마감시간에도 되풀이 되풀이하여 제목까지 치우는 슬픈 습성, 생각의 만분의 일도 못 미치는 불과 십 행 안뜎의 시를 송고를 하고도 수삼 번 고쳐야 하는 나의 심약한 미련, 어느 날에야 탈고의 순간에 탄생의 기쁨에 심취하여 자족할 수 있으랴

실로 시와 진실 사이에는 다소의 과장이 있기 마련인, 자기 표출의 이 비애, 끝없는 지평.39)

3.1. 제목 고치기

박용래는 시 한 편을 쓴 뒤에는 슬픈 습성을 이겨내기 위해서 '공연스레 하루에도 몇 번 세수'를 하기도 하고 '낯익은 주점에 들러 이취(泥醉)하여 옷섶을 태우'기도 하고, 일찍부터 시작하는 '조조할인의 극장 구석에 앉아 빛바랜 화면에 애써 몰두'하기도 했다. 이 모든 행동들은 미련과 아쉬움을 깨끗하게 털어버리고 무엇보다도 자신의 기대수준에 미치지 못하는 부족함에 대한 연민 때문이었다. 그런 연민을 채우기 위해 했던 일 중에 하나는 제목을 바꿔보는 일이었

---

39) 박용래, 「구름 같은 우울—脫稿 그 순간」, 앞의 책, pp.85~86.

다. 산문을 통해서 제목을 바꿨던 일들을 살펴보자.

박용래는 사계절 중 가을에 가장 '갈팡질팡'[40]하였다고 했다. 그런 가을에 씌어진 소품이 바로 아래의 「꽃물」이다. 그래서 '이 한 폭의 풍경을 미칠 듯이 맨드라미 꽃물에 의지해 표현'하고 싶었다. 그러나 '며칠'을 두고 고민하고 수 없이 '휴지로' 버려진 고침 끝에 제목은 「꽃물」에서 「노을」로 바뀌었고 시행도 14행에서 17행으로 늘어났다. 음절도 추가되거나 삭제되었다. 심지어 마지막 행의 마침표까지도 삭제했다. 이런 변화를 두고 박용래 스스로는 '슬픈 습성'이라고 했다. 하지 않아도 될 일을 해야 하는 '슬픈 습성'이 스스로 생각하기에도 기쁨보다는 우울함이 컸기 때문에 '슬픈 습성'이라고밖에 다른 이름을 붙이지 못했다.

좀 더 자세하게 고친 부분들을 표로 나타내면 다음과 같다.

구분		초고	수정	발표된 곳	발표된 곳
제목		꽃물	노을	꽃물	←
수록		산문집	←	강아지풀	먼 바다
시행		14행	17행	14행	←
변동사항	추가		●달리는 ●차창에 ●장을 ●보러 가는	●초고와 동일한 내용 ●한문→한글로 *山→산 *歸鄕列車→귀향열차	← ●한글→한문으로 *산→山 *귀향열차→歸鄕列車

---

40) 박용래, 「나의 詩, 나의 메모」, 위의 책, p.96. 시작에 몰입하면 하나의 나뭇잎의 흔들거림에도 안절부절하는 나의 촉수, 사계(四季) 중 가을에 나의 촉수는 더욱 갈팡질팡이다.

		• 마른미역 • 꼭지 • 木手巾에 • 끝 행 마침표 없음	• x • 뒷칸→뒤칸 • x • 끝 행 마침표 있음	← ← ← ←
	삭 제	• 보릿재 • 내는 • 뒷칸에 • 노을		

살펴본 바와 같이 제목을 비롯하여 시행과 한문, 마침표까지 다양한 곳에서 고쳐진 것을 알 수 있다. 이렇게 초고를 고쳤지만, 여전히 마음은 슬프다. 『산문집』 초고 → 『산문집』 수정 → 『강아지풀』 발표 → 『먼 바다』 편집 발표를 거쳐 4단계로 고쳐진 과정들을 자세하게 비교하며 살펴보자.

『산문집』 초고	『산문집』 수정	『강아지풀』 발표	『먼 바다』 발표
「꽃물」 전문	「노을」 전문	「꽃물」 전문	「꽃물」 전문
수수밭	달리는	수수밭	수수밭
수수밭 사이로	歸鄕列車	수수밭 사이로	수수밭 사이로
기우는	수수밭	기우는	기우는
고향	수수밭 사이로	고향	고향
가까운	기우는	가까운	가까운
山자락	車窓에	산자락	山자락
보릿재	고향	보릿재	보릿재
내는	가까운	내는	내는
사람들	山자락	사람들	사람들

歸鄕列車 뒷칸에 매달린 노을, 맨드라미 꽃물.	장을 보러 가는 <u>사람들</u> 마른 미역 꼭지 木手巾에 <u>매달린</u> <u>맨드라미의 꽃물( )</u>	귀향열차 <u>뒷칸</u>에 매달린 노을, 맨드라미 꽃물.	歸鄕列車 뒤칸에 매달린 노을, 맨드라미 꽃물.

이렇게 행도 바꾸고 제목을 「노을」로 바꿔 달기 위해 '노을'이란 단어를 삭제하기도 다른 내용을 추가하여 시행을 꾸며 봤지만, "됐다, 됐어, 썩 잘 됐다."를 느낄 만큼 만족스럽지 못함을 아래의 글에서 알 수 있다.

> 여전히 고쳤지만 기대했던 바와는 달리 기다림에 지친 아쉬움도 물거품처럼 피는 환희도 영 풍기는 것 같지는 않아 무표정한 풍경들을 고쳐 고심 끝에 내용도 많이 바뀌고, 제목도 「꽃 물」에서 「노을」로 바꿔 달았다. 다시 고쳤지만 불만은 여전하다. 처음부터 이 작품은 귀향열차도 고향사람도 노을도 그 배경인 마을까지도 온통 맨드라미 빛으로 젖었어야 했을 것이다. 그러나 왜 그렇게 씌어지지 않았을까.41)

다음의 경우에는 처음 제목이 없는 상태에서 제목을 달고 내용을 수정한 경우이다. 산문집을 기준으로 수록되었던 『산문집』 초고 →

---

41) 박용래, 「나의 시, 나의 메모」, 앞의 책, pp.97~98

『강아지풀』 발표 → 『먼 바다』 편집 발표를 거쳐 3단계로 고쳐진 과
정을 통해서 제목과 시행의 변화과정을 살펴보자. 박용래는 제목과
내용을 통해서 '휘날리면서 스러지는 장렬한 아름다움'과 '어떻게도
할 수 없는 시적 몸부림과 삶과 행동과의 일치'된 환상의 세계가 부
러웠기에 원하지 않아도 '슬픈 습성'은 계속되어야 했다.

구분		초고	수정	발표된 곳
제목		없음	雨中行	←
수록		산문집	강아지풀	먼 바다
시행		10행	←	←
변동사항	추가		● 하루살이가	● 수정본과 동일한 내용
			● 3행 (가고 있다) 뒤에 마침표	x
			● 띄어쓰기	
			*뒤범벅 되어→뒤범벅되어	←
			● 덫이 되어	←
			● 行間 추가하여 聯을 구분	←
			● 한문→한글로	● 한글→한문으로
			*木양말→목양말	*목양말→木양말
			● (젖고 있다) 끝 행 마침표	←
	삭제		● 무엇이? ● (안개)는	● 3행 (가고 있다) 뒤에 마침표

위의 표에서 정리한 내용대로 3단계로 바뀌어가는 과정을 아래에

서 확인할 수 있다. 가장 큰 차이는 제목과 행간을 두어 시행의 맛을 더해준 점이다. 시어를 추가하거나 삭제한 부분도 보였다. 그러나 3행에서 마침표를 삭제한 것은 다른 시편에서도 볼 수 있다. 특히 한문을 한글로 바꾼 경우는 『강아지풀』에서 많이 보이고, 다시 한글을 한문으로 고친 경우는 『먼 바다』에서 보이는데 이는 편집자의 의도와도 관련이 있어 보인다.

『산문집』 초고	『강아지풀』 발표	『먼 바다』 발표
제목 없음[42]	「雨中行」 전문	「雨中行」 전문
비가 오고 있다 안개 속에서 가고 있다 무엇이? 비, 안개는 뒤범벅 되어 이내가 되어 (며칠째) 나의 木양말은 젖고 있다( )	비가 오고 있다 안개 속에서 가고 있다. 비, 안개, <u>하루살이가</u> <u>뒤범벅되어</u> 이내가 되어 <u>덫이 되어</u> (며칠째) 내 목양말은 젖고 있다.	비가 오고 있다 안개 속에서 가고 있다( ) 비, 안개, 하루살이가 뒤범벅되어 이내가 되어 덫이 되어 (며칠째) 내 木양말은 젖고 있다.

42) 박용래, 앞의 글, 앞의 책, p.99.

또 다른 시인 「액자 없는 그림」이 제목도 시행(詩行)도 『백발의 꽃대궁』에 발표한 것과는 달랐다[43]고 하지만, 그 흔적을 찾을 수 없어 아쉬움으로 남는다.

3.2. 내용 지우기

다음으로는 '심약한 미련'의 탓으로 돌리고 있는 시의 내용을 바꾸거나 수정된 시편들을 찾아서 변화되는 모습을 살펴보자. '―木月 선생님 묘소에'란 부제가 붙어 있는 「해시계」를 먼저 보면 띄어쓰기와 마침표 등 차이점이 보인다.

구분		초고	수정	발표된 곳
제목		없음	해시계	←
수록		산문집	백발의 꽃대궁	먼 바다
시행		8행	←	←
변동사항	추가		● 내용은 초고와 동일함 ● 띄어쓰기 *눈물인 양→눈물인양 ● 한문→한글로 *해時計→해시계 ●(百合) 끝 행 마침표	← ● 띄어쓰기 *눈물인양→눈물인 양 ● 한글→한글로 ← ←

---

43) 박용래, 「詩를 위한 팡세」, 위의 책, p.100. 졸작 「액자 없는 그림」은 애초 이것과는 제목도, 시행도 달라 있었다. 그건 뜻하지 않은 욕심이 생겨 깜냥으로는 손을 댄 것이다. 한번 쓴 시에다 함부로 손을 대는 것은 지극히 위험한 일인 줄 알면서도 두고두고 후회할 바에야 어쩌는 수도 없었다.

	삭제		●(木月 선생)~님字	●줄표 삭제─(木月 선생)

정리하여 살펴본 결과 내용은 동일하나 띄어쓰기에서 '눈물인 양'
→ '눈물인양' → '눈물인 양'으로 변화했고, 한문에서 한글로 변환
된 점이 눈에 띈다. 마지막 행에 마침표가 추가된 점이나 부재로 붙
인 '목월 선생 묘소에'서도 줄표(─)를 『먼 바다』에서는 삭제했는데,
이는 줄표의 기능이나 효과가 분명 있음에도 초고와 달라 아쉬움이
있다. 경어에 맞게 '님'자를 삭제한 것이나, 글자 크기를 작게 처리
한 것은 오히려 바람직하다.

『산문집』 초고	『백발의 꽃대궁』 발표	『먼 바다』 발표
제목 없음44) ─木月 선생님 묘소에	「해시계」 전문 ─木月 선생( ) 묘소에	「해시계」 전문 ( )木月 선생 묘소에
울먹울먹 모래알은	울먹울먹 모래알은	울먹울먹 모래알은
부숴지기도 한다	부숴지기도 한다	부서지기도 한다
부숴진 모래알은	부숴진 모래알은	부서진 모래알은
눈물인 양 싸다	눈물인 양 싸다	눈물인 양 싸다
눈물인 양 짠	눈물인양 짠	눈물인 양 짠
모래알로 빚은	모래알로 빚은	모래알로 빚은
당신의 해時計에	당신의 해시계에	당신의 해시계에
삼가 꽂는 한 송이 百合	삼가 꽂는 한 송이 百合.	삼가 꽂는 한 송이 百合.

이어서 행이나 연이 시집마다 차례로 추가된 시「모일(某日)」을 살펴보자. 1964년 발표된 초기시편으로『산문집』초고에는 1연 5행의 시편이었으나,『강아지풀』에서는 2연 9행이었다가『먼 바다』에서는 2연이 3연으로 옮겨지고 새로운 7행이 2연에 추가되어 3연 16행으로 발표할 때마다 바뀐 모습을 알 수 있다. 특이하게도 연마다 일련번호를 적었는데, 이러한 형태의 시는 전체 160편을 통틀어「모일(某日)」뿐이다.

구분		초고	수정	발표된 곳
제목		某日	←	←
수록		산문집	강아지풀	먼 바다
시행		5행	9행	16행
변동사항	추가		●2연 4행 전체 ●띄어쓰기 * ●한문→한글로 *未明→미명 ●1연, 2연 끝 행 마침표	●2연 7행 전체 ●띄어쓰기 *쓴맛→쓴 맛 ●한글→한문으로 *미명→未明 ●3연 끝 행 마침표
	삭제		●아아(봉선화야) ●스몃는가	●스몄는가
비고			●연 구분 1.2.3 *다른 시에선 볼 수 없는 독특한 구성	●2연을 3연으로 옮기고, 새롭게 2연 추가

---

44) 박용래,「노랑나비 한 마리 보았습니다」, 앞의 책, p.91.

『산문집』 초고	『강아지풀』 발표	『먼 바다』 발표
「某日」 전문[45]	「某日」 전문	「某日」 전문
쌀 씻는 소리에 눈물 머금는 未明 아아 봉선화야 기껍던 일 그 저런 일	1 쌀 씻는 소리에 눈물 머금는 <u>미명</u> <u>봉선화야</u> 기껍던 일 그 저런 일 2 <u>들깨 냄새가 나는 울안</u> <u>골마루 끝에 매미 울음 스멋는가</u> <u>목을 늘여</u> <u>먹던 금계랍의 쓴맛</u>	1 쌀 씻는 소리에 눈물 머금는 <u>未明</u> 봉선화야 기껍던 일 그 저런 일<u>.</u> 2 <u>노랗게 물든 미루나무 길섶 먼</u> <u>고향길 해야 지는가</u> <u>아버지</u> <u>어머니</u> <u>같은 사람들</u> <u>느릿느릿 뒷짐 지르고 가는</u> <u>木瓜빛 물든 길섶 해야 지는가</u> 3 들깨 냄새가 나는 울안 골마루 끝에 매미 울음 스몄는가 목을 늘여 먹던 금계랍의 <u>쓴 맛</u><u>.</u>

다음에는 「서산(西山)」이라는 시편이다. 발표되는 시집에 따라 행이 삭제되기도 하고 같은 행에서 음절이 도치되기도 하며, 마침표가 변

---

45) 박용래, 「겨울밤, 某日, 西山」, 앞의 책, p.75.

화되는 경우이다.

구분		초고	수정	발표된 곳
제목		西山	←	←
수록		산문집	강아지풀	먼 바다
시행		6행	←	←
변동사항	추가		● 한문→한글로 *五里→5리	● 한글→한문으로 *5리→五里 ● 끝 행 마침표
	삭제		● 1행 (상칫단) 씻는 ● 4행 (보릿짚)씹는 ● 끝 행 마침표	← ← x
비고			● 3행 음절 도치 현상 *五里 안팎의 개구리 울음→ 개구리 울음 5리 안팎에	← ← ←

『산문집』 초고	『강아지풀』 발표	『먼 바다』 발표
「서산」 전문46)	「서산」 전문	「서산」 전문
상칫단 씻는	상칫단	상칫단
아욱단 씻는	아욱단 씻는	아욱단 씻는
五里 안팎의 개구리 울음	개구리 울음 5리 안팎에	개구리 울음 五里 안팎에
보릿짚 씹는	보릿짚	보릿짚
호밀짚 씹는	호밀짚 씹는	호밀짚 씹는
日落 西山에 개구리 울음.	日落 西山에 개구리 울음( )	日落 西山에 개구리 울음:

다음에는 단순하게 강조 음절만 추가된 경우를 보자. 1980년 발표되어 다른 시집에는 실리지 않고 『먼 바다』에만 실려 있는 「오호」는 마침표나 다른 시행의 형태 변화는 없다. 단지 3행에 '두르고'를 강조하여 '두르고 두르고'로 한 번 더 음절을 반복하여 추가시키는 변형만을 취했다.

『산문집』 초고	『먼 바다』 발표
「오호」 전문[47]	「오호」 전문
박고지 말리는 狼山골	박고지 말리는 狼山골
학이 된 百結 선생	학이 된 百結 선생
돗자리 두르고	돗자리 두르고 <u>두르고</u>
거문고줄 고르면	거문고줄 고르면
훗훗 밭머리 흩어지는	훗훗 밭머리 흩어지는
새떼	새떼
마당 가득 메워	마당 가득 메워
더러는 굴뚝 모퉁이	더러는 굴뚝 모퉁이
떨어지는 메추라기	떨어지는 메추라기
오호 한 잔의 이슬	오호 한 잔의 이슬

---

46) 박용래, 「겨울밤, 某日, 西山」, 앞의 책, p.76.
47) 박용래, 「반의 반쯤만 창틀을 열고」, 위의 책, p.70.

3.3. 초고 발표하기

퇴고의 마지막 방법은 초고를 그대로 발표한 경우이다. 시는 사상이나 일시적인 환상에서 비롯되는 것이 아니다. 그것은 찰나적으로든 영구적으로든 간에 우리의 육체와 정신을 변화케 하는 경험으로부터 이루어지는 것이다. 이러한 경험은 헤아릴 수도 없고 또 그 경계선을 정할 수도 없다.[48] 경계선을 쉽게 정할 수 없기에 '탈고'를 향한 고민과 번뇌는 계속될 수밖에 없는 도전이다. 시인은 '시와 진실' 사이에서 경계를 정하기 위한 '다소의 과장'을 보인 한 예로써 '비오는 날이면 목적도 없이 지나는 버스 종점에 내려 도도히 흐르는 강물을 굽어보는' 일도 마다하지 않는다. 그런가 하면 초고를 빨리 끝내고도 '슬픈 습성'이나 '심약한 미련'을 보이지 않은 채 그대로 발표한 시도 있다.

『산문집』 초고	『강아지풀』 발표	『먼 바다』 발표
「시락죽」 전문	「시락죽」 전문	「시락죽」 전문
바닥 난 통파	바닥 난 통파	바닥 난 통파
움 속의 降雪	움 속의 降雪	움 속의 降雪
꼭두새벽부터	꼭두새벽부터	꼭두새벽부터
降雪을 쓸고	강설을 쓸고	降雪을 쓸고
동짓날	동짓날	동짓날
시락죽이나	시락죽이나	시락죽이나

---

48) 테드 휴즈, 한기찬 옮김, 『시작법』, p.45.

끓이며	끓이며	끓이며
휘젓고 있을	휘젓고 있을	휘젓고 있을
귀뿌린 가린	귀뿌린 가린	귀뿌린 가린
후살이의	후살이의	후살이의
木手巾.	木手巾.( )	木手巾.

위의 시 「시락죽」은 박용래가 밝힌 탈고(脫稿)의 변(辯)처럼 '비교적 짧은 시간에' 손을 뗀 시편이며, 좀 더 초라하지 않게 '후살이'의 삶이라 '여물죽'이라도 쑤게 하고 싶었지만, "흙벽 횟대에 걸린 무명수건"을 생각하면 애상과 초라함이 가득 묻어나게 할 수밖에 없었다고 한다.

먼 남쪽 섬에는 이미 동백꽃이 폈다고 한다. 지금쯤 붉은 꽃이 꼭지째 시나브로 바닷속에 지고 있을 홍역과 같은 봄.
푸른 봄이지만 나의 잿빛 인력은 아직 겨울이 깊다. 지금 강설(降雪)이 한창이다. 뒤꼍에 매달린 시래기 자락이 바스락인다. 어디선가 굴뚝새도 날아들 듯.
바스락이는 시래깃단을 물끄러미 바라보다 이 소품은 비교적 짧은 시간에 붓을 뗏다. 흔히 추운 날, 시골 아낙이 머리에 두르는 무명수건의 인상도 겹쳐 초라한 대로 마무리했다. 여물죽이나 쑤고 있는 모습으로라면 조금은 덜 초라했을 것을. 흙벽 횟대에 걸린 무명수건의 비애를 생각하면 어찌할 수 없었달까.[49]

「시락죽」은 시집 『강아지풀』과 『먼 바다』를 살펴봐도 한문을 한자

---

49) 박용래, 「차일(遮日)의 봄」, 앞의 책, pp.121~122.

로 고친 부분 '강설' → '降雪'과 끝 행의 마침표의 변화만 있고, 내용상에는 변화가 없다. 이처럼 한편의 시를 완성하고 매번 '구름 같은 우울'을 거쳐야 하는 탈고는 상황에 따라서 제목을 바꾸거나, 음절을 추가하거나, 아니면 한 행에서 음절을 도치하는 등 여러 형태의 변화를 겪는다. 퇴고의 과정이 '슬픈 습성'이며, 내용을 지우고 고치는 작업이 '심약한 미련'의 탓으로 돌리지만, 모두 기쁜 탄생을 위한 일이기에 거쳐야 했다. 특이하게 '시와 진실 사이'에서 고민하다 초고를 그대로 발표하는 경우도 있었으나 드문 일이다.

지금까지 인용시와 함께 살펴본 퇴고는 부분 수정을 하기도 하고 혹은, 연 전체를 추가하면서까지 개작 혹은 원본을 고스란히 갖다 쓰는 형태까지 다양한 방법을 통해 이뤄짐을 살폈다. 이처럼 퇴고란 변화와 변용을 모색하며 지금도 꾸준히 이뤄지는 진행형이다.

제4장

시 창작의 확장

1. 변형묘사(變形描寫)[1]

박용래는 "날아드는 까치의 발목에도 잔설의 여운은 묻어 있어, 사뭇 잔설의 여운 같은 작품을 쓰고 싶은 욕망이 용솟음치기도 합니다만, 역시 역부족으로 애꿎은 가슴만 치고 있습니다".[2]라는 고백에서도 알 수 있듯이 시란 짧은 형식을 통해 마음 속 울림을 주고 싶은 욕심에 자신을 쳐 끊임없이 달려왔음을 알 수 있다. 그가 시

---

1) 민병기, 「시적 표현의 실제」, 『문예창작의 이론과 실제』, 창원대학교 출판부, 2005, p.45. 변형묘사란 낯설게 하기(defamiliarization), 또는 전경화(forgrounding)에 대한 한글식 표현이다. 관습적 표현을 탈피하여 대상을 새롭게 묘사하는 기법이다. 이 기법은 사물을 보이는 대로 묘사하지 않고 이미 알려진 모습과 다르게 지각하는 대로 묘사하는 것이 특징이다.
2) 박용래, 「겨울 나그네 되어─洪禧杓兄에게」, 『우리 물빛사랑이 풀꽃으로 피어나면』, p.172

한편을 완성하기 위해서 어떤 자세로 썼는지를 알려주는 임강빈의 얘기를 들어보자.

> 그는 누구보다도 언어를 아낀 사람이다. 시어를 조탁하듯 했다. 언어하나 헤프게 쓰지 않았다. 경제적인 시를 썼다. 적은 언어로 큰 울림을 주는 시를 썼다. 엽서 한 장 쓰는데도, 단순한 구문 한 줄 쓰는데도 전력투구했다. 쓰고 지우기를 다시 반복한 시인이다.[3]

이런 과정과 경험을 모두 쏟아 부었기에 그는 시의 폭을 늘리고 넓히는 작업을 계속했다. 이런 시 창작방법의 확장은 "현실에 대항하기 위한 방법으로 인식의 커다란 열림, 넓은 열림을 지향하며 그것을 통해서만이 현실의 초월이 가능하다고 믿었기 때문"[4]에 더욱 폭넓게 변화를 꾀할 수 있었다. 그런 과정들을 한 장씩 들춰가며 '커다란 열림'과 '넓은 열림'을 변형묘사부터 살펴보자.

초기의 박용래는 낭만파적 감성과 웅변적인 어조가 유연하게 어우러진 시를 썼지만, 독자적 시 세계를 천착하려는 노력은 형식적 측면에서 압축과 묘사로 사물을 이미지화 하는 기교로 나타났다. 시인의 '조용한 응시'는 사물의 한 장면 한 장면씩을 철저히 채비하고 진득하게 기다렸다 동영상처럼 보여주었다. 이문구에 따르면 "누구보다도 미의식이 강하여 행간마다 무한한 침묵의 공간미(空間美)를 깔

---

3) 임강빈, 「朴龍來, 그리고 우정」, 『詩文學』 통권350호, 2000.9, p.43.
4) 강희안, 「박용래 시의 이미지와 공간 지각 현상」, 『비평문학』 제29호, 한국비평문학회, 2008, p.28.

아놓았던, 그의 시는 한결같이 응축되어 있고, 대담한 생략법으로 짧은 시형을 택했다"⁵)고 했다.

> 나의 시류(詩流)의 밑바닥에는 항시 이런 내밀한 차일(遮日)의 봄이 흐르고 있다. 무엇이든 어린 날의 기억이 묻어있는 사물을 대하면 나도 모르게 나의 언어는 망향의 덫에 걸린다. 참으로 어쩔 수 없는 순도의 공간, 논리로써는 채울 수 없는 이 공간.
> 나는 사물을 구태여 해석하려 하지 않는다. 다만 언제까지나 조용히 응시할 뿐, 그러다 설핏 비치는 구름 그림자 같은 것을 애써 포착하면 촉수는 움직이기 마련이다. 사물은 대게의 경우 언제나 잡을 수 없는 혼돈.⁶)

"사물을 구태여 해석하지 않"고 단지 사물을 '응시(凝視)'하며 행간마다 '무한한 공간미'를 깔아놓은 시편으로 「해바라기 단장(斷章)」을 감상해보자.

　　해바라기 꽃판을

　　응시한다

　　삼베올로

　　삼배올로 꽃판에

　　잡히는 虛妄의

　　물집을 응시한다

---

5) 이문구, 「朴龍來 略傳」, 앞의 책, p.257.
6) 박용래, 「遮日의 봄」, 앞의 책, pp.122~123.

한 盞

白酒에

무오라기를

섭으며

世界의 끝까지

보일 듯한 날.

—「해바라기 斷章」 전문

　이 시는 제목에서도 반영하듯 '해바라기'에 대한 토막토막의 생
각을 세 문장의 산문체로 쓰지 않고 12연 12행의 시로 꾸며서 행
간마다 의미를 숨겨놓았다. 「해바라기 단장」은 화자의 적극적인
개입이 드러나지 않는 방식을 통해 대상물인 '꽃판'을 '응시'하고
있다. 이경철은 응시한다는 것을 "사물을 사려(思慮)하는 것"[7]이라
고 피에르 테브나즈의 말을 인용하여 밝히고 있다. 시인은 '해바
라기 꽃판'을 '응시'한 결과 해바라기 꽃씨가 전부 빠져나가고 꽃
씨를 싸고 있던 화분낭(花粉囊)만 남은 '꽃판'을 보고 있다. 꽃씨가
빠진 화분낭은 마치 '삼배올' 같이 보인다. 설핏 비치는 구름에서
도 그림자를 찾아내고 느끼던 시인은 '응시(凝視)'하고 '사려(思慮)'
했기에 '꽃판'을 있는 그대로 보지 않고, 전혀 다른 사물인 '삼배
올'을 보았다. 더 나아가 알알이 들어찬 꽃씨를 가득 담고 있다가

---

7) 이경철, 「한국 순수시의 서정성 연구」, 동국대학교 대학원 박사논문, 2007, p.127.

한두 알씩 빠져나가고 텅 빈 '꽃판'에서 '물집'까지 '응시'해내고 있다. 해바라기 꽃씨는 알이 굵다. 그런 꽃씨가 모두 빠져나간 '꽃판'이 하얗게 보이는 것은 당연하다. 그 하얀 '꽃판'을 '삼배올'[8]로 보면서, 가을의 풍요와 풍성함을 느끼는 '응시'만으로도 시인의 역량은 충분히 평가된다. 그러나 '조용한 응시'는 그 경계를 넘어 꽃씨가 박혀 있던 움푹 팬 자리까지 넘보고 있다. 곧 '삼배올'의 이랑과 고랑이 마주치는 공간이다. 그 공간을 바로 '물집'[9]으로, '허망(虛妄)의 물집'으로 보고 있다. 해바라기 씨앗을 옹글게 품었다 모두 쏟아낸 텅 빈 씨방을 '허망'하게 보았다. 시인은 그 허망함을 잊고자 '백주'를 찾는다. 고작 무말랭이밖에 없는 술안주지만, '무우오라기'를 '씹으며' 씨방의 주인이었던 '씨앗'들에게 곧바로 희망의 주문을 걸고 있다. '허망'의 모습을 곧바로 털어내고, 여기저기 흩어진 씨앗들이 발아하여 활짝 피어나길 바란다. "세계(世界)의 끝까지" 피고 지며, "보일 듯한 날"을 꿈꾸며 '응시'의 시선을 옮긴다.

박용래는 「해바라기 단장」에서 '응시'처럼 박용래는 자연이라는 대상을 있는 그대로 묘사하거나 관찰을 통해 대상의 본질을 시화함으로써 자연에 대한 새로운 인식을 드러[10]내고 있다. '해바라기 꽃

---

8) '삼배올'에 대한 기존 연구자들의 논점이 엇갈린다. 박명자와 이경철은 '꽃판'을 삼베올로 보고 있으며, 전형철은 '올이 선 천으로 만든 발'로 보고 있다. 박명자, 앞의 논문, p.169 ; 이경철, 앞의 논문, p.127 ; 전형철, 앞의 논문, p.43.
9) '물집'에 대해서도 기존연구자들의 논점이 엇갈린다. 박명자와 이경철은 '물방울'로 보고 있으며, 전형철은 '올이 선 격자 사이로 보이는 해바라기의 모습'으로 봤다. 그러나 본 연구자는 '씨가 박혀있던 씨방의 움푹 팬 부분'으로 본다.
10) 전형철, 「박용래 시 연구」, 고려대학교 대학원 석사학위논문, 2003, p.48.

판'이라는 작고 사소함 속에서도 변형묘사(變形描寫)를 통해서 '해바라기 꽃판' → '삼베올' → '물집'으로 형상화하여 보여주듯, 박용래는 모든 시적 기교를 사용하는 기교의 시인이다. 단지 그 기교가 시의 표층에 드러나지 않을 뿐이다. 시적 기교를 세심히 사용해 자연스럽게 흐르게 하는 기법, 이것이 박용래의 시작 특징이다.11)

> 건들 장마 해거름 갈잎 버들붕어 꾸러미 들고 원두막 처마밑
> 잠시 섰는 아이 함초롬 젖어 말아올린 베잠방이 알종아리 총총
> 걸음 건들 장마 상치 상치 꽃대궁 백발의 꽃대궁 아욱 아욱 꽃대
> 궁 백발의 꽃대궁 고향 사람들 바자울 세우고 외넝쿨 거두고
>
> ─「건들장마」 전문

이 시는 여백과 행간을 모두 표현하며 '좁힘과 넓힘, 물러섬과 비움이라는 틀'12)을 완전히 깨뜨리고 있는 「건들장마」라는 산문시다. 위에서 살펴본 「해바라기 단장」과는 시형이나 형태에서도 엄청난 차이를 보이고 있다. 문체에서도 언어하나 '헤프게 쓰지' 않고, 토종언어를 찾아내 '조탁(彫琢)'하듯 '전력투구'하며 쓴 흔적이 역력하다. '건들장마'란 제목부터 예사롭지 않음은 그 때문이다. 흔히 '장마'하면 여름을 상상한다. '건들장마'란 초가을에 비가 오다 말다 하는 장마를 뜻하므로 무척 생소할 수밖에 없다. 무심결 지나치는 한 조각을 '포착'해 '촉수를 움직'여 '애쓴' 결과가 바로 '건들장마'이다.

---

11) 박명자(라연), 「박용래 시의 모티브」, 『어문연구』 제91호, 한국어문교육연구회, 1996, p.166.
12) 최동호, 「한국적 서정의 좁힘과 비움─박용래의 詩世界」, 앞의 책, p.146.

박용래의 묘사력이 이렇게 투철하고 뛰어난 까닭은 그의 자질(資質)인 미술에서 찾을 수 있다. "그리지 못한 것은 눈으로 보지 못한 것이다"라는 말이 있다. 이를 뒷받침하는 신경해부학자인 산티아고 라몬이카할(Santiago Ramon y Cajal)[13])의 주장을 보자.

> 만일 우리 연구가 자연사와 관련된 대상을 다루는 것이라면 관찰에는 스케치가 필수적으로 따라야한다. 어떤 것을 묘사하는 일은 주의력을 훈련시키고 강화시키며 현상전체를 보게 만든다. 그렇기 때문에 모름지기 뛰어난 관찰자라면 스케치에도 능숙해야하며 이 점에는 이견이 있을 수가 없다.[14]

미술에 능숙했던 까닭에 그의 묘사력은 사물을 표현하는데 그치기보다 사물 그 자체를 보이게 하는 경지까지 우리를 이끌고 가게 된다. 다시 '건들장마'를 보자. 잠재된 것들도 모두 길어 올린 원동력은 참을성과 끈기로 얻어진 결과물임을 깨닫게 된다. 앞서 제2장의 3.2에서 인용했던 「폐광근처」도 유사한 형태와 형식을 취하고 있는 작품이다. '건들장마'란 한 컷의 풍경화에 앵글을 고정하고 마음대로 원근감을 조정해가며, 시 창작의 영역을 확대하고 있다. '건들장마'의 특징은 행이나 연을 구분하지 않고, 묘사와 반복으로 운율을 획득하며, 조사와 수식어가 거의 없는 명사들의 나열이다. 이런 장치는 '장마'에서 오는 빗방울의 리듬과 속도를 함께 느끼게 하는

---

13) 1852~1934, 스페인의 신경해부학자. 신경이 서로 접하고 있는 독립된 신경단위인 뉴런으로 이루어져 있음을 주장했으며, 이 공로로 1906년 노벨 생리의학상을 수상했다.
14) 로버트 루트번스타인 · 미셸 루트번스타인, 박종성 옮김, 앞의 책, p.76.

효과를 거두고 있다. 시적 방법의 확장으로 얻은 산문시에 대한 가능성을 송재영은 이렇게 말한다.

> 박용래의 산문시가 돋보이는 것은 그것이 운문시 못지않게 세심하게 언어를 가다듬고, 그것을 정연하게 배열하고, 그 행간에서 내재율을 이룩함으로써 그 독창성의 영역을 분명히 하고 있기 때문이다.15)

쓰고 지우기를 반복하며 세필로 그려낸 '건들장마'다. 특히 토속적인 우리말로 채색되어 낯설지 않은 풍경화는, 운문시보다 시적 긴장감과 응집력을 더 밀도 있게 내포하고 있다. 단 4행의 적은 언어로도 큰 감동과 울림을 주는 것은 어쩌면 당연한 결과다.

지금까지 사물을 '조용한 응시'의 결과를 귀하게 얻은 시를 고찰했다. 편수는 적지만, 동일한 사물의 응시를 통해서 표현은 극명하게 대비되는 두 편이었다. 변형묘사는 기법과 형태가 다른 시편들은 예리하고 투철한 관찰의 산물이며 숨 막힐 듯 몰아가는 산문시에서는 시작의 특징과 유감없이 발휘한 독창성을 발견하게 된다.

---

15) 문덕수 외 3인 편저, 「송재영―언어와 기법사이」, 앞의 책, p.358.

2. 형태미

여백과 행간을 최대한 활용했던 시편과 그 반대의 산문시를 살폈
으니, '형식이 아닌 형식의 시'로 형태의 미를 추구한 시를 고찰한다.
형태의 미를 확장하고자 의도적으로 음절을 끊어 행간걸침하고, 일
정한 구조를 만듦으로 창작방법을 확대한 형태시로 발전시켰다. 시
각적인 형태로만 볼 때는 구체시16)와도 가까울 수 있으나, 박용래의
시는 형태뿐 아니라 의미로도 충분한 전달을 하고 있어 구체시의 경
계를 초월한다. 그의 시들은 행이나 연을 여러 가지로 변형시키며
시를 형태적으로 변형시킨 사례는 다양하게 나타난다. 그러나 사각

---

16) 박찬일, 『詩를 말하다』, 연세대학교 출판부, 2007, pp.180~188. 繪畵에서 가장
영향을 많이 받은 구체시는 의미를 단어의 의미로 전달하는 것이 아니라 '그
림'으로 전달한다. 시각적으로 전달한다. 구체시는 단어, 음절, 활자라는 재료를
가지고 의미를 구체적으로, 구상적으로, 시각적으로 전달하려고 한다.

의 틀 안에 인위적으로 짜 맞춘 작품은 시집 『강아지풀』에서만 두 편이 보인다. 그 두 편은 「강아지풀」과 「취락(聚落)」이다. 먼저, 「강아지풀」이다.

남은 아지랑이가 훌훌
타오르는 어느 驛 構
內 모퉁이 어메는 노
오란 아베도 노란 貨
物에 실려 온 나도사
오요요 강아지풀. 목
마른 枕木은 싫어 삐
걱 삐걱 여닫는 바람
소리 싫어 반딧불 뿌
리는 동네로 다시 이
사 간다. 다 두고 이
슬 단지만 들고 간다.
땅 밑에서 옛 喪輿 소
리 들리어라. 녹물이
든 오요요 강아지풀.

—「강아지풀」 전문

이 시 「강아지풀」은 박용래의 시가 맞는지 의심이 들 정도로 정형화된 사각의 틀에 억지로 채워 넣은 듯한 형태시이다. 한마디로 '액자 없는 그림'이다. 빽빽하게 들어 찬 사각형의 형태를 두고 윤호병은 '화물(貨物)'·'침목(枕木)'·'상여(喪輿)'의 모습은 물론 궁극적으로 '강아지풀'의 모습을 나타[17]냈다고 했다. 혓바닥을 말아 올려 강아지를 부르던 '오요요'를 앞뒤에 적당하게 자리 잡고 '강아지풀'을 뽑아서 땅바닥에 던져놓고 강아지를 부르며 뛰어놀던 모습을 떠오르게 한다. '강아지풀'은 생김새가 복스럽고 털이 숭숭 나 있어 팔딱팔딱 뛰어오를 때마다 살랑거리는 강아지의 꼬리를 닮았다. 자주색으로 살랑거리는 '강아지풀'은 '어메'도 '아베'도 '노란' 우리의 토종 '강아지풀'이다. 그런 '강아지풀'이 사철 자갈과 시멘트로 뒤덮여 있는 철길에서 탈출을 꿈꾸고 있다. 철길은 배수나 기차에서 버리는 오물의 배수성을 감안하여 건조할 수밖에 없는 기능적 구조를 갖고 있다. '침목' 사이에서 목마르고, 바람막이 하나 없는 철길에서 기차가 달릴 때마다 속도를 이기지 못해 휘청거렸기에 청정지역인 "반딧불 뿌/리는" 동네를 꿈꾸고 있다. 혹독한 상황에서도 꿋꿋하게 견뎌왔던 '강아지풀'이 이사를 간다하니 철길에서는 '상여'소리가 들리고 있다. 원래부터 '노오랗'고 '노란'색의 '강아지풀'에게 '녹물'이 들어서 노랗다고 표현하며 동화같이 끝맺음하고 있다. 동요풍의 표현은 또 있다. '오요요'는 입을 동그랗게 만드는 모습부터 '이응' 연음으로 내는 의성어라서 저절로 신명을 북돋아준다. 여성을 뜻하는 '어메'는 '노오란'으로 하여 귀엽고 깜찍성을 더하는 반면, '아베'는 '노란'으로 남자와의 호칭에서도 차별화를 취한 점은 독보적이다. 나아가 형태를 갖추기 위한 포석도 함께 갖고 있겠지만, 꼭 찍지 않아도 될 마침표를 5개씩 찍어가며 시각과 청각 이미지를 섞어 놓았다. '액자 없는 그림'은 답답할 것 같지만 읽고 나면 해학과 동심으로 돌아가

---

17) 윤호병, 「박용래 시의 구조분석」, 『詩외詩學』 창간호, 1991, p.202.

게 한다. 시집 『강아지풀』을 해설한 송재영의 글이다.

> 우리는 박용래를 이야기하는데 일관된 그의 시 세계를 들지 않을
> 수 없다. 현대적 도시 문화를 외면하고 오로지 향토적인 정서를 가
> 꾸고 지키는 데 전념하는 그의 시가 오늘날 차지하는 의의는 무엇
> 인가. 급격히 변화하는 사회 현실 앞에서 외부적인 삶의 양식이 어
> 떻게 변천하듯, 또는 인간의 근원적인 고통이 그 속에서 어떻게 가
> 중되듯 일절 아랑곳하지 않는 그의 시가 대체 어떠한 감동을 줄 수
> 있단 말인가.[18]

박용래는 초지일관(初志一貫) 시에만 매진한 결과 '일관된 시 세계'
를 유지할 수 있었다. 여기에서는 재차 '향토적인 정서'를 가꾸고 지
키는데 전념하는 그의 시적 의의를 얘기한다. 이렇게 제한적인 폭
가운데에서 박용래가 시적 방법을 확대하고 창작 기법의 폭을 넓혀
가는 방법으로 모색한 돌파구 중의 하나가 형태적인 변화였다. 동일
한 형태를 갖고 있지만, 「취락」은 내용면에서 또 다른 차이를 보이
고 있다.

> 감나무 밑 풋보
> 리 이삭이 비
> 치는 물병 點
> 心 광주리 밭
> 매러 간 고무신
> 둘레를 다지는

---

18) 송재영, 「동화 혹은 자기 소멸」, 앞의 책, p.96.

쑥국새 잦은목
반지름에 돋는
물집 썩은 뿌
리 뒤지면 흙
내리는 흰 개
미의 聚落 달
팽이 꽁무니에
팽팽한 낮이슬.

－「聚落」 전문

　　이 시도 형태만 두고 보면 「강아지풀」과 동일하다. 이 독특한 시
행의 가장 큰 특징은 의미나 리듬, 이미지의 행으로 행갈이를 하지 않
고 시행이 모두 강조의 행[19]으로 되어 있다는 점이다. 언어의 문법적
기능을 무시하고 강조의 마디에 의해 음절의 수를 5개에서 6개씩 구분
했다. 그 결과 문법적 주술관계는 자연스럽게 파괴되었다. ‘풋보/리’·
‘비치/는’·‘점(點)/심(心)’·‘밭/매러’·‘뿍/리’·‘흙/내리는’·‘개/미’·‘흰
개/미’·‘달/팽이’ 등과 같이 의미를 절단하면서까지 파격적으로 시행을
구성함에는 행갈이를 강조의 행으로 하고자 한 고도의 전략이 숨어
있다. 똑같은 사각형의 구조이지만, 「강아지풀」에서는 ‘화물’·‘침
목’·‘상여’·‘강아지풀’의 모습을 형상화했다면, 「취락」에서는 부락
을 이루어 살아가는 공동체의 ‘형태를 반영하여 사각의 공간화 된
형태를 구조화[20]’하듯 주거공간을 형상화했다. 다른 시편에서도 더

---

19) 민병기 외 2명 공저, 『文學이란 무엇인가』, pp.102~103.
20) 최윤정, 앞의 책, p.224.

많은 행간걸침으로 형태의 차별화를 시도했지만, 사각형으로 정형화한 2편만 살펴보았다. 새로움을 향한 이런 시도들은 기존 시 세계의 틀과 한계를 깨지 않으면서도 창작기법의 확장을 꾀하려는 부단한 몸부림이다.

3. 익살의 시[21]

시 창작방법의 세 번째 확장은 '황홀과 불안'의 경계를 넘나드는 '익살의 시'이다. 어릴 적 동네에서 경험했던 단순한 놀이를 불러내어 '오요요'와 '강아지풀'을 상호 결합하여 시의 확장을 꾀했듯, 박용래의 지치지 않는 호기심은 익살을 통해서 '재미의 시학'[22]을 택함으로써 경직된 분위기보다는 유연한 분위기를 만들어간다. 다양한 얘깃거리를 추슬러가며 여문 시선으로 재미 속에 의미를 담아내고자 했다. 같은 시기에 비슷한 시들을 새로운 방식으로 엮어내며 소통하

---

21) 조창환, 『카이로스의 문학』, 갈무리, 2006, p.419. '비장의 무덤 위에 핀 비애와 익살의 시'에서 옮겨왔다.
22) 공광규, 앞의 책, p.15. 재미는 한자 자미(滋味)에서 온 말인데, 아기자기한 즐거운 기분이나 흥취를 말한다. 시에서 재미의 문제는 연원이 오래된 비평적 관심이었다.

길 원했다. 항상 맑고 순수한 시 정신을 유지하며 고여 있으면 썩기 마련인 냉엄한 현실에서 '결곡의 시인'은 거저 얻어진 칭호가 아니다. 익살의 시는 베를레느의 시에서처럼 선택받은 자의 '황홀과 불안', 이 두 갈래 높은 경지의 긍지를 나는 어느 날에나 가질 것인가[23]를 수없이 반복하고 사람들의 눈높이에 주파수를 맞춘 결과이다.

> 익살은 해학과 풍자를 포함하는 말이다. 해학은 영어의 유머에 해당하며, 웃음으로 독자에게 우행과 악덕에서 벗어나게 해주는 기능을 한다. 또한 감정을 부드럽게 만들어주고, 호탕한 웃음과 함께 고된 현실로부터의 도피와 해방·방어·슬픔·상처·비밀·폭로와 수치감을 주기도 한다.[24]

익살이 남을 웃기려고 일부러 하는 우스운 말이나 짓으로, 해학이 은근하고 악의가 없는 웃음을 준다면, 풍자[25]는 어떤 사람의 악행(惡行)이나 우매함, 또는 사회의 결함이나 악폐 등에 대해 날카롭게 폭로하고 조소하는 일이라 할 수 있다. 박용래의 시에서 익살의 요소들을 찾아보고 함께 재미의 세계로 나아가자.

한뼘데기 논밭이라 할 일도 없어, 흥부도 흥얼흥얼 문

---

23) 박용래, 「벗어라 옷을 벗어라」, 앞의 책, pp.81~82.
24) 이주열, 『한국현대시에 나타난 해학성과 정신』, 푸른사상, 2005, pp.13~25.
25) 오세영, 「아이러니」, 김병택 편저, 『아이러니, 현대 시론의 새로운 이해』, 새미, 2004, pp.190~191. 패러독스와 아이러니의 구별은 아주 애매하다. 그것은 첫째 이 두 개념이 서로 비슷한 의미 지향을 보여준다는 점, 둘째 이 용어를 사용한 각 시대의 문인들이 개념규정을 명확히 하지 않은 채 이 둘을 혼용하여 왔다는 점 등의 이유 때문이다. 이런 이유로 본 연구에서는 '익살'을 사용한다.

풍지 바르면 흥부네 문턱은 햇살이 한 말.
　파랭이꽃 몇 송이 아무렇게 따서 문고리 문살에 무늬
놓으면 흥부네 몽당비 햇살이 열 말.

—「小感」 전문

　전통적 요소를 시로 차용해온 예는 「영등할매」에서도 이미 경험
했다. 여기 「소감(小感)」에서는 '흥부'가 등장한다. 가난하고 어질고
착한 사람의 대명사인 '흥부'의 집에는 있어야 할 곡식과 이리저리
치이는 아이들에게 입혀야 할 옷감은 보이지 않는다. 그 대신 '목구
멍에 풀칠하는데'에는 아무짝에도 쓸모없는 '햇살'이 '한 말'이 되고,
'열 말'이나 된다. 한 끼를 걱정할 처지인 '흥부'가 '내 코가 석 자'
라 땅바닥을 치며 신세타령이라도 해야 옳지만, '흥얼흥얼' 콧노래를
중얼거리며 '문풍지 바를' 여유가 어디 있으며, 집도 절도 없는 옹색
한 처지에 '문살'에 놓는 무늬는 가당찮은 일이다. 대단한 익살이 넘
치는 시편이다. 이미 다른 각도에서 살폈던 「오호」에서 '낭산(狼山)골'
의 '백결(百結) 선생'이 '박고지'를 '말리'면서도 '학(鶴)이 된' 것과 같
은 비약과 현실을 뛰어넘는 초월성이 넘쳐난다. '흥부'네처럼 식구가
많은 집에는 '문턱'이 닳아 반질반질 거린다. 없는 집일수록 궁색하
게 보이지 않으려 집 안팎을 열심히 쓸어야 했고, 그 결과 싸리비라
도 금방 '몽당비'가 되고도 남는다. 이처럼 닳고 닳은 사물을 하찮게
보지 못하는 시인이다. 그래서 인심을 듬뿍 베풀어 쏟아 붓는다. '햇
살'은 '햅쌀'의 발음과 비슷하다. 햇벼로 빻은 쌀이 '햅쌀'인데 귀하
디귀한 쌀 '한 말'이 생겼다. 한 끼를 걱정하는 '흥부'의 집에서 허기

를 면할 희소식에 '얼씨구절씨구' 흥겨운 일인데, '햅쌀'이 '열 말'이나 생겼으니 겨우내 양식 걱정은 훌훌 털고도 남는다. 이렇듯 「소감」에는 언어유희며 말놀이인 편26)과, 말재롱을 통해서 시성(詩性)을 획득하는 방법27)도 스며 있고, 굳이 분류하자면 '언어적 풍자'와 '낭만적 풍자'가 함께 어우러져 있다.28)

> 가을, 노적가리 지붕 어스름 밤 가다가 기러기 제 발자
> 국에 놀래 노적가리 시렁에 숨어버렸다 그림자만 기우뚱
> 하늘로 날아 그때부터 들판에 갈림길이 생겼다.
>
> —「들판」 전문

시란 나무를 만들고 그리는 방법은 시인의 개성에 따라 참으로 다양하게 그려진다. 의외성, 다양성이 교묘하게 숨어서 기다린다. 조용조용 이야기를 하듯 '갈림길'이 만들어진 이유를 풀어놓았다. 그런데 생긴 이유를 모두 듣고 나면 피식 웃음만 나온다. '기러기'가 '노적가리'의 '지붕'에서 '시렁'에 빠졌다. 그것도 "제 발자/ 국에 놀래" 갖고서, '기러기'가 놀란 가슴을 진정시키려 선반 밑에 숨었다는 발상도 감탄스럽지만, 다음은 더욱 높은 해학의 경지이다. 몸통은 숨고 깃털도 아닌 '그림자'만 그것도 '기우뚱'거리며 '하늘로 날아'갔단다.

---

26) 박명용, 앞의 책, p.189. 편(Fun)은 말재롱인데 시에서는 언어유희로 반어적 수법이다.
27) 공광규, 앞의 책, p.30.
28) 김준오, 『詩論』, 삼지원, 1982, pp.311~312. 언어적 풍자는 표현된 것과 의미된 것의 상충에서 오는 시적 긴장이고, 낭만적 풍자는 현실과 이상, 유한한 것과 무한한 것, 자연과 감상 등 이원론적 대립의식에서 발생한 것이다.

'갈림길'을 만든 주인공은 시렁에 숨은 '기러기'와 하늘로 날아간 '그림자'이다. 들려주는 이야기 속에 동식물이 주인공으로 등장하는 설정은 우화29)와 닮았다. 보조관념인 '기러기'의 원관념인 '홍래 누이'30)의 성격이 애매하긴 해도 풍자의 방식 중 풍유보다는 우화에 가깝다.

이처럼 '황홀과 불안'을 넘나들게 하는 익살은 시의 여러 가지 기능 중에서 우리의 자제력을 강화시켜 주는 것이 아니라 우리들의 감정의 고삐를 풀어줌으로써 오히려 '우리가 마땅히 시들어지게 할 것에다 물을 대주는'31) 역설적인 역할을 해주고 있다.

인용한 두 편의 시 외에도 '익살'을 활용하여 재미의 시를 추구하거나 '촌철살인'의 기지가 돋보이는 시편들을 찾아보면, 「오호」, 「감새」, 「논산(論山)을 지나며」, 「물기 머금 풍경 2」, 「먹감」, 「부여(扶餘)」, 「나귀 데불고」 등 여러 편이 있으나 설명은 생략한다.

---

29) 공광규, 「신경림 시의 창작방법 연구」, 단국대학교 대학원 박사학위논문, 2004, p.243. 우화(Fable)는 동식물을 주인공으로 하여 인간의 삶을 암시하는 이야기 형태이다. 우화의 보조관념은 모두 비인격적인 동식물이며 원관념은 인격적인 것이 된다.

30) 최윤정, 앞의 책, p.198. 박용래 시인에게 누이는 시 속에서 오동(꽃)이며, 구절초(풀)이며, 기러기(새)이다.

31) 아리스토텔레스, 천병희 옮김, 『아리스토텔레스 詩學』, 문예출판사, 2002, p.11.

4. 명사형 끝마침

시 창작을 확장한 마무리는 '천재의 함성'인 '명사형 끝마침'이다. 똑같은 사람, 똑같은 태도를 지닌 시인일지라도 현실에 구현된 모든 문장은 살아 있으며, 그 스타일, 즉 문체를 달리[32]한다. 문체뿐 아니라 형식과 내용면에서도 저마다의 개성을 드러내며 시의 특질로 삼아간다. 치열한 시 창작보다 종전의 관습이나 습관대로 적당하게 써온 시편들은 경쟁력을 갖기 힘들다. 교환가치로 평가하는 세상에서 시의 생명력을 보존하고 향유하는 길을 한 평자는 이렇게 말한다.

> 기술자본주의에서 결코 시는 소비될만한 대상도 아니며 소비할 만한 경쟁력도 갖고 있지 않다. (…중략…) 그것은 소비하는 상품

---

32) 신진 편저, 『문체와 문체연구』, 동아대학교 출판부, 1998, p.11.

을 모방하는 방식이 아니라 소비의 심성에 저항하는 방식을 통해 이루어질 것이다. 나는 그 길이 서정의 윤리성을 회복하는 일에 있으며, 그 윤리적인 서정이란 〈텅 빈 서정의 언어〉를 넘어 개인의 구체적인 현실과 연대하는 서정이라고 생각한다. 우리가 가고 있는 이 속도 제일주의의 시대를 거스르고, 이기적 욕망에 유폐되어 있는 개체들을 소통하게 하며, 선입견과 편견을 해체하여 경계를 넓히도록 스스로 돌아보게 하는 일, 그러한 일들이 시가 마주하는 현실이며, 시가 혁명과 만나는 지점이라고 나는 생각한다. (…중략…) 문학을 통해 나는 나를 넘는다.[33]

박용래는 "스스로 돌아보"며 남이 지나간 길을 따라가기보다 '선입견과 편견을 해체'하며 '경계'를 넘는 일을 게을리 하지 않았다. 그런 흔적의 한 결과가 시행의 끝을 '명사형으로 끝마친 일'이다. 이와 유사한 시도였지만, 시의 처음과 끝을 똑같이 만들어 수미상응(首尾相應)하는 방식은 이미 제3장 '미완의 완결'에서 살폈다. 장동석은 박용래의 시를 평하길 "서술어로 체언과 체언을 비교하거나 유사함을 보여주어 화자가 원하는 곳으로 독자를 이끄는 시이기보다는 비교함과 유사함을 지워버리고 독자를 의미의 경계가 열리는 풍경에 빠져들게 만드는 시"[34]라고 했다.

> 진실은 고문, 진실을 추구하는 것이 시작(詩作)이라면 일종의 고문일밖에, 어느 날 갑자기 닥쳐오는 감정의 물보라 앞에 무방비 상태로의 연금(軟禁).[35]

---

33) 김문주, 『소통과 미래』, 서정시학, 1998, pp.7~8.
34) 장동석, 「박용래 시 연구」, 『국제어문』 제39호, 국제어문학회, 2007, p.83.
35) 박용래, 「遮日의 봄」, 앞의 책, pp.122~123.

자신의 경계를 넘어 문학의 '진실'을 찾아가는 길은 '고문'이었다. 스스로 '연금'되는 고통을 마다하고 서술하듯 반복과 점층, 명사형 끝마침까지 적용하여 성큼 다가선 시편을 보자.

> 누웠는 사람보다 앉았는 사람 앉았는 사람보다 섰는 사람 섰는
> 사람보다 걷는 사람 혼자 걷는 사람보다 송아지
> 두, 세 마리 앞세우고 소나기에 쫓기는 사람.
>
> —「소나기」 전문

소나기처럼 갑자기 찾아드는 '고문'의 산물은 예사롭지 않다. '보다'라는 비교격 조사를 4회, '~는 사람'을 8회씩 사용하며, 화들짝 '소나기'에 '쫓기는 사람'의 모습을 '누웠는' → '앉았는' → '섰는' → '걷는' → '쫓기는'으로 곧 달려가는 사람으로 점진적인 발전을 꾀하며 점층법으로, '소나기'가 세차게 쏟아지는 다급성과 긴박성을 생동감 넘치게 표현한다. 쉼표는 비록 한 곳밖에 없지만 오히려 반복되는 음절은 계속하여 또박또박 리듬을 타게 한다. 그 덕분에 시 「소나기」는 기표를 하여 의미를 제한하는 것보다 구조적인 방법으로 의미를 확장하는데 성공하고 있다. 시인은 일상의 자연현상인 '소나기'가 떨어지는 소리도 똑같이 들리지만 다른 소리로 와 닿아 음영에 함께 녹아들길 원했다. 이와 같이 「소나기」에서의 반복은 병렬과 점층적 변주는 마무리의 '사람'이라는 명사형을 통해서 멋지게 마무리하고 있다. 그러나 명사형 마무리의 장점은 후광효과를 일으켜 의미를 배

가시키는데 의의가 있다. 여러 시편에서 공통적으로 보이는 반복어법과 '체언병치'는 단순한 기법 같지만, 의미를 지속적으로 확산시키는 역할을 훌륭하게 해내고 있다. 시의 끝 행을 '~하다'는 서술형으로 마치지 않고 체언인 '쫓기는 사람'으로 마무리 짓는 '체언병치'의 시 창작방법은 '종결부분이 의미의 재확산 또는 의미의 재개방으로 이어' 지게 하는 특징을 갖고 있으며, 이런 독특한 시 창작방법은 '한국 현대시가 갖는 글쓰기 방식의 한 전형'[36]이라고 할 만큼 의미가 크다.

> 수숫대 앙상한 육·이오의 하늘. 어쩌다 襤褸를 걸치고 내 먹이 위해, 半裸의 거리 변두리에 주둔한 미군부대의 차단한 病棟, 한낱 사역부로 있을 때, 하루는 저물녘 동부전선에선가 후송해 온 나어린 異國兵士. 그의 얄팍한 手帖 갈피에서 본, 접힌 나비 모양의 꽃이파리 한 잎. 수줍은 듯 살포시 펼쳐보이든 떨리던 손의 꽃이파리 한 잎, 어쩌면 따를 가르는 포화 속에서도 그가 그린 건 한 점 풀꽃였던가. 어쩌면 자욱히 화약 냄새 걷히는 황토밭에서 문득 누이를 보았는가. 한 포기 제비꽃에 어린 날의 추억도 흡사 하늘이 하나이듯. 그날의 차단한 病棟, 흐릿한 야전침대 머리의 한 줄기 불빛, 연보라의 微笑.
>
> —「제비꽃 2」 전문

이 시는 박용래의 시에서 드물게 보이는 사실주의에 가까운 시들[37] 중의 하나이다. 9개의 문장을 서로 연결하여 이야기하듯 마무

---

36) 장동석, 「박용래 시 연구」, 『國際語文』 제39호, 국제어문학회, 2007, p.87.
37) 연구자는 5편으로 본다.
　　「연지빛 반달型」, 「群山港」, 「曲 5篇」의 「黃山메기」, 「풀꽃」

리하면서도 음절을 행갈이하며 명사형으로 마무리한 시편이다. 같은 제목으로 씌어진 「제비꽃」과 산문시적 형식은 동일하지만, 마무리는 '흰 제비꽃 놓였읍니다.'로 하여 다르게 끝맺음 하고 있다.

> 사변 때 피난을 못 갔었다. 밤낮을 가리지 않는 폭격을 피해, 하수구 속을 쫓겨 다니며 나는 곰곰이 지난날을 따져 보았다. 허망한 생에서 내가 무명을 자처해야 할 아무런 이유도 없었다. 묵은 시고를 모조리 불사르고 새 노트를 마련해야 했다.[38]

한국전쟁을 겪은 박용래는 현실을 돌아보지 않는다는 불편한 시선을 의식한 듯 사변통의 한 조각을 꺼내어 펼쳤다. 그러나 「제비꽃 2」에서도 여지없이 사라져 가는 것, 잃어버린 것, 애처로운 것, 아무렇게나 버려진 것 등에서 시적 모티브를 얻었던 일관된 자신의 시 세계는 노출되어 있다. 현실에서는 '남루(襤褸)를 걸친' 절망 중이고 '땅을 가르는 포화 속'에서도 자신이 좋아하는 '황토'색과 제비꽃의 '연보라'를 그려내는 솜씨는 시대 상황에 흔들리지 않고 있다. 체언 병치와 같은 시 창작의 확장을 두고 오규원도 "한 행, 한 행이 완결된 시행으로 처리됨에 따라 생기는 휴지는 독자의 상상력을 유연하게 만들어 심미적 체험의 폭을 확대"[39]시키고 있다 평했다. 이처럼 박용래는 늘 같은 시를 창작하는 것 같지만, 변화와 형태를 꾸준히 변모해가며 결국엔 '명사형 끝마침'이란 구조로 진보하고 있음을 알게 된다. 명사형 끝마침은 단순한 체언의 나열이나 평범한 끝마침보

---

38) 박용래, 「이삭을 줍듯이」, 앞의 책, pp.117~120.
39) 오규원, 『현대시작법』, 문학과지성사, 1990, p.383.

다는 '체언병치'의 효용을 극대화시키고자 점층법을 의도적으로 도입하거나, 음절을 강제로 행갈이 하는 등 다양하게 접목시켰음을 알았다. 이러한 시적 장치들은 행간 곳곳에서 영향력을 발휘하여 시 한 편의 감동을 단절하기보다 후광효과라는 멋진 여운으로 '천재의 함성'을 계속되게 한다.

제5장

결론

하찮은 대상들을 사랑으로 보듬고 여문 시선으로 자신만의 독특한 시 세계를 구축했던 박용래 시의 창작방법을 고찰하였다. 오직 시에 대한 열정으로 시만을 위해 치열하게 살았던 그는 간결하고 적은 언어로 큰 울림을 주는 시를 썼다. 이 책은 창작방법을 넘나들며 변화와 형태를 꾸준히 모색해온 창작과정을 자세하게 들여다보고 스스로 "창작방법에는 공식이 없다"던 그 공식을 밝혀내는데 있다. 본론의 논의는 시적 대상물에 눈높이를 맞추고 보석 같은 서정의 글밭을 일궈나갔던 박용래의 창작방법을 고찰하고자 크게 3장으로 구분하였다.

2장에서는 시 창작과정을 산실인 청시사, 시 창작의 원류와 시적 상관물, 시적 공간으로 고찰하였다.

2-1) 창작의 산실이었던 청시사는 1965년부터 거주한 대전시 오류동 17번지 15호로 스스로 택호를 붙였다. 이곳에서 『먼 바다』에 수록

한 시 160편의 84%인 134편을 발표했다. 타계할 때까지 푸른 감나무 집에 머물렀던 시인은 20여 년 동안 맑고 푸른 진짜 시를 쓰고 싶어 세상과 타협하지 않았다. 청시사, 그 곳은 그가 머무르던 곳만은 아니다. 바로 그 자신의 일부였다고 말해도 지나치지 않을 곳이며, 산고의 고통과 탄생의 기쁨을 누리던 공간이다.

2-2) 시의 씨앗이 되었던 시작의 원류는 고향이다. 사랑으로 품은 모든 사물은 박용래의 원류인 고향에서 즐겨 찾는 소재가 되었다. 박용래의 고향은 평화로움과 그리움을 형상화하고 있으며, 그려내는 고향의 모습은 과거에서 현재로 다가올수록 쓸쓸함과 고적함으로 나타난다.

시적 상관물은 순도, 홍역, 차일이다. 첫째 상관물은 문명의 때가 묻지 않은 순도였다. 인간의 손을 전혀 타지 않고, 문명의 때는 더욱 묻지 않아, 이물질이 조금도 섞이지 않은 채 순수하게 저절로 묵은 것을 순도라 했다. 겉으로 보기에는 차갑지만 껍질을 벗기면 벗길수록 더욱 따스한 고향 강둑의 애틋함을 순도라 했다. 문명이란 이름으로는 쓸모없어 물결에 힘없이 쏠리고 떠다니는 우렁 껍질 같은 것들, 너무 보잘것없어 눈길조차 받지 못한 방치됨 덕분에 오히려 순도 유지가 가능했으며 시 창작의 종자가 되었다.

둘째 상관물은 아무렇게나 버려지고 임자가 없는 홍역이다. 홍역은 주인이 없는 급성 전염병이다. 까마귀가 내뱉는 떫은 고욤알 또한, 주인이 없다. 후드득 호박잎에 떨어져 모이는 빗소리나 궂은 날 비와 함께 섞여 내리는 진눈깨비도, 산모롱이 돌 때마다 울려대던 기적도 값을 매길 수 없는 하찮음이다. 갓 태어남은 있어도 손사래 치고 싶은 것들이 다가와 시 창작의 대상이 되었다.

마지막 상관물은 갸륵한 차일이다. 귀한 물건이 생기면 감춰두기도 하고, 살포시 가려두거나 소박하게 덮어두던 차일도 시적 상관물이다. 초가에서 한두 마리 키우던 멍멍이도 즐겨 찾는 소재였다. 상품가치가 없어 팔지 못하는 조랑말이나, 살며시 훔쳐보던 손거울, 가장 이상적인 여인상이었던 홍래 누이의 갸륵한 모습도 즐겨 찾는 소재로 늘 살아 있다.

2-3) 산고의 결과로 나타난 시적 공간은 자연과의 교감, 사소한 세계의 금선, 시 의식의 확대란 부제로 고찰하였다.

자연과의 교감은 세 개의 시각으로 구분하였다. 먼저, 머무름, 그대로의 자연이다. 그의 시에 듬뿍 담긴 서정적 정취는 도시의 무딘 인심에 식상해 있던 마음까지 평온함으로 찾아와 감동을 안겨준다. 다음은, 인간과 자연이 조화롭게 공존하는 어울림의 자연이다. 도전적인 도시보다는 토속적인 자연을 노래하며 살게 한 어울림의 공간이다. 마지막은, 바라봄의 공간, 이상과 현실의 괴리감이 느껴지는 그림 속의 자연이다. 머리에서 그리던 전원을 상실한 시인은 그림과 현실 속의 소가 같지 않음을, 인식하고 탄식해보지만 되돌릴 수 없는 자연은 그림 속에서나 찾게 되는 바라봄의 자연이다.

시적 공간은 시의 치마꼬리였던 사소한 세계의 금선이다. 사소한 세계를 향하여 끊임없이 토해내던 진한 울림이다. 울림은 먼저, 칼춤의 섬광에서 전해온다. 너무나 사소하고 보잘것없는 삽화 한 쪽에도 철저한 관찰력과 무서운 직관력을 발휘했다. 찰나의 경계는 섬뜩한 긴장을 풀지 못하게 하고, 그 순간을 사로잡아 돌아서게 하는 힘으로 가슴 찡한 감동을 선사한다. 울림의 두 번째는, 포근히 안아주는 어머니의 숨결과, 전통의 계승으로 가없이 넓은 시를 품게 했다. 어머니의 숨결은 삼베 폭처럼 소박하지만 마음과 마음을 이어주는 정점의 진실이 되었고, 전통은 토속적인 정서에 영원한 의미와 가치를 부여했다.

지향한 시 의식의 확대는 언어를 망각한 침묵의 언어로 진짜 시를 쓰고 싶은 노력이었다. 시집 발간을 기준으로 초기의 작품들부터 『싸락눈』까지를 전기 시, 『강아지풀』까지를 중기 시, 『백발의 꽃대궁』에서 1980년대의 작품을 후기 시로 구분하여 시 의식을 고찰하였다. 전기 시는 고독한 자아의 길 찾기로써 젊음이 주는 괴로움을 담았다. 근원적인 고독의식과 절망감에 두고 있다는 전기 시의 특징은 감정이 배제되지 않고 관념적인 시어 및 시인의 감정이 그대로 표출되는 양상을 보인다. 중기 시는 눈물 대신 땀으로 쓴 격정의 소산이다. 중기 시의 특징은 이미지의 제시나 반복과 병치, 절제된 감정에서 표출된 시의 간결성이다. 후기 시는 삼박자의 꿈을 완성하려는 고호의 지평이다. 평생 시인이라는 명분 이외에는 그 어느 직함도 가지려 하지 않았던 박용래는 고호나 백결 선생 같이 하나의 꿈에다 전 생애를 걸고 간 사람으로 기억되길 바랐다.

3장에서는 실제적인 시 창작의 실행으로 제1행을 쓰는 방법, 행간을 쪼개고 채우는 방법, 탈고로 고찰하였다.

3-1) 시의 제1행, 수수께끼의 바다라고 했던 시의 제1행을 어떻게 창작했는가 하는 문제는 중요하다. 하지만 중요성을 인식하면서도 제1행을 멋지게 장식한 공식은 마지막에 남는 단골 이미지, 돌보지 않아도 아름다운 토종의 꽃과 채소, 끝이 시작이 되기도 하는 미완의 완결로 채워졌다.

시의 제1행은 지우고 지우다 마지막에 남는 것으로 중심 이미지인 단골 이미지이다. 『먼 바다』에 수록된 시 168편, 전체의 첫 행을 중심어를 조사한 결과, 사물이나 인간의 '행위와 모습'을 나타내는 단골 이미지로 시작한 첫 행이 47건(28%)을 차지했다.

시의 제1행은 돌보지 않아도 아름다운 까마귀가 내뱉는 떫은 고욤알이다. 떫은 고욤알을 찾기 위해서 시 168편의 첫 행에서 단골 이미지를 중심어로 정하고, 중심어를 먼저 생물·무생물로 구분한 결과, 첫 행의 단골 이미지는 '꽃'과 '채소' 이미지였다. 토속적이고 정감어린 정취가 묻어나는 우리 토종의 고욤알은, 바로 빨간 양귀비의 꽃말처럼 돌보지 않아도 아름다운 것들인 댑싸리나 민들레, 청참외와 호박잎이다.

수미상동(首尾相同)을 이루는 미완의 완결이다. 끝 행을 첫 행과 똑같이 장식한 시가 7편이다. 시의 주제는 모두 자전적인 것으로, 첫 행과 끝 행을 조심스럽게 꿰었던 구슬은 다름 아닌 자신을 향한 노래이다.

3-2) 두 번째 시 창작의 실행은 행간 처리방법이다. 행간의 여백에

차마 말로 표현하지 못하는 슬픔과 외로움의 고통을 풀어놓았다. 그 행간을 겹겹이 들춰가며 여백에 숨겨둔 박용래 시의 매력이 무엇인지를 행, 운율, 여백과 긴장이라는 부제로 고찰하였다.

행간에 장미를 피우는 일은 주절주절 언어를 늘어놓기보다 채워져야 할 많은 틈에 의미가 깃들게 했다. 행간의 침묵이 시를 언어의 차원으로부터 해방시키고, 생각의 날개를 다는 일임을 일찍이 간파했기 때문에, 여백의 행간보다는 단어의 중복과 반복으로 변형된, 전혀 다른 모습의 산문시적 행간을 세상에 선보이며 시적 정서를 농축시켰다.

자신의 시 행간에서 기대한 두 번째 바람은 까마귀 소리 같은 음영을 담는 일이다. 소리의 깊이와 파장의 미묘한 차이에서 느껴지는 정취를 제각각 구분하여 이름을 붙이고, 제자리를 찾아주는 차별화 전략을 택했다. 운율은 논리적인 구문이나 의미의 표현보다 함축의 의미를 불어넣으며 백지와의 대화를 이끌어냈다.

긴장과 여백은 잔물결, 바람결 박자를 찾게 했다. 행간을 표현하는 마지막 방법은 줄표 '―'를 사용하여 시적 긴장과 여백의 효과를 대신했다. 박용래는 과감한 생략과 단절의 이미저리로 경제적인 말의 사용은 물론, 행의 구분과 문장 부호의 효용을 성공적으로 보여준다.

3-3) 매번 구름 같은 우울로 마무리했던 탈고는 제목 고치기와, 내용 지우기, 초고를 발표했던 세 가지 방법이다.

제목 고치기를 했던 슬픈 습성이다. 시 한 편을 쓴 뒤에는 자신의 기대수준에 미치지 못하는 부족함의 연민을 채우고자 제목을 고쳤다. 며칠을 고민하고 수 없이 휴지로 버려진 고침 끝에 제목은 「꽃물」 → 「노을」 → 「꽃물」로 바뀌었고 시행도 14행에서 17행으로 늘어났으며, 음절도 추가되거나 삭제되었으며, 심지어 마지막행의 마침표까지도 삭제했다.

심약한 미련의 탓으로 시의 내용을 바꾸거나 수정하였다. 띄어쓰기와 마침표 등에서 차이가 있으며, 행이나 연이 시집마다 차례로 추가된 시 「모일」이 있다. 특이하게 연마다 일련번호를 적었는데, 전체 160편을 통틀어 「모일」뿐이다.

시와 진실 사이에서 고민하며, 초고를 그대로 발표한 경우이다. 경계를 쉽게 정할 수 없었기에 탈고를 향한 고민과 번뇌는 끝없이 계속되었다. 「시락죽」은 박용래가 밝힌 탈고의 변처럼 비교적 짧은 시간에 손을 뗀 시편이며, 시집 『강아지풀』과 『먼 바다』를 살펴봐도, 내용상에는 전혀 변화가 없다.

4장에서는 시란 짧은 형식에 더 많은 세계를 담고 싶었던 박용래가 자신을 쳐 끊임없이 달려온 결과인 시 창작의 확장을 변형묘사, 형태미, 익살의 시, 명사형 끝마침으로 고찰하였다.

4-1) 조용한 응시에서 건져낸 변형묘사이다. 독자적 시 세계에 천착하려는 노력은 형식적 측면에서 압축과 묘사로 사물을 이미지화했다. 누구보다도 미의식이 강하여 행간마다 무한한 침묵의 공간미를 깔아놓았던 그의 시는, 한결같이 응축되어, 대담한 생략으로 짧은 행을 택했다. 자연이라는 대상을 있는 그대로 묘사하기보다, 변형묘

사를 통해서 응시와 여백을 잘 보여준다. 또 다른 특징은 쓰고 지우기를 반복하며 세필로 그려낸 산문시였다. 박용래의 산문시는 토속적인 우리말로 채색되어 운문보다 시적 긴장감과 응집력을 더 밀도 있게 보여주는 풍경화다.

4-2) 형식이 아닌 형식의 시로 시도한 형태미이다. 의도적으로 음절을 끊어 행간걸침을 하고, 일정한 구조를 만듦으로 형태시로 발전시켰다. 「강아지풀」과 「취락」은 박용래의 시가 맞는지 의심이 들 정도로 정형화된 사각의 틀에 억지로 채워 넣었다. 이 독특한 시행의 가장 큰 특징은 의미나 리듬, 이미지의 행으로 행갈이를 하지 않고, 모두 강조의 행으로 했다. 그 결과 문법적 주술관계가 자연스럽게 파괴되고, 의미까지 절단하는 파격적인 시행은 형태미의 전략이다.

4-3) 황홀과 불안을 넘나든 익살의 시도 창작했다. 박용래의 지치지 않는 호기심은 익살을 통해서 재미의 시학을 택함으로써 경직된 분위기보다는 유연한 분위기를 만들었다. 다양한 얘깃거리를 추슬러 가며 여문 시선으로 재미 속에 의미를 담아냈다. 이처럼 황홀과 불안을 넘나들게 하는 익살은 시의 여러 가지 기능 중에서 독자의 자제력을 강화시키기보다 감정의 고삐를 풀게 하여, 오히려 시들어가는 화초에 물을 대주는 역설적인 효과를 갖게 한다.

4-4) 명사형 끝마침으로 새로운 시행을 정립한 천재의 함성이 있

다. 시의 생명력을 보존하고 향유하는 길은 경계를 허무는 방법이다. 그런 흔적의 결과가 시행의 끝을 명사형으로 끝마치게 했다. 스스로 연금되는 고통을 마다하고 서술하듯 반복과 점층, 명사형 끝마침까지 폭넓게 적용했다. 무엇보다 명사형 마무리의 장점은 후광효과를 일으켜 의미를 배가시키는데 있다.

지금까지 박용래의 시 창작방법을 고찰하였다. 오직 시에 대한 열정으로 철저하고 치열하게 살다간 낭만주의자로 기억하는 박용래는, 늘 같은 자리에 머물렀지만, 시 창작방법은 여러 갈래의 모습으로 진보했음을 알았다. 맑고 곧은 시심을 청시사에서 닦아가며, 하찮음을 건져 올려 바람결을 새기고, 허드레를 품에 안고 잔물결을 그리던 시인은, 당랑의 금선으로 경계를 넘나들며 지평을 여는 수고를 게을리 하지 않았다.

창작방법의 전체를 아우를 욕심으로 깊이보다는 넓이에 너무 치우친 감은 미련으로 남는다. 하지만, 평온의 차일에 감추어둔 씨오쟁이를 뒤져가며 창작방법의 공식을 박용래의 언어로 풀었다는데 의미를 둔다.

부록

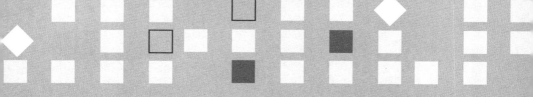

■ 박용래 연보*

1925년 : 음력 1월 14일, 충청남도(忠淸南道) 논산군(論山君) 강경읍(江景邑) 본정
리(本町里)에서 소지주(小地主)이며 유생(儒生)인 박원태(朴元泰)와 김정자
(金正子) 사이의 3남 1녀(봉래(鳳來)·학래(鶴來)·홍래(鴻來)·용래(龍來)
중 막내로 출생. 본관(本貫)은 밀양(密陽). 호적상의 본적인 충남(忠南)
부여군(夫餘郡) 부여면(夫餘面) 관북리(官北里) 70번지는 가향(家鄕)이며, 8
월 14일로 된 생년월일은 출생신고 당일의 날짜임.

1934년 : 강경읍(江景邑) 중앙보통학교(中央普通學校) 입학.

1939년 : 중앙보통학교 졸업. 강경상업학교(江景商業學校) 입학. 학업과 품행의
모범생이었고 미술반장으로서 미술에 특기를 보임. 명랑·활달한 성
격으로 일인(日人) 담임교사의 총애를 받았고, 여름방학 때 도일(渡日)
하는 담임선생을 따라 담임선생의 고향인 녹아도(鹿兒島) 여행을 계획
했으나 여수항에서 '조선인'으로서의 도항증(渡航證)이 없어서 도일을
포기함. 이로써 망국민의 비애를 처음 경험함.

1940년 : 읍내 황산교(黃山橋) 너머로 출가(出嫁)했던 홍래(鴻來) 누이가 초산(初産)
의 산고(産苦)로 사망함. 이 충격으로 삶에 회의를 품기 시작하고 내
성적인 우울한 성격으로 돌변하였으며, 감상주의적인 문체로 사춘기

---

* 박용래 시전집 『먼 바다』에서 이문구(李文求)가 작성한 연보를 그대로 인용함,
  pp.274~277.

남녀의 인기를 독점하고 있던 길전현차랑(吉田絃次郎)의 『전원일기(田園日記)』 및 여행기를 탐독함. 그러나 강인한 성격은 여전하여 학교대표 정구선수로 활약.

1943년 : 강경상업학교(江景商業學校)를 전교 수석으로 졸업. 3학년 때는 대대장(大隊長)으로서 탁월한 통솔력을 발휘하였으나 강경읍내 여학생들의 유혹에는 달아나기에 바빴던 수줍은 성격이었고, 우울할 때에는 시를 습작하기도 함. 조선은행(朝鮮銀行)－한국은행전신(韓國銀行前身)－군산지점에서 형식적인 면접을 마치고 서울의 본점근무 발령에 따라 상경. 처음 주어진 임무는 소각장에 넘겨지는 헌 돈을 헤아리는 일이었던바, 은행원으로서 염증을 느끼기 시작한 것도 이와 관련이 깊음.

1944년 : 블라디보스독행 조선은행권 현금 수송열차의 입회인을 자청하여 두만강을 건너갔다 옴. 장성탄광(長城炭鑛)의 토목기사였던 백씨(伯氏)의 사직으로 백씨 가족의 생활비를 대는 일에 벅차서 합리적인 생활을 도모하고자, 조선은행 대전지점 개설에 따라 대전지점으로 전근. 인구 5만 명의 대전은 원했던 전원도시 생활의 최적지여서 만족하였음.

1945년 : 7월 초, 징집영장을 받고 사직. 8월 14일 대전역을 떠나 군용열차편에 실리어 상경. 이튿날 용산역에 도착하여 해방을 맞이함.

1946년 : 일본에서 귀국하여 부산 교외(동래)에서 농장을 시작한 김소운(金素雲) 선생을 방문, 50일간 농장에서 일하면서 문학을 이야기함. 계룡산의 사찰과 부여 일대 백제의 유적을 답사하면서 시를 습작. 정훈(丁薰), 이재복(李在福), 박희선(朴喜宣), 하유상(河有祥), 원영한(元英漢) 등과 '동백시인회(栢栢詩人會)'를 조직하고 동인지 『동백(栢栢)』의 간행과 함께 시를 발표함. 호서중학교(湖西中學校) 교사로 취임하여 국어와 상업을 강의. 특히 동료교사인 화가 백양(白洋) 씨의 아틀리에에서 미술과 음악에 심취함.

1948년 : 대전 보문중학교(普文中學校) 교사로 전근.

1950년 : 초등학교 교사 채용시험 합격(제226호). 6 · 25 동란 발발. 논산군 부적면 김학중 씨의 과수원에서 가정교사를 하면서 피난생활, 난리 중에도 논산읍내 하유상의 집에서 음주(飮酒)를 하면서 암담한 시절을 보냈으며 사변 중에 부모를 사별함.

1953년 : 상경하여 도서출판 창조사(創造社)의 편집원으로 근무.

1954년 : 대전으로 돌아옴.

1955년 : 중학교 국어과 준교사 자격을 취득. 대전철도학교(현 중도공고(中都工高)) 교사 취임. 친구 원영한의 중매로 전주(全州) 이씨(李氏) 태준(台俊)과 결혼.

1956년 : 대전철도학교 사임. 부인, 간호원으로 복직. 1955년 『현대문학(現代文學)』에 「가을의 노래」로 박두진(朴斗鎭) 선생의 첫 추천을 받은 뒤 이어서 같은 해 「황토(黃土)길」, 「땅」으로 3회 추천을 완료하여 문단에 오름. 평생의 지우(知友) 임강빈(任剛彬)과 만남.

1957년 : 장녀(長女) 노아(魯雅) 출생.

1959년 : 차녀(次女) 연(燕) 출생.

1960년 : 한밭중학교 교사 취임.

1961년 : 당진군(唐津郡) 송악중학교(松岳中學校) 교사로 전근. 삼녀(三女) 수명(水明) 출생. 제5회 충청남도(忠淸南道) 문화상(文化賞) 수상.

1965년 : 송악중학교 사임. 대전시(大田市) 오류동(五柳洞) 17-15번지에 정착. 택호(宅號)를 청시사(靑枾舍)라고 자호(自號)함.

1966년 : 사녀(四女) 진아(眞雅) 출생.

1968년 : 차녀(次女) 연(燕)의 그림 2점이 초등학교 5, 6학년 미술 교과서에 수록되자 자신의 미술적 재질이 자녀에게 전수된 것에 기대를 함.

1969년 : 한국시인협회(韓國詩人協會) 주관의 '오늘의 한국시인선집(韓國詩人選集)'으로 첫시집 『싸락눈』 삼애사(三愛社) 출간.
「저녁눈」으로 『현대시학(現代詩學)』 제정 제1회 작품상 수상.

1971년 : 한성기(韓性祺), 임강빈(任剛彬), 최원규(崔元圭), 조남익(趙南翼), 홍희표(洪禧杓) 등 대전의 시인들과 6인 시집 『청와집(靑蛙集)』(한국시인협회) 출간.
장남(長男) 노성(魯城) 출생.

1973년 : 대전북중학교 교사 취임. 고혈압의 증세로 수개월 후 사임.

1974년 : 한국문인협회(韓國文人協會) 충남지부장(忠南支部長) 피선(被選).

1975년 : '오늘의 시인총서(詩人叢書)'로 제2시집이자 시선집(詩選集)인 『강아지풀』(민음사) 출간.

1978년 : 『문학사상』에 에세이 「호박잎에 모이는 빗소리」 연재.

1979년 : '현대시인선(現代詩人選)'으로 제3시집 『백발(白髮)의 꽃대궁』(문학예술사) 출간.

1980년 : 7월, 교통사고로 3개월간 입원 치료.

10월, 장녀(長女) 노아(魯雅) 출가(出嫁).

11월 21일 오후 1시, 심장마비로 자택에서 별세(향년55세). 충남문인협회장(忠南文人協會葬)으로 영결(永訣). 대덕군(大德郡) 산내면(山內面) 삼괴리(三槐里) 천주교(天主敎) 묘지(墓地)에 안식(安息).

12월, 사후(死後), 시(詩) 「먼 바다」와 시집 『백발(白髮)의 꽃대궁』으로 『한국문학(韓國文學)』 제정 제7회 한국문학작가상(韓國文學作家賞) 수상.

1984년 : 10월, 박용래(朴龍來) 시전집(詩全集) 『먼 바다』(창작과비평사) 출간.

10월 27일, 대전(大田) 보문산(寶文山) 국민공원(國民公園)에서 박용래시비(朴龍來詩碑) 제막(除幕).

■ 『먼 바다』 수록 시 발표 목록

시집 차례	순서	제목	발표지 및 수록시집			
			발표지	강	싸	백
제1부 鶴의 落淚	1	감새	심상(1984.10)—유고시			
	2	오류동(五柳洞)의 동전	심상(1984.10)—유고시			
	3	뻐꾸기 소리	한국문학(1984.10)—유고시			
	4	꿈속의 꿈	한국문학(1984.10)—유고시			
	5	음화(陰畵)	세계의문학(1980.겨울)			
	6	육십의 가을	세계의문학(1980.겨울)			
	7	첫눈	세계의문학(1980.겨울)			
	8	먼 바다	창작과비평사(1980.11)			
	9	손 끝에	선미술(1980.가을)			
	10	초당(草堂)에 매화(梅花)	청파문학(1980.10)			
	11	점하나	주부생활(1980.9)			
	12	열사흘	현대문학(1980.8)			
	13	명매기(칼새/여름철새)	현대문학(1980.8)			
	14	보름	한국문학(1980.5)			
	15	앵두, 살구꽃 피면	현대문학(1980.8)			
	16	버드나무 길	현대시학(1980.4)			
	17	부여(扶餘)	심상(1980.3)			
	18	오호	문학사상(1980.2)			
	19	겨레의 푸른 가슴에 축복(祝福)가득	충청일보(1980.1.1)			
	20	사역사(使役詞)				

시집 차례	순서	제목	발표지 및 수록시집			
			발표지	강	싸	백
제1부 鶴 의 落 淚	21	물기머금풍경1	문학사상(1980.2)			
	22	물기머금풍경2	엘레강스(1979.12)			
	23	저물녘	문학사상(1979.11)			
	24	제비꽃 2	문예중앙(1978.겨울)			
	25	밭머리에 서서	충남문학(1978.2)			
	26	연지빛 반달형	주간 시민(1977.5)			
	27	바람 속	세대(1977.3)			
	28	논산(論山)을 지나며	월간문학(1977.2)			
	29	학(鶴)의 낙루(落淚)	월간중앙(1975.12)			
	30	잔	월간문학(1977.2)			
	31	처마밑	한국문학(1975.10)			
	32	계룡산(鷄龍山)	(1975.11.11)			
	33	만선을 위해	새충남(1975.1)			
	34	접분(接分)	창작과비평(1974.여름)			
	35	곰팡이	창작과비평(1974.여름)			
	36	자화상3	현대시학(1974.6)			
	37	뺏기	시문학(1974.1)			
제2부 白 髮 의 꽃 대 궁	38	건들장마	현대문학(1977.1)			*
	39	누가	문학과지성(1975.여름)			*
	40	눈발 털며/눈오는 날	문학과지성(1975.여름)			*
	41	우편함(郵便函)	문학과지성(1975.여름)			*
	42	풀꽃	현대문학(1975.9)			*
	43	면벽(面壁) 1	(1975)			*
	44	불티	시문학(1975.11)			*
	45	구절초(九節草)	한국문학(1975.1)			*
	46	월훈(月暈)	문학사상(1976.3)			*
	47	제비꽃	현대시학(1976.4)			*
	48	얼레빗 참빗	서울신문(1976)			*

시집 차례	순서	제목	발표지 및 수록시집			
			발표지	강	싸	백
제2부 白 髮 의 꽃 대 궁	49	목련(木蓮)	현대문학(1976.7)			*
	50	콩밭머리	한국문학(1976.6)			*
	51	군산항(群山港)	심상(1976.7)			*
	52	먹감	호서문학(1976.봄)			*
	53	유우(流寓)1	현대시학(1977.10)			*
	54	풍경(風磬)	현대문학(1977.5)			*
	55	동요풍(動搖風)	문학사상(1977.11)			*
	55-1	(동요풍)가을	문학사상(1977.11)			*
	55-2	(동요풍)나뭇잎	문학사상(1977.11)			*
	55-3	(동요풍)나비	문학사상(1977.11)			*
	55-4	(동요풍)민들레	문학사상(1977.11)			*
	55-5	(동요풍)원두막	문학사상(1977.11)			*
	56	나귀데불고	심상(1977.12)			*
	57	유우(流寓)2	(1978.2)			*
	58	장대비	신동아(1977.9)			*
	59	진눈깨비	한국문학(1978.5)			*
	60	해시계	심상(1978.5)			*
	61	폐광근처(廢鑛近處)	주부생활(1976.6)			*
	62	곡(曲)5편(篇)	문학과지성(1978.가을)			*
	62-1	(곡5편)대추랑	문학과지성(1978.가을)			*
	62-2	(곡5편)마을	문학과지성(1978.가을)			*
	62-3	(곡5편)어스름	문학과지성(1978.가을)			*
	62-4	(곡5편)여우비	문학과지성(1978.가을)			*
	62-5	(곡5편)황산메기	문학과지성(1978.가을)			*
	63	참매미				*
	64	은버늘 몇 잎	월간중앙(1978.12)			*
	65	산문(山門)에서	현대시학(1978.12)			*
	66	성(城)이 그림	심상(1978.12)			*

시집 차례	순서	제목	발표지 및 수록시집			
			발표지	강	싸	백
제2부 白 髮 의 꽃 대 궁	67	홍시(紅枾)있는 골목	한원(1979.11)			*
	68	미닫이에 얼비쳐	심상(1978.12)			*
	69	오늘은	여성중앙(1979.2)			*
	70	면벽(面壁) 2	한국문학(1979.3)			*
	71	영등할매	신동아(1979.4)			*
	72	행간(行間)의 장미	현대시학(1979.4)			*
	73	곡(曲)	심상(1979.5)			*
	74	막버스	심상(1979.5)			*
	75	쇠죽가마	문학사상(1979.6)			*
	76	목침(木枕) 돋우면	월간문학(1979.7)			*
	77	액자없는 그림	문예중앙(1979.겨울)			*
	78	동전(銅錢) 한 포대(包袋)	세대(1979.9)			*
	79	상치꽃 아욱꽃	여성동아(1979)			*
	80	소리	서울신문(1979.1.1)			
	81	Q씨의 아침 한 때	현대문학(1980.2)			*
	82	풍각장이	소년한국일보(1979.8.11)			*
제3부 강 아 지 풀	83	그 봄비	현대시학(1969.4)	*		
	84	강아지풀	월간문학(1969.12)	*		
	85	들판	현대문학(1970.1)	*		
	86	소감(小感)	(1970.4)	*		
	87	손 거울	(1970.4)	*		
	88	담장	현대문학(1970.4)	*		
	89	울안	현대문학(1970.4)	*		
	90	능선(稜線)	현대문학(1970.4)	*		
	91	공산(空山)	청와집(1971.10)	*		
	92	낮달	현대문학(1970.11)	*		
	93	공주(公州)에서	현대문학(1970.11)	*		
	94	먼 곳	현대문학(1970.11)	*		

시집차례	순서	제목	발표지 및 수록시집			
			발표지	강	싸	백
제3부 강아지풀	95	하관(下棺)	현대문학(1970.12)	*		
	96	고도(古都)	현대문학(1971.1)	*		
	97	낙차(落差)	월간문학(1971.2)	*		
	98	자화상(自畵像)1	현대시학(1971.5)	*		
	99	창포	시문학(1971.1)	*		
	100	댓진	시문학(1971.1)	*		
	101	고월(古月)	청와집(1971.10)	*		
	101	시락죽	문학사상(1973.5)	*		
	102	연시(軟枾)	현대문학(1973.8)	*		
	102	천(天)의 산(山)	조선일보(1972)	*		
	103	불도둑	월간중앙(1973.10)	*		
	103	서산(西山)	월간문학(1972.1)	*		
	104	나부끼네	월간문학(1972.11)	*		
	104	취락(聚落)	풀과별(1972.8)	*		
	105	귀울림/이명	현대시학(1972.11)	*		
	106	별리(別離)	시문학(1972.12)	*		
	107	미금(微昤)	서울신문(1973.1)	*		
	108	차일(遮日)	현대시학(1973.6)	*		
	109	샘터	신동아(1973.2)	*		
	110	반잔(盞)	시문학(1973.2)	*		
	115	요령(鐃鈴)	현대문학(1973.8)	*		
	116	할매	동아일보(1973.10)	*		
	117	자화상(自畵像)2	조선일보(1973.10)	*		
	118	꽃물	한국일보(1973.12)	*		
	119	소나기	(1974.3)	*		
	120	탁배기(濁盃器)	창작과비평(1974.여름)	*		
	121	우중행(雨中行)	현대시학(1974.6)	*		
	122	솔개 그림자	심상(1974.9)	*		

시집 차례	순서	제목	발표지 및 수록시집			
			발표지	강	싸	백
제3부 강아지풀	123	점묘(點苗)	월간문학(1974.9)	*		
	124	해바라기 단장(斷章)	(1974.11)	*		
	125	경주(慶州) 민들레	(1974.11)	*		
	126	현(弦)	현대문학(1975.1)	*		
	127	겨울 산(山)	(1975.1)	*		
제4부 싸락눈	128	눈	(1953.11)	*	*	
	129	겨울밤	(1953.12)	*	*	
	130	설야(雪夜)	(1953.12)	*	*	
	131	엉겅퀴	현대문학(1956.10)		*	
	132	땅	현대문학(1950.4)	*	*	
	133	가을의 노래	현대문학(1955.6)	*	*	
	134	황토(黃土)길/황톳길	현대문학(1956.1)	*	*	
	135	코스모스	현대문학(1957.11)	*	*	
	136	뜨락	현대문학(1958.9)	*	*	
	137	울타리밖	현대문학(1959.2)	*	*	
	138	잡목림(雜木林)	현대문학(1959.8)	*	*	
	139	추일(秋日)	현대문학(1960.2)	*	*	
	140	고향(故鄕)	현대문학(1960.3)	*	*	
	141	엽서(葉書)/엽서에	현대문학(1961.12)	*	*	
	142	가학리(佳鶴里)	현대문학(1962.6)	*	*	
	143	산견(散見)	현대문학(1958.7)	*	*	
	144	모과차(木瓜茶)	현대문학(1960.10)	*	*	
	145	봄	(1964.1)	*	*	
	146	옛 사람들	(1964.1)	*	*	
	147	모일(某日)	현대문학(1964.1)	*	*	
	148	고추잠자리	현대문학(1965.1)	*	*	
	149	저녁눈	월간문학(1969.4)	*	*	
	150	삼동(三冬)	(1969.7)	*	*	

시집 차례	순서	제목	발표지 및 수록시집			
			발표지	강	싸	백
제4부 싸 락 눈	151	수중화(水中花)	(1969.11)	*	*	
	152	작은 물소리	(1967.10)		*	
	153	장갑	(1965.12)		*	
	154	정물(靜物)	(1965.11)		*	
	155	두멧집	현대문학(1963.5)		*	
	156	그늘이 흐르듯	현대문학(1962.5)		*	
	157	둘레	현대문학(1960.9)		*	
	158	한식	(1958.5)		*	
	159	고향소묘(故鄕素描)	(1958.3)		*	
	160	종(鍾)소리	(1954.3)		*	
인용시 편수				68	33	54

■ 박용래 학위 논문 목록

순서	년도	구분	연구자	지도교수	제목	학교
1	1986	석사	김종익	마광수	박용래 시 연구 -한국적 삶의 근원적 실상과 본질	연세대
2	1992	석사	전경희	김재홍	박용래 시 연구	경희대
3	1993	석사	권상기	윤한대	박용래 시 연구 -시전집 <먼 바다>를 중심으로	순천향대
4	1993	석사	권태주	성기조	박용래 시의 전통성 연구	한국교원대
5	1993	석사	문현주	김현자	박용래 시 연구	이화여대
6	1994	석사	김소연	문영욱	1950년대 시 연구 -전봉건, 김종삼, 박용래의 초기시를 중심으로	성심여대
7	1995	석사	강경자	오탁번	박용래 시 연구 -시의식을 중심으로	고려대
8	1995	석사	정대진	민병기	박용래 시 연구 -작품의 형식이 가지는 의미를 중심으로	창원대
9	1996	박사	정한용	김재홍	한국 현대시의 초월지향성 연구 -김종삼, 박용래, 천상병 시를 중심으로	경희대
10	1996	석사	김성우	이건청	박용래 시 연구	한양대
11	1997	석사	허기순	김학동	박용래 시 연구	서강대
12	1997	석사	노미영	김현자	박용래 시의 미적 거리 연구	이화여대
13	1998	석사	김연제	박노균	김종삼, 박용래 시 비교연구	충북대
14	1998	석사	최윤정	박철희	박용래 시 연구	서강대
15	2000	석사	민경희	권명옥	박용래 시 연구	세명대
16	2000	석사	이문례		박용래 시 연구	한남대

순서	년도	구분	연구자	지도 교수	제목	학교
17	2000	석사	이소연	김재홍	박용래 시의 상상력 연구	경희대
18	2001	박사	박영우	감태준	박용래 시 연구	중앙대
19	2001	석사	최동일	권영태	박용래 시의 의식 지향성 연구	숭실대
20	2001	석사	김혜순	홍신선	박용래 시의 비유 구조 연구	동국대
21	2002	박사	박유미	한영옥	1950년 대 전통서정시 연구 -이동주, 박용래, 박재삼, 이성교 시를 중심으로	성신여대
22	2002	석사	박선경	김석환	박용래 시집<강아지풀>연구 -대립적 공간구조를 중심으로	명지대
23	2002	석사	차수경	김석환	박용래 시의 구조적 특성 연구	명지대
24	2002	석사	이가회	김명인	박용래 시에 나타난 상징 연구 -물, 여성, 식물을 중심으로	고려대
25	2002	석사	윤미정	이성교	박용래 시 연구	성신여대
26	2002	석사	한숙향	구명숙	박용래 시 연구	숙명여대
27	2003	석사	박용춘	김석환	박용래 시 연구 -시간의식을 중심으로	명지대
28	2003	석사	임선경	양병호	박용래 시 연구	전북대
29	2003	석사	전형철	최동호	박용래 시 연구 -자연인식의 변모양상을 중심으로	고려대
30	2004	석사	김성화	김명인	박용래 시의 생태적 상상력 연구	고려대
31	2005	석사	강순희	이승훈	박용래 시 연구 -상상력의 전개양상을 중심으로	한양대
32	2006	박사	김종호	김훈	한국 현대시의 원형 심상 연구 -박재삼, 박용래, 천상병의 시세계를 중심으로	강원대
33	2006	석사	윤미정	최학출	박용래 시 연구 -이미지의 가동성과 상상력을 중심으로	울산대
34	2006	석사	박치범	이남호	박용래 시의 생태적 특성 연구	고려대
35	2007	박사	이경철	홍기삼	한국 순수시의 서정성 연구 -천상병, 박용래 시를 중심으로	동국대
36	2007	석사	안성원	김현자	김용삼, 박용래 시의 시간의식 연구	이화여대

■ 박용래 학위 논문 순서

연구자	김종익	전경희
발표년도/구분	1986/석사	1992/석사
대학/지도교수	연세대/마광수	경희대/김재홍
제목	박용래 시 연구 −한국적 삶의 근원적 실상과 본질 추구	박용래 시 연구
차례	I. 서론 II. 본론 　1. 향토성의 세계 　　1) 사물 　　2) 배경 　　3) 인물 　　4) 향토세계의 존재방식 　　5) 향토세계의 의미 　2. 회상의 세계 　　1) 추억 　　2) 모상 　　3) 여성취향 　　4) 회상세계의 의미 　3. 현상으로서의 세계 　　1) 작은 것들의 세계 　　2) 사라지는 것들의 세계 　　3) 부재의 세계 　　4) 현상으로서의 세계의 의미 　4. 총체적 의미 III. 결론	I.서론 　1. 문제제기 　2. 연구사 　3. 연구방법과 범위 II. 정신적 외상과 세계수용양상 　1. 누이컴플렉스 　2. 세계수용양상 III. 형태적 고찰 　1. 시행 특성 　2. 연의 구분 　3. 시의 구성 IV. 이미지와 시의식의 전개 　1. 초기-존재론적 인식의 극복양상 　　1) 물의 이미지와 존재론적 인식 　　2) 고향 이미지와 회귀 의식 　　3) 눈 이미지와 화해 지향 　2. 중기-시선의 집중과 확대 　　1) 식물 이미지와 자기 연민 　　2) 여성 이미지와 한 　3. 후기-방향모색의 이중구조 　　1) 바람 이미지와 현실 인식 　　2) 유년 이미지,정지된 시간 　　3) 순수지향, 달관 V.결론
총페이지	60	80

연구자	권상기	권태주
발표년도/구분	1993/석사	1993/석사
대학/지도교수	순천향대/윤한대	한국교원대/성기조
제목	박용래 시 연구 －시전집 <먼바다>를 중심으로	박용래 시의 전통성 연구

차례	Ⅰ. 서론
	 1. 연구의 목적
	 2. 연구방법 및 대상작품
	Ⅱ. 본론
	 1. 작가의 생애와 문학세계
	 2. 박용래시의 특성
	  1) 회귀의식
	  2) 자연현상과 향토애
	  3) 과거적 상상력과 인간애
	  4) 달관의식
	Ⅲ. 결론
		Ⅰ. 서론
		 1. 연구목적
		 2. 연구사 검토
		 3. 연구 방법
		Ⅱ. 생애와 작품활동
		 1. 생애
		 2. 작품활동
		Ⅲ. 박용래의 시 세계
		 1. 회상과 회귀의 세계
		  1) 과거 회상
		  2) 고향 회귀
		 2. 향토적 정서
		  1) 자연의 인시과 동화
		  2) 토착어의 사용
		 3. 정한의 세계와 달관 의식
		  1) 정한의 세계
		  2) 삶에 대한 달관
		Ⅳ. 박용래 시의 전통성
		 1. 전통적 정서
		 2. 전통적 율격
		 3. 시사적 위치
		Ⅴ. 결론

총페이지	38	65

연구자	문현주	김소연
발표년도/구분	1993/석사	1994/석사
대학/지도교수	이화여대/김현자	성심여대/문영옥
제목	박용래 시 연구	1950년대 시 연구 －전봉건, 김종삼, 박용래의 초기시를 중심으로
차례	I. 서론 　1. 연구사 및 문제제기 　2. 연구방법 II. 외적 형식과 병렬구조 　1. 동일 시행과 시적대상의 일치 　　1) 구의 반복과 일탈의 리듬 　　2) 평서형어미와 부정시제 　2. 분절 형태와 시적대상으로서의 집중 　　1) 행간걸침과 시각적 형상미 　　2) 명사형 종결과 병치은유 III. 내적 형식과 이미지의 구조 　1. 축소 이미지와 본원적 생명력 　　1) 변두리 공간으로의 응집 　　　'골목안 참새','울안','콩알','현' 　　2) 가벼움과 상승의지: 　　　'풀꽃','반딧불','이슬','개밥별' 　2. 유동적 이미지와 양가성의 미학 　　1) '미명'과 '잔광'의 교차성 　　2) '풀리고', '번지는 물기'의 이중성 IV. 결론	I. 서론 　1. 문제 제기 및 연구 목적 　2. 선행 연구 고찰 및 연구 방법 　　1) 선행 연구의 고찰 　　2) 연구 방법 II. 1950년대의 시사적 특성 　1. 전쟁 체험과 시대상황 　2. 1950년대 시단의 특성 III. 전봉건, 김종삼, 박용래의 시세계 　1. 이미지의 확장성 　　1) 전봉건의 '피'이미지 　　2) 김종삼의 '물'이미지 　　3) 박용래의 '흙'이미지 　2. 시적 자아의 지향 세계 　　1) 전봉건의 여성성 　　2) 김종삼의 동심 세계 　　3) 박용래의 전원 지향 　3. 시적 인식의 공간 구조 　　1) 전봉건-원형의 공간 　　2) 김종삼-부재의 공간 　　3) 박용래-소외의 공간 IV. 전봉건, 김종삼, 박용래의 시세 　계에 관한 대비적 고찰 V. 결론
총페이지	97	111

연구자	정대진	강경자
발표년도/구분	1995/석사	1995/석사
대학/지도교수	창원대/민병기	고려대/오탁번
제목	박용래 시 연구 －작품의 형식이 가지는 의미를 중심으로	박용래 시 연구 －시의식을 중심으로
차례	Ⅰ. 서론 　1. 문제 제기 　2. 연구사 검토 　3. 연구 방법 Ⅱ. 생애와 창작 활동 Ⅲ. 박용래의 시 세계 　1. 현실의 소외와 존재의 무의미성 　2. 잃어버린 누이에 대한 회상 　3. 피동적 위로의 장소 '고향' Ⅳ. 시의 율격 형식 　1. 시의 율격 양상 　2. 시행에 드러난 율격 　　1) 압운 현상 　　2) 유포니 현상 　　3) 양행 걸침 Ⅴ. 시의 형태 구성 양식 　1. 반복구성 　2. 敍景과 敍情의 구성 Ⅵ. 음성상징 Ⅶ. 결론	Ⅰ. 서론 　1. 연구사 요약 　2. 연구목적과 방법 Ⅱ. 본론 　1. 소멸의 시의식 　　1) 이별이미지와 소외의식 　　2) 孤寂의 공간 　　3) 존재의 無化와 소멸의식의 심화 　2. 생성의 시의식 　　1) 친족 이미지와 혈연적 紐帶의식 　　2) 평화의 공간 　　3) 고통의 극복과 자아의 상승 　3. 폐쇄의 시의식 　　1) 하강 이미지와 현실인식 　　2) 凝視의 공간 　　3) 무위자연과 내면의 平靜 Ⅲ. 결론
총페이지	88	77

연구자	김성우	정한용
발표년도/구분	1996/석사	1996/박사
대학/지도교수	한양대/이건청	경희대/김재홍
제목	박용래 시 연구	한국 현대시의 초월지향성 연구 -김종삼, 박용래, 천상병을 중심으로
차례	I. 서론 　1. 문제제기 　2. 생애 　3. 연구사 　4. 연구방법 II. 본론 　1. 한계상황과 연민 　2. 향수와 과거복원 　3. 모성회귀와 퇴행 　4. 초월과 자기현실 III. 결론	I. 서론 　1. 연구의 목적, 범위, 방법 　　1) 연구의 목적 　　2) 세시인:김종삼, 박용래, 천상병 　　3) 연구의 범위 　　4) 연구의 방법 　2. 연구사 　　1) 초월성에 대한 칸트의 연구 　　2) 초월성에 대한 근대/탈근대 철학자들의 연구 　　3) 김종삼, 박용래, 천상병에 대한 연구 II. 초월성에 대한 논의 　1. 포퍼, 쿤의 견해 　　1) 논쟁의 전개 　　2) 논리경험주의 　　3) 정상과학과 패러다임 　　4) 논쟁의 결과 　2. 훗설, 하이데거의 견해 　　1) 현상학적 환원 　　2) 의미부여작용 　　3) 현존재와 언어 　3. 푸코, 데리다의견해 　　1) 논쟁의 과정 　　2) 차연(差延) 　　3) 지식과 권력 　　4) 주체의 역할 　4. 국문학에서의논의 　　1) 김현, 김진석의 푸코-데리다 논쟁 해석 　　2) 김진석의 '포월'개념 　　3) 근대시론에서의 초월지향

연구자	허기순	노미영
발표년도/구분	1997/석사	1997/석사
대학/지도교수	서강대/김학동	이화여대/김현자
제목	박용래 시 연구	박용래 시의 미적 거리 연구
차례	I. 서론 1. 연구목적과 문제 제기 2. 기존 논의 검토 3. 연구 방법과 대상 II. 고독, 연민, 허무의식과 비애의 정조 1. 소외된 자아와 고독의식 1) 어둠의 현실과 애상성 2) 새로운 미래의 설계와 고독의 승화 2. 소외감과 연민의식 1) 소외된 것들에 대한 연민의 정 2) 사물화와 자기소멸 3) 자기연민과 폐쇄공간에서의 탈출 3. 허무의식과 초탈의 세계관 1) 죽음에 대한 인식과 허무의식 2) 체념과 달관의 세계 3) '먼 바다'와 희망의지 III. 고향과 과거적인 것에의 회귀 1. 원형 공간으로서의 고향 회귀 1) 그리는 고향과 현실과의 괴리 2) 토속적 향토물과 자기와의 일치 2. 유년시절과 과거적인 것에의 회귀 1) 할머니와 어머니, 누님에 대한 그리움 2) 유년기의 놀이와 일탈의 시학 3) 동요풍의 세계 IV. 결어 부록 1. 작품연보 2. 박용래연보 3. 인터뷰 보고	I. 서론 1. 연구사 및 문제제기 2. 연구방법 II. 감각과 거리 의식 1. 시,청각의 멀리 두기 2. 시선의 이동과 비종결어미의 운용 3. 단독시행의 배열과 역동적 거리 III. 화법과 거리 의식 1. 간접화된 어법과 이중적 거리 2. 변형된 독백 IV. 결론
총페이지	75	72

연구자	김연제	이소연
발표년도/구분	1998/석사	2000/석사
대학/지도교수	충북대/박노균	경희대/김재홍
제목	김종삼, 박용래 시 비교연구	박용래 시의 상상력 연구
차례	I. 서론 　1. 연구 목적 및 연구사 검토 　2. 연구방법 II. 체험의 수용과 시공간 　1. 체험의 수용 　　1) 환상과 죽음의 이미지:김종삼 　　2) 여성지향성과 애상적 정서:박용래 　2. 시 공간 　　1) 환상적 전원의 추구:김종삼 　　2) 자연친화적 전원의 추구:박용래 III. '보여주기'의 시 기법 　　1) 무심한 풍경묘사와 절제:김종삼 　　2) 동양화적 응축미:박용래 IV. '전원'의 성격과 시 기법의 비교 　　1) '전원'의 성격 비교 　　2) 시 기법의 비교 V. 결론	I. 서론 　1. 문제제기 　2. 연구사 검토 　3. 연구방법 및 범위 II. 박용래 시의 중심 상상력과 변용 양상 　1. 물 상상력의 시적 변용 　　1) 슬픔의 물과 시적 응축 　　2) 궁핍한 삶과 물의 부정성 　　3) 회한의 기억과 물 　　4) 근원적 생명의 물 　2. 불 상상력의 시적 변용 　　1) 애상으로서의 불 　　2) 소멸의식과 불 　　3) 희망의 불 　3. 식물 상상력의 시적 변용 　　1) 고향회상의 매개로서의 식물 　　2) 소외의식과 식물 　　3) 대지적 생명원리의 식물 　4. 대기적 상상력의 시적 변용 　　1) 바람의 잉원화-현실인식과 생명력 　　2) 대기적 동물로서의 새-'새장 속의 새' 　　3) 달과 유년회상 III. 중심 상상력간의 상관관계 　1. 불과 물의 상관성 및 술의 의미 　2. 물과 식물의 상관성 　3. 물과 바람의 상관성 및 안개의 의미 　4. 불과 식물의 상관성-불의 꽃 　5. 바람과 식물의 상관성 V. 결론
총페이지	76	117

연구자	이문예	민경희
발표년도/구분	2000/석사	2000/석사
대학/지도교수	한남대/	세명대/권명옥
제목	박용래 시 연구	박용래 시 연구
차례	Ⅰ. 서론 　1. 연구목적 　2. 연구사 검토 및 연구방법 Ⅱ. 형태적 특성 분석 　1. 대립, 반복구조 　2. 대칭구조 　3. 점층구조 　4. 병치구조 Ⅲ. 이미지 분석 　1. 물 이미지 　2. 고향 이미지 　3. 눈 이미지 　4. 식물 이미지 　5. 여성 이미지 　6. 바람 이미지 　7. 유년 이미지 Ⅳ. 결론	Ⅰ. 서론 　1. 문제제기 　2. 연구사의 검토 　3. 연구목적 및 연구방법 Ⅱ. 닫힌세계의 시학 　1. 자폐성 이미저리 　2. 비사회성 이미저리 　3. 소멸성 이미저리 　4. 닫힘의 시형 Ⅲ. 박용래 시의 시사적 위상 Ⅳ. 결론
총페이지	75	72

연구자	최동일	김혜순
발표년도/구분	2001/석사	2001/석사
대학/지도교수	숭실대/권영태	동국대/홍신선
제목	박용래 시의 의식 지향성 연구	박용래 시의 비유 구조 연구
차례		
총페이지	81	53

연구자	박영우	이가희
발표년도/구분	2001/박사	2002/석사
대학/지도교수	중앙대/감태준	고려대/김명인
제목	박용래 시 연구	박용래 시에 나타난 상징 연구 -물, 여성, 식물을 중심으로

차례	I. 서론
	  1. 문제제기 및 연구 목적
	  2. 연구사 검토
	  3. 연구방법과 범위
	II. 형식적 특성과 자의식의 양상
	  1. 시어와 이미지의 특성
	    1) 고독과 자연에의 친화
	    2) 정신적 외상과 여성 편향성
	    3) 현실 인식과 과거에의 지향
	  2. 시행과 연의 특성
	  3. 운율적 특성
	III. 작품 구조에 나타난 자아와 대상
	  1. 자아와 세계와의 대립 양상
	  2. 병치를 통한 시선의 확대
	  3. 대상에 투영된 자아
	  4. 점층 구조를 통한 인식의 심화
	IV. 시의식의 변모 양상
	  1. 소멸과 생성의 힘
	  2. 소시민적 애환과 소외의식
	  3. 허무의 극복과 불교적 세계관
	  4. 탈세속의 세계
	V. 결론
		I. 서론
		  1. 문제제기
		  2. 연구사 검토
		  3. 연구의 방법 및 범위
		II. 박용래 시에 나타난 상징
		  1. 물
		    1) 내면의식의 통로
		    2) 자기의 투영
		  2. 여성과 자아 찾기
		  3. 식물과 회귀 본능
		III. 결론

총페이지	113	78

연구자	차수경	한숙향
발표년도/구분	2002/석사	2002/석사
대학/지도교수	명지대/김석환	숙명여대/구명숙
제목	박용래 시의 구조적 특성 연구	박용래 시 연구
차례	Ⅰ. 서론 　1. 문제의 제기 　2. 연구사 검토 　3. 연구방법 Ⅱ. 은유적 구조 　1. 치환구조 　2. 병치은유 Ⅲ. 반어적 구조 　1. 반어(irony) 　2. 역설(paradox) Ⅳ. 결론 　1. 문장의 반복 　2. 구절의 반복 　3. 단어의 반복 Ⅴ. 결론	Ⅰ. 서론 　1. 연구 목표 및 방법 　2. 연구사 검토 Ⅱ. 본론 　1. 고향 회귀 　　1) 그리움과 슬픔의 공간으로서의 　　　고향 　　2) 부재의 공간으로서의 고향 　　3) 화해의 공간으로서의 고향 　2. 생명 외경 　　1) 식물 이미지 　　2) 동물 이미지 　　3) 식물과 동물, 무생물 이미지 　3. 산업화와 생태계 위기 비판 　4. 생성과 소멸 Ⅲ. 결론
총페이지	67	92

연구자	윤미정	박선경
발표년도/구분	2002/석사	2002/석사
대학지도교수	성신여대/이성교	명지대/김석환
제목	박용래 시 연구	박용래 시집 <강아지풀> 연구 －대립적 공간구조를 중심으로
차례	Ⅰ. 서론 　1. 연구 목적 　2. 연구사 　3. 연구방법 및 범위 Ⅱ. 생애와 시의 발전 과정 Ⅲ. 내용의 특성 　1. 유년의 회상과 상실 의식 　　1) 유년의 회상 　　2) 상실의식 　2. 자연 친근 의식과 향토적 정서 　　1) 자연 친근 의식 　　2) 향토미 Ⅳ. 형식의 특성 　1. 절제된 호흡 　2. 영탄법과 반복법의 사용 Ⅴ. 결론	Ⅰ. 서론 　1. 연구목적 　2. 연구사 검토 　3. 연구방법 Ⅱ. 본론 　1. 수직적 공간구조 　　1) 순환과 회귀의 상/하 　　2) 긍정과 부정의 빛/어둠 　　3) '지다'와 '울다'의 시각/청각 　2. 수평적 공간구조 　　1) 수동적 자아의 안/밖 　　2) 능동적 자아의 귀소/이탈 　3. 탈공간의 매개기호 　　1) 눈, 비, 바람의 이동 　　2) 소멸하지 않는 뿌리의 세계 Ⅲ. 결론
총페이지	58	82

연구자	박유미	박옥춘
발표년도/구분	2002/박사	2003/석사
대학/지도교수	성신여대/한영옥	명지대/김석환
제목	1950년대 전통서정시연구 -이동주, 박용래, 박재삼, 이성교 시를 중심으로	박용래 시 연구 -시간의식을 중심으로
차례	Ⅰ. 서론 1. 연구목적 2. 연구사 검토 및 연구 범위 3. 연구방법론 Ⅱ. 1950년대 전통 서정시의 형성 배 경과 미학적 기반 1. 전후 비평에서의 전통 논의 2. 전후 시단에서의 전통과 서정 3. 유기적 세계관과 도의 시학 4. 유기체 시론과 풍류도 Ⅲ. 1950년대 전통 서정시인들의 시 세계 1. 이동주:한과 멋의 시 2. 박용래:침묵과 절제의 시 3. 박재삼:가락과 슬픔의 시 4. 이성교:토속성과 천진성의 시 Ⅳ. 1950년대 전통 서정시의 근원 의식 1. 자연 친근 의식 2. 여성성의 발현 3. 유토피아 지향 의식 4. 감성과 음악성의 발현 Ⅴ. 결론	Ⅰ. 서론 1. 연구문제 제기 2. 연구 방법 3. 연구사 검토 Ⅱ. 본론 1. 실존적 시간:처음과 나중 1) 실존의식:나 2) 죽음의식: 먼 곳 3) 현실의식:지상(地上) 2. 회귀적 시간:고향과 동심 1) 고향의식:그 곳 2) 유년의식:소년의 꿈 3. 무시간:초월과 정지 1) 초월적 시간:눈 속 羊 2) 무시간:정지된 그림 Ⅲ. 결론
총페이지	270	147

연구자	임선경	전형철
발표년도/구분	2003/석사	2003/석사
대학/지도교수	전북대/양병호	고려대/최동호
제목	박용래 시 연구	박용래 시 연구 -자연 인식의 변모 양상을 중심으로
차례	I. 서론 1. 연구목적 2. 연구사검토 3. 연구방법 II. 시간의식의 시적 형상화 1. 유년기 추억의 시화 2. 사라지는 작은 생명의 발견 3. 순환론적 시간의식의 수용 III. 공간의식의 시적 형상화 1. 화해 공간으로의 이동 2. 추억의 회상 공간 3. 우주적 공간의 통로 IV. 결론	I. 서론 1. 연구사 검토 및 문제 제기 2. 연구 목적 및 연구 방법 II. 문명 속의 자연과 근원상실 1. 현대화된 현실과 소외의식 2. 생명의 본원적 공간으로서의 고향 III. 생활 속의 자연과 대상 탐구 1. 궁핍한 삶의 상징물로서의 자연 2. 대상 응시와 정물화된 자연 IV. 동양적 자연과 동일시의 미학 1. 탈속의 매개물로서의 자연과 자 기탐색 2. 비움의 정신과 무시간성 V. 결론
총페이지	70	69

연구자	김성화	강순이
발표년도/구분	2004/석사	2005/석사
대학/지도교수	고려대/김명인	한양대/이승훈
제목	박용래 시의 생태적 상상력 연구	박용래 시 연구 －상상력의 전개양상을 중심으로
차례	Ⅰ. 서론 　1. 연구목적 및 연구사 검토 　2. 연구방법 Ⅱ. 근대 비판으로서의 관계의 시학 　1. 생태적 위기의 인식과 관계의 　　발견 　2. 수평적 자연의식과 관계의 탐구 Ⅲ. 모성성의 생태적 의미 　1. 소외된 삶에 대한 관심과 연민의 　　정서 　2. 식물성 이미지와 모성의 생명력 Ⅳ. 생략과 절제의 생태미학 Ⅴ. 결론	Ⅰ. 서론 　1. 연구의 목적 　2. 연구사 검토 　3. 연구의 방법 Ⅱ. 본론 　1. 물의 상상력과 시적 변용 　　1) 슬픔의 매개로서의 물 　　2) 부정적 인식을 환기하는 물 　　3) 근원적 생명의 물 　　4) 물의 이미지와 변주 　2. 불의 상상력과 시적 변용 　　1) 애상으로서의 불 　　2) 소멸의식과 불 　　3) 희망으로서의 불 　　4) 불의 이미지와 변주 　3. 흙의 상상력과 시적 변용 　　1) 고향 회상의 매개 식물 　　2) 소외 의식과 식물 　　3) 강인한 생명력의 식물 　4. 공기의 상상력과 시적 변용 　　1) 현실 인식을 표상하는 바람 　　2) 공기적 동물로서의 새 　　3) 유년 회상의 천체이이지 Ⅲ. 결론
총페이지	46	71

연구자	박치범	김종호
발표년도/구분	2006/석사	2006/박사
대학/지도교수	고려대/이남호	강원대/김훈
제목	박용래 시의 생태적 특성 연구	한국 현대시의 원형 심상 연구 ―박재삼, 박용래, 천상병의 시세계를 중심으로

차례	I. 서론
	 1. 연구사 검토 및 문제제기
	 2. 연구목적 및 방법
	  1) 생태학의 개념과 특성
	  2) 단순미의 특성과 생태학과의
	   연관성
	II. 박용래 시의 시 의식과 생태적
	 특성
	 1. 자연 속에 내재된 삶의 질서
	 -개인과 자연의 상호존중 의식
	 2. 재구성된 고향과 이상적 공동체
	 -개인과 사회의 상호존중 의식
	 3. 근대 환경에 대한 위기감
	 -사회와 자연의 상호존중 의식
	III. 박용래 시의 단순미와 생태적 특성
	 1. 단순한 표현과 무한한 시공간
	 -여백
	 2. 반복과 변형에 의한 의미확장
	 -병치
	 3. 간결한 구성과 휴지의 기능
	 -단형의 시 형식
	IV. 결론
		I. 서론
		 1. 문제 제기와 연구 목적
		 2. 연구사 검토
		  1) 박재삼, 박용래, 천상병 시세계
		   의 연구사 개관
		  2) 원형에 대한 논의
		 3. 연구 방법과 연구 범위
		II. 원형 이론의 전개
		 1. 원형의 개념 및 속성
		  1) 원형의 개념
		  2) 의식과 무의식
		  3) 외적 인격과 내적 인격
		 2. 원형적 상상력과 이미지
		 3. 원형론의 개관
		III. 원형 심상의 양상과 상징 체계
		 1. 우주적 심상의 순환 원리
		  1) 박재삼의 천상적 이미지와 정
		   서의 승화
		  2) 박용래의 상승 이미지와 재생
		   의지
		  3) 천상병의 하늘 이미지와 영원
		   회귀
		 2. 자연 심상의 상징과 변용
		  1) 박재삼의 자연 친화와 허무의
		   극복
		  2) 박용래의 향토적 자연과 낙원
		   복귀
		  3) 천상병의 현실 극복과 자유의
		   지향
		 3. 원형적 여성 심상과 모성 원리
		  1) 박재삼의 유년 회상과 모성

연구자	윤미정	안상원
발표년도/구분	2006/석사	2007/석사
대학/지도교수	울산대/최학출	이화여대/김현자
제목	박용래 시 연구 —이미지의 가동성과 상상력을 중심으로	김종삼, 박용래 시의 시간의식 연구
차례	I. 서론 　1. 연구사 검토 및 문제제기 　2. 연구 시각 II. 현실에 대한 인식과 물 이미지 　1. 지각작용과 소멸의 이미지 　2. 현실인식과 연민의 이미지 　3. 슬픔의 형상화와 물 이미지 III. 유년시절의 회상과 식물 이미지 　1. 기억표상과 고향의 이미지 　2. 행복의 정서와 유년시절의 이미지 　3. 생명력의 형상화와 식물 이미지 IV. 결론	I. 서론 　1. 연구사 검토 및 문제제기 　2. 연구목적 및 연구방법 II. 김종삼의 환산성과 불연속적 시 　간의식 　1. 세계상실과 성/속의 이분화된 시간 　2. 유폐된 시간의 수직적 변용-꿈, 　음악, 무거운 물 이미지 　3. 지연되는 죽음과 유랑의식 III. 박용래의 반복성과 연속적 시간 　의식 　1. 유년세계와 회감의 동화되는 시간 　2. 순환하는 시간의 수평적 변용- 　계절, 식물, 가벼운 물 이미지 　3. 긍정되는 죽음과 치유의식 IV. 시간의식의 양상과 시사적 의의 V. 결론
총페이지	53	125

연구자	이경철
발표년도/구분	2007/박사
대학/지도교수	동국대/홍기삼
제목	한국 순수시의 서정성 연구 －천상병, 박용래 시를 중심으로
차례	I. 서론 　1. 연구 목적 및 범위 　2. 연구사 검토 및 연구 방법론 　　1) 서정시의 본질과 범주의 문제 　　2) 천상병 시 연구사 검토 　　3) 박용래 시 연구사 검토 　　4) 연구 방법론 II. 현실 인식과 시적 공간 　1. 시적 자아와 현실 인식 　　1) 천상병의 시적 자유 　　2) 박용래의 '단층', '반쯤'의 거리 　2. 가난과 시적 순수성 　　1) 천상병의 순리적 가난 　　2) 박용래의 미학적 가난 　3. 술과 동심의 시학 　　1) 천상병의 술과 유토피아 　　2) 박용래의 술과 동심 　4. 시적 공간, 서정적 유토피아 　　1) 천상병의 복락원(復樂園) 　　2) 박용래의 실락원(失樂園) III. 서정성의 형상화 　1. 시적 정서의 기반 　　1) 천상병의 '환각의 리얼리티'와 　　　그리움의 실재 　　2) 박용래의 행간과 침묵의 정한 　2. 중심 이미지 　　1) 천상병의 '새' 　　2) 박용래의 '눈물' 　3. 서정적 형상화의 특징 　　1) 천상병의 순진무구, 자연스러움 　　　의 시학 　　2) 박용래의 묘사와 여백의 시학 IV. 천상병, 박용래 시의 특징 및 서정 　적 자질 V. 결론
총페이지	172

■ 참고문헌

1. 기본자료

박용래,『싸락눈』, 삼애사, 1969.

_____,『강아지풀』, 민음사, 1975.

_____,『白髮의 꽃대궁』, 문학예술사, 1979.

_____,『먼 바다』, 창작과비평사, 1984.

_____,『우리 물빛 사랑으로 피어나면』, 문학세계사, 1985.

_____,『저녁눈』, 미래사, 1991.

2. 단행본

공광규,『시 쓰기와 읽기의 방법』, 푸른사상사, 2006.

김문주,『소통과 미래』, 서정시학, 1998.

김병택 편저,『오세영—아이러니, 현대 시론의 새로운 이해』, 새미, 2004.

김우창,『地上의 尺度』, 민음사, 1985.

김용직 외,『한국현대시인연구』, 민음사, 1989.

김준오,『詩論』, 삼지원, 1982.

김학동 외,『한국 전후 문제시인 연구 Ⅰ』, 예림기획, 2005.

문덕수 외,『한국현대시인연구 下』, 푸른사상사, 2001.

민병기 외,『文學이란 무엇인가』, 집문당, 1995.

_____,『현대작가 작품론』, 집문당, 1998.

박명용,『현대시 창작법』, 푸른사상사, 2003.

박찬일,『詩를 말하다』, 연세대학교 출판부, 2007.

백낙청,『한국 근대문학사의 쟁점』, 창작과비평사, 1990.

서종택,『문학이란 무엇인가』, 청하, 1992.

성기각,『문예창작의 이론과 실제』, 창원대학교 출판부, 2005.

신경림,『신경림의 시인을 찾아서』, (주)우리교육, 1998.

신 진 편저,『문체와 문체연구』, 동아대학교 출판부, 1998.

양문규,『백석시의 창작방법 연구』, 푸른사상사, 2005.

오규원,『현대시작법』, 문학과지성사, 1990.

이기서,『한국 현대시의 구조와 심상』, 고려대학교 한국학연구소, 2003.

_____,『새로 읽는 오늘의 우리 문학』, 하늘연못, 1997.

이병헌 외,『散文의 源流』, 시간의 물레, 2006.

이부영,『분석심리학』, 일조각, 1978.

이어령 외,『그 뜨겁고 아픈 경치』, 고요아침, 2005.

이은봉,『실사구시의 시학』, 새미, 1994.

_____ 엮음,『시와 리얼리즘』, 도서출판 공동체, 1993.

이주열,『한국 현대시에 나타난 해학성과 정신』, 푸른사상사, 2005.

임우기,『그늘에 대하여』, 강, 1996.

장하늘,『표기법소사전』, 문장연구사, 2007.

전문수,『문학의 존재방식』, 창원대학교 출판부, 1999.

정한모·김재홍 편,『한국 대표시 평설』, 문학세계사, 1983.

조창환,『카이로스의 문학』, 갈무리, 2006.

조태일,『알기 쉬운 시 창작 강의』, 나남출판, 1999.

최동호 편,『현대시 창작법』, 집문당, 1997.

_____,『平定의 詩學을 위하여』, 민음사, 1991.

아리스토텔레스 외, 천병희 옮김,『아리스토텔레스 詩學』, 문예출판사, 2002.

로버트 루트번스타인 · 미셸 루트번스타인, 박종성 옮김, 『생각의 탄생—다빈치에서 파인먼까지 창조성을 빛낸 사람들의 13가지 생각도구』, 에코의서재, 2007.

르네 웰렉 · 오스틴 워렌, 김병철 역, 『문학의 이론』, 을유문화사, 1982.

테드 휴즈, 한기찬 옮김, 『시작법—Poetry in the Making』, 청하.

3. 논문 · 학술지

1) 박용래 관련

강경자, 「박용래 시 연구—시 의식을 중심으로」, 고려대학교 대학원 석사학위논문, 1995.

강순이, 「박용래 시 연구—상상력의 전개양상을 중심으로」, 한양대학교 대학원 석사학위논문, 2005.

강희안, 「박용래 시의 이미지와 공간 지각 현상」, 『비평문학』 제29호, 한국비평문학회, 2008.

권상기, 「박용래 시 연구—시 전집 『먼 바다』를 중심으로」, 순천향대학교 대학원 석사학위논문, 1993.

권태주, 「박용래 시의 전통성 연구」, 한국교원대학교 대학원 석사학위논문, 1993.

김광림, 「흙담가에 피어난 군자란」, 『현대시학』, 현대시학사, 1969.

김명배, 「박용래 시 연구」, 『1995논문집』 제27집, 안성산업대학교, 1995.

김 선, 「박용래론—그의 시의 함축성에 관하여」, 『열린문학』 통권22호, 열린문학, 2002.

김성우, 「박용래 시 연구」, 한양대학교 대학원 석사학위논문, 1996.

김성화, 「박용래 시의 생태적 상상력 연구」, 고려대학교 대학원 석사학위논문, 2004.

김소연, 「1950년대 시 연구—전봉건, 김종삼, 박용래의 초기시를 중심으로」,

성심여자대학교 대학원 석사학위논문, 1994.

김연제, 「김종삼 박용래 시 비교 연구」, 충북대학교 대학원 석사학위논문, 1998.

김재홍, 「박용래 또는 전원상징과 낙하의 상상력」, 『심상』, 1980.

김종익, 「박용래 시 연구－한국적 삶의 근원적 실상과 본질추구」, 연세대학교 대학원 석사학위논문, 1986.

김종호, 「한국현대시의 원형심상 연구－박재삼, 박용래, 천상병의 시세계를 중심으로」, 강원대학교 대학원 박사학위논문, 2006.

_____, 「朴龍來 시에 나타난 原型 心象 고찰」, 『語文硏究』 34권2호, 통권130호, 2006.

김춘수, 「박용래의 신작 오편」, 『현대문학』, 1970.

김현정, 「정훈과 박용래의 시에 나타난 고향의식」, 『韓國語文學會』 제50집, 2003.

김혜순, 「박용래 시의 비유 구조 연구」, 동국대학교 대학원 석사학위논문, 2001.

노미영, 「박용래 시의 미적거리 연구」, 이화여자대학교 대학원 석사학위논문, 1997.

문현주, 「박용래 시 연구」, 이화여자대학교 대학원 석사학위논문, 1993.

민경희, 「박용래 시 연구」, 세명대학교 대학원 석사학위논문, 2000.

박두진, 「시천후감」, 『現代文學』, 1956.

박라연, 「박용래 시의 모티브」, 『語文硏究』 제91호, 韓國語文敎育硏究會, 1996.

박선경, 「박용래 시집 『강아지풀』 연구－대립적 공간구조를 중심으로」, 명지대학교 대학원 석사학위논문, 2002.

박영우, 「박용래 시 연구」, 중앙대학교 대학원 박사학위논문, 2001.

박옥춘, 「박용래 시 연구－시간의식을 중심으로」, 명지대학교 대학원 석사학위논문, 2003.

박유미, 「1950년대 전통서정시연구－이동주, 박용래, 박재삼, 이성교 시를 중심으로」, 성신여자대학교 대학원 박사학위논문, 2002.

박재삼, 「철저히 시를 한 사람」, 『한문문학』, 1981.

박치범, 「박용래 시의 생태적 특성 연구」, 고려대학교 대학원 석사학위논문,

2006.

서정학, 「박용래 시의 특질에 대한 고찰」, 『批評文學』 제25호, 심지, 2007.

손종호, 「근원적 고독에의 저항」, 『저녁눈』, 미래사, 1991.

송재영, 「朴龍來論－同化 혹은 自己消滅」, 『現代文學의 擁護』, 문학과지성사, 1979.

안상원, 「김종삼, 박용래 시의 시간의식 연구」, 이화여자대학교 대학원 석사학위논문, 2007.

엄경희, 「박용래 시에 나타난 자연인식의 태도」, 『작가연구』 제12호, 세미, 2001.

오규원, 「타프니스 詩人論－金宗三과 朴龍來를 中心으로」, 『문학과 지성』, 1975.

오탁번, 「콩깍지와 새의 온기」, 『현대문학 산고』, 고려대출판부, 1976.

유자효, 「서정의 유형」, 『현대시학』, 현대시학사, 1981.

윤미정, 「박용래 시 연구－이미지의 가동성과 상상력을 중심으로」, 울산대학교 대학원 석사학위논문, 2006.

_____, 「박용래 시 연구」, 성신여자대학교 대학원 석사학위논문, 2002.

이가희, 「박용래 시에 나타난 상징 연구－물 여성 식물을 중심으로」, 고려대학교 대학원 석사학위논문, 2002.

이건청, 「소멸의 미학, 견고한 언어－박용래의 시세계」, 『現代詩學』 통권396호, 현대시학사, 2002.

이경철, 「한국 순수시의 서정성 연구－천상병, 박용래 시를 중심으로」, 동국대학교 대학원 박사학위논문, 2007.

이경호, 「보헤미안의 미학, 혹은 천진성의 시학」, 『現代詩學』 291호, 현대시학사, 1993.

이만철, 「박용래 시 연구」, 고려대학교 대학원 석사논문, 1994.

이문구, 「朴龍來 略傳」, 『먼 바다』, 창작과비평사, 1984.

이문례, 「박용래 시 연구」, 한남대학교 대학원 석사학위논문, 2000.

이소연, 「박용래 시의 상상력 연구」, 경희대학교 대학원 석사학위논문, 2000.

이승훈, 「빈잔의 시학」, 『白髮의 꽃대궁』, 문학예술사, 1979.

이은봉, 「박용래 시 연구」, 『한남어문학』 제7집, 1982.

_____, 「시창작론 서설―시창작 교육을 위하여」, 『崇實語文』 제10집, 숭실 어문연구회, 1993.

_____, 「박용래시의 恨과 社會現實性」, 『시와 시학』, 1991.

이태수, 「토속애·우주감정 기타」, 『현대시학』, 현대시학사, 1977.

임강빈, 「朴龍來, 그리고 우정」, 『詩文學』 통권350호, 2000.

임선경, 「박용래 시 연구」, 전북대학교 대학원 석사학위논문, 2003.

윤호병, 「박용래 시의 구조분석」, 『시와 시학』, 1991.

장동석, 「박용래 시 연구」, 『국제어문』 제39집, 국제어문학회, 2007.

전경희, 「박용래 시 연구」, 경희대학교 대학원 석사학위논문, 1992.

전형철, 「박용래 시 연구―자연인식의 변모양상을 중심으로」, 고려대학교 대 학원 석사학위논문, 2003.

정대진, 「박용래 시 연구―작품의 형식이 가지는 의미를 중심으로」, 창원대 학교 대학원 석사학위논문, 1995.

정한모, 「향토적 릴리시즘의 승화」, 『청와집』, 한국시인협회, 1971.

정한용, 「한국 현대시의 초월지향성 연구―김종삼, 박용래, 천상병을 중심으 로」, 경희대학교 대학원 박사학위논문, 1996.

정효구, 「박용래 시의 기호론적 접근」, 『시와 시학』, 1991.

조남익, 「박용래의 '홍래 누님'이야기」, 『詩文學』 통권350호, 2000.

_____, 「황금찬 박용래의 시」, 『현대시학』, 현대시학사, 1987.

조재훈, 「순결한 감성의 악기」, 『시와시인』 창간호, 1990.

조창환, 「박용래 시의 운율론적 접근」, 『시와 시학』, 1991.

_____, 「시인의 개성」, 『심상』, 1979.

진순애, 「박용래 시의 동일성의 시학」, 『인문과학』 제33집, 성균관대학교, 2003.

차수경, 「박용래 시의 구조적 특성 연구」, 명지대학교 대학원 석사학위논문, 2002.

차한수, 「박용래 시의 연구」, 『동아논총』 제29집, 동아대학교, 1992.

최동일, 「박용래 시의 의식지향성 연구」, 숭실대학교 대학원 석사학위논문, 2001.

최동호, 「한국적 서정의 좁힘과 비움」, 『시와 시학』, 1991.

최윤정, 「박용래 시 연구」, 서강대학교 대학원 석사학위논문, 1998.

최현실, 「섬세한 영혼의 언어와 소묘적 진실의 세계」, 『그림 없는 액자』, 풀밭동인회, 1995.

하현식, 「언어 그 천형의 외로움」, 『현대시학』, 현대시학사, 1981.

한숙향, 「박용래 시 연구」, 숙명여자대학교 대학원 석사학위논문, 2002.

허기순, 「박용래 시 연구」, 서강대학교 대학원 석사학위논문, 1997.

홍용희, 「손택수 시집 해설-대지의 문법과 화엄의 견성」, 『목련전차』, 창비, 2006

홍희표, 「향토시인연구(Ⅰ)-박용래」, 『목원대학논문집』 제7집, 1984.

2) 창작방법 관련

권혁웅, 「한국 현대시의 창작방법연구-김춘수, 김수영, 신동엽을 중심으로」, 고려대학교 대학원 박사학위논문, 2000.

고형진, 「서사적 요소의 시적수용-백석과 신경림을 중심으로」, 『한국어문교육』 제13호, 고려대학교, 1988.

_____, 「서사적 요소의 시적수용—백석과 신경림의 시적방법론과 사회적 문맥」, 『한국현대시의 서사지향성 연구』, 시와시학사, 1991.

공광규, 「박이도의 시 창작방법 특징」, 『한국문예창작』, 한국문예창작학회, 2003.

_____, 「신경림 시의 창작방법 연구」, 단국대학교 대학원 박사학위논문, 2004.

노 철, 「김수영과 김춘수 창작방법연구」, 고려대학교 대학원 박사학위논문, 1998.

_____, 「서정주 시의 창작방법」, 『한국현대시 창작방법연구-김수영, 김춘수, 서정주』, 월인, 2001.

류경미, 「나희덕 시의 창작의식 연구—자아각성 양상을 중심으로」, 단국대학교 대학원 석사학위논문, 2004.

박용찬, 「해방기 시의 현실인식과 창작방법연구」, 경북대학교 대학원 박사학위논문, 1998.

박종원, 「시 창작방법 연구—김춘수와 김수영을 중심으로」, 원광대학교 대학원 석사학위논문, 2005.

양문규, 「신경림 시 연구—시 창작 방법론을 중심으로」, 명지대학교 대학원 석사학위논문, 1999.

_____, 「시 연구—시 창작 방법론을 중심으로」, 명지대학교 대학원 박사학위논문, 2002.

윤한철, 「황지우 시의 창작방법론 연구—낯설게 하기를 중심으로」, 중앙대학교 대학원 석사학위논문, 2004.

이세경, 「이성선 시의 창작정신과 자아인식」, 단국대학교 대학원 석사학위논문, 2003.

이승복, 「정지용 시의 운율체계 연구—1930년대 시창작 방법의 모형화 구축을 중심으로」, 홍익대학교 대학원 박사학위논문, 1993.

이은옥, 「강은교 시의 창작정신 연구—무속의 원리와 수용을 바탕으로」, 단국대학교 대학원 석사학위논문, 2003.

이태희, 「정지용 시의 창작방법 연구—전통계승의 측면을 중심으로」, 경희대학교 대학원 박사학위논문, 2003.

이희중, 「김소월 시의 창작방법연구」, 고려대학교 대학원 박사학위논문, 1994.

전민규, 「오탁번 시의 창작의식 연구」, 단국대학교 대학원 석사학위논문, 2003.

홍미경, 「김남조 시의 창작방법 연구—몸살의 시학과 시적형상화를 중심으로」, 한남대학교 대학원 석사학위논문, 2006.

■ 찾아보기

■ 저자 김 규 동

    1960년 강원도 영월군 북면 공기리에서 태어나 65년부터 평창읍 하리에서 평창초등학교(1973년)와 평창중학교를 졸업(1976년)했다. 부산광역시 해운대구 우1동 부산기계공업고등학교에서 조국근대화의 기수로 거듭나(1979년 배관과 졸업) 실습생으로 창원시 신촌동의 삼성중공업에서 밥벌이를 시작(1978년 12월 4일)했다. 특례보충역으로 군복무를 마쳤으며(1985년) M&A로 회사이름은 볼보그룹코리아(1998년)로 바뀌었지만 귀현동에서 굴착기를 개발하며 31년째 근무하고 있는 행복한 예수쟁이다.

    교회에서 만난 아내와 마산반석감리교회에서 결혼(1983년)한 후 야간에 시작한 공부는 한백직업훈련소를 거쳐 창원기능대학을 졸업(1987년 용접학과)하여 기능인의 최고봉에 섰다. 1992년 한국방송대학 국문과에 입학하여 졸업까지는 10년이 걸렸으며 창원대학교 대학원에서 문학석사(2005년, 「김삿갓과 한하운 시의 대비적 고찰―방랑시를 중심으로」)와 문학박사학위(2009년, 「박용래 시의 창작방법 연구」)를 받았다. 창원침례교회에서 안수집사(2002년)로 섬기며 아내 정선화(丁仙華)와 소현(愫鉉)과 성현(聖鉉)이 가족이다. 한국문인을 통해 시인으로 등단(2002년)하여 시집은 안 냈지만 '따로또같이' 동인으로 활동하며 2005년부터 창원대학교 국문과에서 '생각하는 글쓰기'를 강의하며 진달래야학에서 장애인에게 문학을 가르치고 있다.

박용래 시 창작방법 연구

2010년 6월 10일 초판 인쇄
2010년 6월 20일 초판 발행

지은이 김규동
펴낸이 한봉숙 **펴낸곳** 푸른사상사
기획·편집 김세영, 강태미 **디자인** 지순이 **마케팅** 김두천, 이경아
출판등록 1999년 7월 8일 제2-2876호
주소 서울시 중구 을지로3가 296-10 장양B/D 7층
대표전화 02) 2268-8706(7) **팩시밀리** 02) 2268-8708
이메일 prun21c@hanmail.net / prun21c@yahoo.co.kr
홈페이지 http://www.prun21c.com
ⓒ 2010, 김규동

ISBN 978-89-5640-752-4 93810
값 22,000원